Zuviel –
Dick, sensibel, ungeliebt

KOOKY ROOSTER, Autorin aus Österreich, fabriziert homoerotische Liebesromane mit Witz und Charme. Ihre eindrücklichen Bilder und kreative Metaphern jagen den Leser über eine wahre Gefühlsachterbahn. Sie beschreibt die Welt in ihrer Hässlichkeit und verweist auf das Potential der Liebe. Ihre Helden agieren herzerfrischend menschlich und geraten in Peinlichkeiten und Missverständnisse. Dabei kommen Lust und Leidenschaft nicht zu kurz – ihre Texte berauschen durch heiße Liebesszenen.

KOOKY ROOSTER

ZUVIEL

DICK, SENSIBEL, UNGELIEBT

Bibliografische Information der Deutschen Nationalbibliothek:
Die Deutsche Nationalbibliothek verzeichnet diese Publikation in der Deutschen Nationalbibliografie; detaillierte bibliografische Daten sind im Internet über http://dnb.dnb.de abrufbar.

© 2016 Kooky Rooster

Bild: © Kooky Rooster

Herstellung und Verlag:
BoD – Books on Demand, Norderstedt

ISBN: 978-3-7431-1573-6

1 | SCHLANGENGRUBE

»Na? Wieder einmal in der Bustür stecken geblieben?«, fragte Rita, die Büroleiterin. Die fünf Kolleginnen, die sich um sie scharten, gackerten.

Wolfgang verzog das Gesicht. Es hätte ein Grinsen werden sollen, vielleicht sogar ein Lachen. Dazu wurde ihm doch immer geraten: Lach einfach mit. Aber es tat weh, es fühlte sich an wie ein Stich ins Herz, jedes einzelne Mal, dabei sollte er es doch schon längst gewöhnt sein. Er schaute zu Boden und fühlte sich unter den geifernden Blicken der Kolleginnen nackt. Sein Platz war in der hintersten Ecke, der Einzige ohne Fenster, man schaute direkt zur kahlen Wand – im Augenblick schienen ihn Kilometer davon zu trennen. Wolfgang musste direkt an den Hyänen vorbei. Panik. Er könnte stolpern, fallen, vielleicht stimmte etwas mit seiner Kleidung nicht oder er hatte Krümel im Gesicht ... irgendetwas war doch immer.

»Dein Hosenstall ist offen!«, rief Elke.

Oh Gott!

Wolfgangs Ohren wurden heiß, er wollte im Boden versinken, blickte an sich runter, über den dicken Bauch, tastete nach dem Reißverschluss. Verschlossen. Alles in Ordnung. Jetzt hatte er sich zum Deppen gemacht, weil er nachgesehen hatte.

Die Schnepfen lachten.

Noch drei Meter, dann hatte es Wolfgang geschafft.

Mit einem verzweifelten Schnauben ließ er sich auf den Drehstuhl an seinem Arbeitsplatz nieder und versuchte, das unerträgliche Hämmern seines Herzens in

Griff zu bekommen. Ruhig durchatmen. Es sind nur Worte. Nur Worte. Er startete den Rechner und blickte zur Uhrzeit am unteren rechten Rand des Bildschirms. 07:33. Noch zwei Stunden. In zwei Stunden würde er einige Augenblicke lang für all den Spott und Hohn entschädigt werden. Dann nämlich kam *er* aus dem Lager und holte die Lieferscheine ab: Simon. Ein Gedanke reichte und Wolfgangs Herz hüpfte. Er musste selig grinsen. Wie blöd ihn die Liebe machte – aber es war schön, so schön.

Wolfgang machte den Rücken breit und verschob unauffällig das Keyboard. Auf jedem Schreibtisch lag diese großformatige Unterlage mit Kalender, Logo und einem Gruppenfoto vor dem Firmengebäude. Wolfgang arbeitete erst seit vier Monaten hier und war daher noch nicht mit auf dem Bild, aber Simon. Ein süßer Stich fuhr durch seinen Bauch und ein quälend schweres Seufzen drängte aus seiner Brust. Es war kein besonders vorteilhaftes Foto, aber das war völlig egal, es machte Wolfgang dennoch die Knie weich. Simons dichte Wimpern sahen immer so aus, als wären sie nass, was ihm einen zum Niederknien sensiblen Blick bescherte. Das braune Haar war kürzer auf dem Bild, und Simon war glattrasiert. Er wirkte richtig bieder, zusammen mit dem Hemd und der Stoffhose.

Jeans und Shirts waren verboten – auch für Wolfgang. Sogar die langen Haare hatte er sich abschneiden lassen müssen. Ohne Metal-Bandshirts, schwarze Jeans und Totenkopfringe an den Fingern, fühlte er sich angreifbar und hässlich. Nicht, dass sich Wolfgang in der Kluft attraktiver fühlte, aber zumindest war sie eine Rüstung und sah cooler aus. Das weiße, dünne Hemd und die dunkelblaue Stoffhose, die er in der Firma tragen musste, betonten seine unvorteilhafte Figur, ließen seinen Bauch noch größer erscheinen und die kurzen Haare machten sein Gesicht noch runder. Ein paar Mal hatte er versucht, mit einem Bart das Kinn markanter erscheinen zu lassen, aber die beleidigenden Scherze der Kolleginnen hatten ihm auch das vermiest. ›Was riecht hier so nach Fisch – oh, Wolfgang hat eine Muschi im Gesicht.‹

Simon sah auch in Hemd und Stoffhose toll aus. Er hatte die perfekte Figur, schlank aber nicht dünn, muskulös, aber nicht zu sehr, breite Schultern und schmale Hüften, aber nicht übertrieben, einen knackigen Hintern und einen schönen Hals mit einem erotischen Adamsapfel. Sein trotziges Kinn hatte ein Grübchen und glattrasiert. Im echten Leben jedoch hatte Simon immer einen Bartschatten, und Wolfgang hätte so gerne mal die Wangen an diese Stoppeln geschmiegt. Simons Lippen waren die perfekte Krönung. Die Essenz der Sinnlichkeit. Zumindest für Wolfgang, der davon träumte, diesen wunderschönen Mann Stück für Stück von seiner Kleidung zu befreien, die glatte Haut über den festen Muskeln zu streicheln, mit den Fingern durch das nun etwas längere Haar zu wühlen, zu sehen, wie sich dieser schön geschwungene Mund in Ekstase leicht öffnete, die weichen Lippen, die kurz noch aneinander hafteten, ehe sie einander losließen, die rosa Zunge, die sie befeuchtete, sodass sie verlockend glänzten ...

Stopp. Es war nicht besonders hilfreich, im Büro, als einziger Mann unter Frauen, eine Erektion zu kriegen. Sie ekelten sich so schon genug vor ihm, er musste ihnen keine zusätzliche Munition liefern, indem er mit einem Zelt in der Hose herumlief. Rasch schob Wolfgang das Keyboard wieder über das Bild.

Mittlerweile hatten auch die Hühner ihre Plätze gefunden, es wurde getippt, geklickt, telefoniert und mit Papier geraschelt. Aber neben all dem fanden sie noch Zeit zu plappern, über ihre Kinder, ihre Männer, ihre Schwiegereltern, Kochrezepte, Krankheiten, Urlaube, Königshäuser, Nachbarn, Gewichtsprobleme, Frisuren, Vorabendserien, Gerüchte, die in der Firma in Umlauf waren.

Wolfgang klappte die Ohren zu, meistens zumindest, aber heute ging das nicht. Simons Name war gefallen.

»Was sagtihr zu Simons Aufriss am Freitag?«

»Diese kleine Schwarzhaarige?«

»Schlampe, wenn ihr mich fragt.«

»Dass diese Tussi gleich mit dem Erstbesten mitgeht ... Aber Simon hätte ich das auch nicht zugetraut.«

»Vielleicht musste er dringend einen wegstecken.«

»Männer!«

»Vielleicht war es ja Liebe auf den ersten Blick?«

»Hahaha, der war gut!«

»Hässlich war sie ja nicht gerade!«

»Aber so dünn ... und die Brüste waren sicher nicht echt.«

»Simon steht also auf Silikontitten!«

»*Männer* stehen auf Titten, egal ob Silikon oder nicht, Hauptsache groß.«

»Und fest.«

»Mir war sofort klar, dass Simon auf die abfährt ... ich meine, habt ihr das nicht mitgekriegt, wie die sich dauernd angesehen haben, bevor er zu ihr hin ist?«

Wolfgangs Brust zog sich zusammen. Ihm wurde schlecht. Schlimm genug, dass er mit seinen hundertvierzig Kilo bei einem Mann wie Simon sowieso niemals auch nur den Hauch einer Chance hätte, aber gegen eine Frau, die noch dazu nur ein Drittel von ihm wog – aussichtsloser ging es wirklich nicht mehr. Natürlich hatte Wolfgang nicht nur einmal in Erwägung gezogen, dass Simon heterosexuell war, die Chance lag statistisch sogar bei über neunzig Prozent, aber es war etwas anderes, nur zu spekulieren oder etwas genau zu wissen. Die Unschuld der Träume war dahin. In Zukunft würde sich Wolfgang belügen müssen – noch mehr als sonst. Bisher war nur er selbst eine Kunstfigur gewesen, schlank und attraktiv, aber nun musste der Mann seiner Sehnsüchte auch noch kaschiert werden: Aus Simon, wie er war, ein Simon, wie er sein müsste.

Am liebsten wollte Wolfgang hinausstürzen, auf die Toilette und sich die Seele aus dem Leib heulen – aber das ging nicht. Die Hyänen würden es mitkriegen und ihm das Herz zerfleischen. Außerdem geziemte sich das nicht für einen neunzehn Jahre alten und fast eins neunzig großen Kerl.

Die Kolleginnen lästerten weiter, als wären sie eifersüchtig auf diese dürre Schlampe. Wolfgang ärgerte das. Sie hatten kein Recht dazu. Sie hatten Männer, waren teilweise sogar verheiratet, hatten Kinder und das hieß, sie hatten Sex, sie hatten jemanden, der auf sie wartete, der sie liebte. Für sie war die Eifersucht bloß ein albernes Spiel, ein Kokettieren mit ihrer eigenen Verruchtheit. Sie hatten keine Ahnung, was es hieß, Simon zu lieben. Sie waren oberflächliche Puten. Sie heulten nachts nicht ins Kopfkissen, weil ihnen klar war, dass keine Hoffnung bestand, mit ihm zusammenzukommen. Ihnen ging es noch nicht einmal darum, ihn zum Freund zu haben. Wolfgang schon! Er wollte Simon mit jeder Faser seines Leibes und wusste zugleich, dass es unmöglich war, aussichtslos, hoffnungslos. Und nun musste er sich eingestehen, dass sogar diese blöden

Weiber mehr Chancen bei Simon hätten als er selbst, trotz Mann und Kind und Alter: Sie waren Frauen.

Der Schmerz wurde unerträglich, zumal sie über Simon redeten, als wäre er ein Objekt. Sie scherzten darüber, was sie mit ihm anstellen würden, als wäre er eine Puppe, die man einfach herumreichen konnte. Es war gemein, niveaulos, geschmacklos. Wolfgang würde Simon auf Händen tragen und hätte er nicht solche Angst, dass die Kolleginnen herausfinden könnten, dass er in ihn verliebt war, hätte er ihn verteidigt, hätte er ihnen verboten, so respektlos über ihn zu sprechen. Es versteckte sich nicht, weil sie Wolfgang auslachen und für seine verzweifelte Liebe verspotten würden, sondern weil es eine Demütigung für Simon wäre, der feuchte Traum eines Schwabbelmonsters zu sein. Jede Gelegenheit würden die Schlangen nutzen, ihn deswegen aufzuziehen. ›Simon, du hast eine fette Fangemeinde‹ – ›Wie fühlt man sich als Schwabbelschwarm?‹ – ›Achtung, wenn Specki dich küsst, wirst du versehentlich gefressen.‹ Frauen liebten Schwule, das hatte Wolfgang schon öfter gehört, aber nur die schlanken und schönen. Nicht einmal diesen Bonus konnte er im Fall des Falles ausspielen.

Obwohl er mit dem Rücken zur Tür saß, spürte Wolfgang Simons Herannahen. Als Simon das Büro betrat, verstummten die Kolleginnen prompt, die Drehstühle quietschten – sie drehten sich zu ihm herum – und Wolfgang konnte regelrecht hören, wie sie ihr Kreuz durchstreckten, um ihre blöden, weiblichen Vorzüge zu präsentieren. Er selbst blieb hocken wie ein Klotz. Er war sauer auf Simon, weil er das Wochenende mit einer Frau verbracht hatte. Zutiefst verletzt war er und wollte Simon nicht sehen, nicht einmal kurz. Es würde doch nur wehtun.

»Uuuh, wie siehst *du* denn aus, Simon, heißes Wochenende gehabt?«, fragte Rita, fünfundvierzig, seit achtzehn Jahren verheiratet, und zwei Kinder in der Pubertät. Es ging sie also nichts an, was Simon am Wochenende getrieben hatte und Wolfgang wollte es auch nicht hören. Doch die Bemerkung über Simons Äußeres zerrte an seiner Nase wie eine unsichtbare Schnur und ließ ihm keine andere Wahl, als sich umzudrehen.

Der Stich, der durch Wolfgangs Körper jagte, jedes Mal, wenn er Simon sah, war erregend und schmerzhaft zugleich. Es war wie ein Schuss in die Brust und inwendig tröpfelten zähes Verlangen und lähmende Verzweiflung in seinen Bauch, kochten darin, brodelten, schäumten hoch, färbten die Wangen rosa, die Ohren dunkelrot und Wolfgangs Augen brannten. Was war das bloß für eine Liebe, die ihn jedes Mal am liebsten losheulen ließ, wenn er Simon sah. Eine hoffnungslose. Eine unglückliche.

Worauf Rita angespielt hatte, war der Dreitagebart und das Schlimmste daran: Er ließ Simon nicht etwa härter und verwegener wirken, sondern im Gegenteil – er sah aus wie jemand, der tagelang aus dem Kuscheln nicht herausgekommen war.

Wolfgangs Herz blutete. Er wollte sterben. Auf der Stelle.

»Ein Gentleman genießt und schweigt«, trällerte Simon gutgelaunt und zwinkerte geheimnisvoll.

Falsche Antwort. Hätte er nicht sagen können, dass es ein Desaster gewesen war, er den Frauen ab nun für immer den Rücken kehren und sich in Zukunft nur noch Männern hingeben wollte, *beleibten* Männern?

Eine Blase platzte in Wolfgangs Kopf. Jetzt musste er sich vorstellen, dass Simon dieses Flittchen, diese dürre

Schlampe, gefickt hatte, bis das ganze Stadtviertel von ihren Schreien alarmiert worden war.

»Aha – es ist also etwas Ernstes«, folgerte Elke – gierig nach frivolen Informationen!

Wolfgangs Blick zuckte zu Simon. Er starrte ihn an wie ein Kätzchen, das man gegen die Wand schlagen wollte. Nein! Bitte nicht verknallt sein! Die Vorstellung, dass Simon in den nächsten Wochen wegen dieser Frau herumlaufen würde wie ein verliebter Trottel, war die Hölle. Am Ende verlobte er sich mit ihr, heiratete sie, zog mit ihr in ein Reihenhaus und gründete eine Familie! Wolfgang würde sterben, wenn er das mit ansehen müsste. Langsam und qualvoll.

»Wer weiß, wer weiß?«, summte Simon, grinste, zuckte zugleich mit Schultern und Augenbrauen und hielt den Kopf schief.

Was meinte er damit? Wer weiß *ja?* Oder wer weiß *nein?* Wolfgang wetzte im verzweifelten Kampf um Fassung hin und her.

Simon sammelte die Lieferscheine der Kolleginnen ein und steuerte zuletzt auf Wolfgang zu. Je näher er kam, umso lauter und schneller galoppierte Wolfgangs Herz, trommelte heftig gegen die Brust. Am liebsten hätte Wolfgang die Arme um Simons Taille geschlungen, das Gesicht an seinen Bauch geschmiegt, den Duft tief in sich eingesogen, ihm gestanden, dass er ihn liebte, so sehr liebte. Wolfgang schluckte schwer und drehte sich rasch um. Ruhig Blut. Bleib auf dem Teppich.

Kühle, raue Hände fuhren in Wolfgangs Nacken und packten beherzt zu. Gänsehaut. Im Reflex zog Wolfgang die Schultern hoch und den Kopf ein.

»Wo warst du denn – am Freitag?«

Für einen kurzen Moment strichen Wolfgangs Haarspitzen über Simons Hemd, so nah, so verführerisch.

Am liebsten hätte er sich nach hinten gegen Simons warmen Körper sinken lassen, dann war der Moment vorbei. Simon ließ Wolfgang los und lehnte sich mit den Hintern gegen den Schreibtisch.

»Ich wusste nicht, dass ihr zusammen weggeht!«, gestand Wolfgang. Niemand hatte ihm gesagt, dass sich alle Kollegen nach der Arbeit in einem Pub trafen. Er hatte zwar mitbekommen, dass sie darüber gesprochen hatten, aber niemand hatte Wolfgang direkt eingeladen, also war er davon ausgegangen, dass sie ihn nicht dabei haben wollten. Er war ja noch nicht so lange in der Firma und so gut wie nicht integriert und ... er war fett. Ihnen wäre sicher peinlich gewesen, mit ihm gesehen zu werden.

»Echt?« Simon wirkte ehrlich überrascht. Er griff nach dem Locher auf Wolfgangs Schreibtisch und untersuchte die Mechanik. Das blöde Teil quietschte erbärmlich, wenn man es bediente, aber genau das schien Simon gerade zu faszinieren.

»Aber ich hätte eh nicht gekonnt, ich hatte schon etwas anderes vor«, log Wolfgang. Er wollte vor Simon nicht wie ein bemitleidenswerter Außenseiter dastehen, der alleine daheim hockte und darauf wartete, dass ihn jemand mitspielen ließ. Das hatte er bereits in der Kindheit erlebt und es war demütigend genug gewesen. Es war besser, den Vielbeschäftigten zu spielen.

»Oh – schade!« Simon stellte den Locher wieder an seinen Platz zurück. Einen verstörenden Moment lang schaute er Wolfgang an, als wollte er etwas sagen, zwei Sekunden vielleicht, oder drei. Einundzwanzig. Zweiundzwanzig. Dreiundzwanzig. Das war lang, richtig lang, wenn einer nichts sagte, nur schaute – und das der Mann, in den man heimlich bis über beide Ohren verliebt war. Die schönsten und quälendsten Sekunden des Tages, der Woche, vielleicht des ganzen Monats. Ein Moment, der eine Tür aufstieß – zumindest kam es Wolfgang so vor – hinter der alles möglich war. Atemlos blickte er zu Simon hoch – ich liebe dich, ich liebe dich so sehr – dann schlug knallend die Tür zu.

»Ich muss dir etwas zeigen«, sagte Simon, schleifte den überflüssigen Drehstuhl, der seit Wochen im Weg herumstand, herbei, und ließ sich darauf plumpsen. Mit den Füßen stieß er sich am Boden ab, rollte mitsamt Stuhl auf Wolfgang zu – und rammte ihn. Ein kurzer Moment, in dem sich Schultern und Knie trafen, ein Augenblick, in dem die Ellenbogen aneinander streiften. Wolfgangs Augenlider klappten zu und er stöhnte. Er war so kurz davor, Simon zu packen und an sich zu drücken, so verdammt kurz davor.

»Hab ich dir wehgetan?«, fragte Simon und legte Wolfgang sanft eine Hand auf den Arm. »Sorry!«

Ein Schauer breitete sich von dort aus und kribbelte durch den ganzen Körper. Wolfgang konnte nichts sagen, seine Mundwinkel bebten. Kaum merklich schüttelte er den Kopf.

Es gab zwei Sorten von Menschen, was Wolfgangs Leibesfülle betraf. Die einen wagten sich kaum näher als zwei Meter an ihn heran, als fürchteten sie, dass er stinken, mit Schweißperlen um sich spritzen oder sie mit Übergewicht anstecken könnte. So waren die meisten. Die anderen, oft Kinder oder alte Frauen, mussten ständig ihre Finger in Wolfgangs Speckrollen stupsen, den Bauch anfassen oder die Arme packen. Während es die Kinder lustig fanden, wie das Fett wieder in Position zurück schwabbelte, betonten die alten Frauen die Kraft. Auch wenn Wolfgang stark war, das war Fett, keine Muskeln, daher war ihm ihre Bewunderung stets suspekt.

Simon war weder ein Kind noch eine alte Frau und trotzdem hatte er keine Scheu, Wolfgang anzufassen. Das war einer der Gründe, warum Wolfgang gar so verschossen in ihn war. Weder stupste Simon in wissenschaftlicher Neugier in die Fettrollen, noch tatschte er an Bauch, Armen und Schultern herum, um die angebliche Kraft zu bestaunen. Er fasste Wolfgang vielmehr an, wie einen ... ganz normalen Kumpel, obwohl sie nicht einmal Kumpel waren, sondern nur Kollegen. Manchmal legte er ihm eine Hand auf den Rücken, packte ihn von hinten am Nacken, rempelte ihm den Ellenbogen in die Seite und einmal, das war vor einer Woche passiert, hatte Simon ihm doch glatt einen Klaps auf den Po gegeben.

Wolfgang hatte am Kopierer gestanden, genau genommen hatte er sich gerade gebückt, um einen Papierstau zu beheben und Simon war zufällig an ihm vorbeimarschiert und hatte zugelangt. Der Vorfall machte Wolfgang immer noch zu schaffen. Direkt danach hatte er sich auf dem Klo eingesperrt, um die Tränen zu verstecken, die Simon damit ausgelöst hatte. Natürlich war es idiotisch, gleich loszuheulen, nur weil der Mann des Herzens die Hände nicht bei sich lassen konnte, aber diese Berührung hatte Wolfgang bis ins Mark erschüttert. Zum einen, weil sie trotz ihrer Harmlosigkeit die sinnlichste Erfahrung seines Lebens gewesen war, zum anderen, weil sie ihm bewusst gemacht hatte, wie viel zwischen seiner Sehnsucht und der Realität lag. Zu dieser bedeutungslosen, kleinen Geste, dieser spontanen Albernheit, hätte sich Simon doch nie verleiten lassen, wenn er Wolfgang als Mann wahrnähme, der sexuelles Interesse hatte. Für die meisten Menschen fiel Wolfgang in die Kategorie Weihnachtsmann oder lustiger Buddha. Keiner kam auf die Idee, dass er ausgehungert nach Liebe sein könnte und an kaum etwas anderes mehr denken konnte, als daran, endlich einmal Sex zu haben.

Simon griff nach der Maus. Sein Arm und sein Rücken streiften Wolfgangs Brust und sein duftender Nacken war so nah, dass Wolfgang die Lippen darauf pressen konnte, wenn er wollte. Und *wie* er wollte! Hoffentlich kam Simon nicht auf die Idee, runterzuschauen. Wolfgangs Erektion drängte sich gegen den Hosenstall und er konnte unmöglich hinfassen, um sie zu verbergen, ohne die Aufmerksamkeit erst recht darauf zu lenken.

Simon verschob das Keyboard, um besser tippen zu können. Wolfgang hielt den Atem an. Zwar hatte jeder Mitarbeiter die Schreibunterlage mit dem Gruppenfoto unter der Tastatur, aber Wolfgang fürchtete, man könnte seiner ansehen, dass er sie jeden Tag stundenlang anschmachtete. Als wäre Simons Konterfei durch die vielen sehnsüchtigen Blicke abgenutzt oder würde verräterisch leuchten. Aber Simon fiel nichts Ungewöhnliches auf, er beachtete das Foto noch nicht einmal.

»Kennst du das schon? Es ist ganz neu«, fragte Simon und warf Wolfgang aus nächster Nähe einen Blick zu. Kaum zwanzig Zentimeter lagen zwischen Wolfgangs kribbelnden, nach Berührung fiebernden Lippen und Simons weichem, sanft geschwungenem Mund. Gott, wie sehr wollte Wolfgang ihn küssen, die Wange an Simons schmiegen – die Sehnsucht wurde so überwältigend, dass er am liebsten laut aufgeschrien und Simon grob weggestoßen hätte, um ihr nicht zu erliegen. Stattdessen schluckte er die Aufregung runter, zwang die tobenden Gefühle in die Schranken und wandte den Blick dem Bildschirm zu.

Ein Musikvideo spielte im Internetbrowser. Blasse Gestalten bewegten sich in unnatürlichen Verrenkungen und neurotischen Bewegungen durch rostige Räume, hatten gar keine, oder viel zu große Augen. Ein schöner Alptraum, künstlerisch anspruchsvoll, und über die Musik musste man ohnehin kein Wort verlieren, auch wenn sie über die miesen Lautsprecher des Bürocomputers vergewaltigt wurde.

Erst letzten Freitag hatte sich Wolfgang in einem Moment überschäumenden Mutes getraut, Simon auf den *Tool*-Sticker am Heck seines kleinen, giftgrünen Autos anzusprechen. Wochenlang, genau gesagt drei Monate, hatte Wolfgang mit sich gerungen, den Hinweis, dass Simon eventuell Fan derselben Musikgruppe war wie er, zu nutzen, um mit ihm ins Gespräch zu kommen. Hunderte Male hatte es ihm auf der Zunge gelegen und dann war er doch zu feige gewesen. Aber letzte Woche, da hatte plötzlich alles gestimmt. Die Sonne hatte den Mond geküsst, die Venus den Mars an den Händen gepackt und zusammen waren sie in den großen Wagen gestiegen, um über die Milchstraße zu fahren. Wolfgang hatte eine schwere Kiste ins Lager bringen müssen und Simon alleine angetroffen. Gerhard, der beängstigend mürrische Kollege, war auf der Toilette und Simon hatte Wolfgang so offen und freundlich angelächelt ... der Moment war einfach perfekt und es rutschte ihm einfach so heraus.

»Du magst *Tool*? Weil ... wegen dem Sticker auf deinem Auto.« Knallrot war er angelaufen, aus Angst, wie ein Stalker zu wirken, weil er wusste, welches der Autos auf dem Parkplatz Simon gehörte. Doch Simon hatte zu Wolfgangs Überraschung keinen Revolver gezogen, sondern zu strahlen begonnen und drauflos geplappert. Plötzlich war eine halbe Stunde vergangen, in der sie sich begeistert über ihren Musikgeschmack ausgetauscht hatten, und sie hatten das Gespräch nur unterbrochen, weil Rita im Lager angerufen und gefragt hatte, wo Wolfgang blieb.

Wolfgangs amouröser Überspanntheit war zuzuschreiben, dass er danach einen halben Tag lang geglaubt hatte, es gäbe vielleicht doch irgendeine Chance. Dann war die Realität wiedergekommen und hatte ihm gesagt, dass er sich mit einem Kollegen nur über Musik unterhalten hatte. Mehr nicht. Dennoch fühlte es sich für Wolfgang an, als hätten sie *etwas miteinander gehabt*. Idiotisch, aber so war das nun mal, wenn man bis über beide Ohren verliebt war.

Wolfgang bekam von dem Video nicht viel mit. Simons Nähe ließ ihn ganz blöd werden, die Hitze dieses geliebten Körpers drang ihm bis unters Hemd und die Muskeln seiner Schenkel krampften unwillkürlich. Wolfgang war kurz davor, erregt aufzustöhnen und die Arme um Simon zu schlingen, ihn auf den Schoß zu zerren und ihn spüren zu lassen, was seine unbekümmerte Nähe, seine schamlose Nettigkeit und seine wunderbare Existenz anrichteten. Wolfgang verlangte noch nicht einmal danach, von Simon berührt zu werden, oder ihn unsittlich berühren zu dürfen, nur halten wollte er ihn, festhalten, während er ...

»Geil!«, presste Wolfgang hervor und meinte nur am Rande das Video.

Simon musterte ihn, lächelte und bestätigte: »Definitiv, geil!«

Natürlich meinte er das Video, oder hatte er die Latte entdeckt? Wolfgangs Ohren begannen zu glühen, er räusperte sich und zerrte die Tastatur wieder an ihren

Platz zurück. »Ich muss arbeiten«, knurrte er in einem Tonfall, der ihn selbst tiefer traf als Simon, und streckte ihm energisch die Lieferscheine entgegen.

Über diese unerwartet rüde Wendung verwundert, rollte Simon mit dem Drehstuhl davon und murmelte: »Schon gut.«

Er sprang hoch, schnappte die Lieferscheine und eilte aus dem Büro.

Wolfgang hätte am liebsten den Monitor gepackt und quer durchs Büro geschleudert. Sinnlos klickte er mit der Maus herum und täuschte Arbeit vor – durch den verschwommenen Blick konnte er nichts auf dem Bildschirm erkennen.

2| Götz-Zitat

Gerhard, der mürrische Kollege aus dem Lager, hatte den Büroschnepfen den Gefallen getan, heute noch nicht aufzukreuzen. Das bedeutete, dass er sie nicht ständig anrief, um sich zu beschweren, dass irgendwelche Positionen auf den Lieferscheinen unmöglich umsetzbar waren, und ihnen minutenlang Anleitungen und Erläuterungen durchgab und ihnen Entschuldigungen und Rechtfertigungen abverlangte. Der unfehlbare Engel war gefallen, der Mann, der immer alles besser wusste als alle anderen, der immer korrekter war als alle anderen und sich ständig über die Arbeitsmoral in dieser Firma beklagte, hatte selbst ein Sakrileg begangen: Er blieb unentschuldigt der Arbeit fern. Er war nicht etwa krank oder hatte einen Termin, der ihn verhinderte, sondern er war einfach nicht aufgekreuzt – ohne das zu melden, ohne sich an die Regeln zu halten.

»Mir braucht der nie wieder mit ›das kann man so nicht machen‹ kommen«, sagte Sandra.

Wolfgang mochte Gerhard auch nicht besonders, er fürchtete sich sogar ein bisschen vor ihm, aber ihm gefiel, dass er die Mädels so im Griff hatte. Das Büro war ein einziges Schlangennest, die Damen eine Bande räudiger Kettenhunde, darüber täuschte kein noch so schickes Kostüm hinweg, keine noch so stylischen Pumps – aber Gerhard, vor dem hatten sie Respekt. Er bildete ein angenehmes Gegengewicht und nun, da er sich mit seinem Fernbleiben einen kapitalen Fehler erlaubt hatte, heulten die Köter den Mond an und fühlten sich stark.

Trompeten tönten von der Straße her – eine Volksmusikkapelle spielte – und zwar falsch, vertrackt, es tat in den Ohren weh. Das war kein Zeugnis abwesenden Talents, sondern im Gegenteil: Jeder schiefe Ton, jeder schmerzhafte Griff in die Eier eines Musikliebhabers, war gewollt. Es war das perfekt durchinszenierte, leiernde Chaos.

Die Kolleginnen drängten sich an den Fenstern und tuschelten, manche kicherten – aber insgesamt wirkten sie verstört. Mit einiger Verzögerung und nur träge erhob sich auch Wolfgang und schlurfte zum Fenster.

Wow.

Ein Grinsen zwang sich in sein Gesicht. Vor der imposanten Kapelle, die durch quälende Disharmonien stolperte, standen sechs Frauen in roten Badeanzügen und hielten ein Transparent, auf dem in riesigen Buchstaben ›LECKT MICH AM ARSCH‹ stand. Nachdem die Nixen der Ansicht waren, dass das alle gelesen hatten, drehten sie es um. ›LEBT WOHL, IHR GIFTSPRITZEN – GERHARD.‹

»So ein Vollarsch.«

»Der hat ja einen Knall!«

»Was soll das bitte bedeuten?«

»Meint der mich? Das lass ich mir nicht bieten!«

Wolfgang blieb am Fenster stehen. Sein Herz schlug begeistert höher. Die Musiker begannen, irgendeine Hymne zu spielen, die Wolfgang zwar bekannt vorkam, die er aber nicht zuordnen konnte. Die Badenixen in den goldenen Stöckelschuhen legten das Transparent rituell so zusammen, wie das in Filmen Soldaten mit Flaggen für gefallene Kollegen machten. Wenige Minuten später stöckelte eine der Frauen ins Büro, den dicken Wulst des Transparentes vor sich hertragend, blickte sich kurz um und nörgelte in einem osteuropäischen Akzent:

»Ist für Chefschlampe.«

Sie drückte den fulminanten Gruß Rita in die Arme, die ihr ganz wichtig entgegen getrippelt kam, und machte auf der Stelle kehrt.

»Warten Sie ... äh ... junge Dame?«, rief Rita und blickte ratlos auf das zusammengefaltete Transparent in ihren Händen.

Simon kam lachend zur Tür herein. »Ist ja geil! So will ich auch kündigen!«

»Kündigen?«, fragte Elke, als bestünde irgendein Zweifel an Gerhards Karriereplänen.

»So etwas Kindisches«, murmelte Rita. »Also, *ich* finde das *nicht* lustig. Ihr etwa?«

Solidarisch schüttelte ihr Hofstaat den Kopf und hob aristokratisch die Nase.

Wolfgang schmunzelte und nickte. Er fand das so was von cool. Wenn er geahnt hätte, dass Gerhard das drauf hatte, hätte er weit weniger Angst vor ihm gehabt.

Simon gluckste. »Ich finde es klasse!« Er fing Wolfgangs Blick auf und nickte ihm zu.

»Ich auch«, wagte Wolfgang todesmutig hervorzubringen. Die erste persönliche Meinung, die er in diesem Büro kundtat, obwohl sie grundlegend von der Mehrheit abwich.

»Hast du nichts zu tun?«, bellte Rita ihn scharf an. »Halt keine Maulaffen feil, sondern schau, dass du endlich einmal fertig wirst mit deiner Arbeit.«

Sie demütigte ihn vor Simons Augen. Wolfgang senkte den Blick und wünschte sich, der Boden würde aufreißen, um ihn zu verschlingen. Als wäre er von einem Dutzend Pfeile getroffen worden, sackte das gerade für wenige Momente erwachte Leben aus ihm heraus und er ließ die Schultern hängen. Er plumpste auf seinen Stuhl, drehte den Kolleginnen und vor allem Simon den Rücken zu und schloss die Augen. Nicht heulen. Der Blick wurde verschwommen. Er hatte vor Simon das Gesicht verloren. »Scheiße.« Als hätte Simon je etwas von ihm gehalten. Was machte sich Wolfgang vor? Dass er eine wertlose Raupe war, konnte man schon von weitem sehen, vermutlich war Simon noch nicht einmal aufgefallen, dass Rita ihn verletzt hatte. Das war doch der Ton, in dem man mit Menschen wie Wolfgang sprach, oder? Als wäre er ein dummer Hund.

Eine Stunde später kam Rita von einer Krisenbesprechung mit dem Chef zurück. Mittlerweile hatte sich herumgesprochen, dass Gerhard einen Sechser im Lotto gewonnen hatte, was ihn zu diesem fulminanten Austritt aus der Firma inspiriert hatte. Seitdem regierte der blanke Neid.

»Ausgerechnet Gerhard.«

»Der hat es nicht verdient.«

»Es trifft immer die Falschen, beim Sterben und beim Gewinnen.«

»Sicher gibt er uns nichts davon ab.«

Sie schwuren Stein und Bein, dass sie – würden sie einen Lottosechser machen – auf *jeden Fall* den Kolleginnen ein paar Tausender schenken würden, oder ein Auto, oder ein Haus, oder ein Pferd, oder eine Weltreise.

»Wolfgang bekommt eine Fettabsaugung.«

»Einen persönlichen Drill-Inspektor, der seinen Schwabbelarsch über den Sportplatz schleift.«

»Oder ein eigenes afrikanisches Dorf, das ihn als Gott der Völlerei verehrt.«

Wolfgang presste die Lippen zusammen und die Computermaus ächzte unter seinem festen Griff. Ignorieren. Einfach ignorieren. Aber wie sollte das funktionieren, wenn es sich anfühlte, als schäle ihm jemand bei lebendigem Leib die Eingeweide heraus? Wie sollte er es bloß anstellen, keine Angst mehr zu haben? Wolfgang schob das Keyboard zur Seite und blickte auf das Foto. Es half. Es half immer. Wenn er Simon anschaute, war es nicht mehr so schlimm, was sie sagten, dann gelang es ihm, sie für einige Momente aus der Wahrnehmung zu schubsen.

Mit dem Zeigefinger strich er sanft über Simons Wange auf dem Foto und seufzte. Was für ein verrückter, schrecklicher Tag. Simon hatte, wie es aussah, eine Freundin. Die einzige Person, die den Schnepfen im Büro Paroli bieten konnte, kündigte wegen eines Lottogewinns, und Wolfgang war vor dem Mann seines Herzens gedemütigt worden. Wie viel schlimmer konnte es noch kommen?

»Wolfgang, bist du taub?«, fuhr Rita ihn an – sie stand plötzlich direkt neben ihm.

Wolfgang schreckte hoch und schob rasch die Tastatur über das Bild. Seine Ohren brannten.

Rita dampfte wie der Leibhaftige – fehlten nur noch die Hörner auf der Stirn. »Du sollst deine Sachen packen!«

Wieso? War Wolfgang gekündigt? Aber warum? Er hatte sich doch nichts zu Schulden kommen lassen! Er kannte sich überhaupt nicht aus und starrte Rita mit trockener Kehle an.

»Na, worauf wartest du denn noch? Schieb deinen fetten Arsch ins Lager, Simon kann nicht ewig warten!«

»Was?« Tausend Gedanken polterten in Wolfgangs Kopf durcheinander.

Rita verdrehte die Augen und schnaubte. »Sag mal, träumst du in Farbe? Du hilfst im Lager aus, bis Ersatz für den Schleimbeutel gefunden ist!« Mit einem genervten Kopfschütteln drehte sie sich um und trabte zu ihrem Platz zurück.

Im ... *Lager?* Mit ... *Simon?* Jetzt? Gleich? Wolfgangs Bauch wummerte wie eine Waschmaschine im Schleudergang, sein Kopf glühte, sein Herz polterte und er bekam vor Aufregung kaum Luft. Er konnte die Information noch gar nicht richtig begreifen – sie schien so unwirklich. Seine Knie zitterten, als er sich aus dem Stuhl erhob und eine Minute stand er hilflos vor seinem Schreibtisch. Sollte er alles liegen und stehen lassen und einfach ins Lager gehen? Oder war das nur ein Scherz. Verarschten sie ihn? Vielleicht war das bloß eine weitere Demütigung, und wenn Wolfgang mit Jacke und Rucksack ins Lager verschwand, würden sie sich über ihn schlapp lachen. Machte Simon bei dieser Verarsche etwa mit?

»Heuteee nicht Mooorgen!«, blökte Rita, als sie von ihrem Rechner hochblickte. »Wie viele Einladungen brauchst du denn? Willst du es schriftlich haben?«

Rasch schnappte Wolfgang seine Sachen und wankte aus dem Büro. Vielleicht wäre es eine gute Idee, vorher den Chef zu fragen. Andererseits – wenn er es Rita aufgetragen hatte und Wolfgang damit ihre Kompetenz in Frage stellte, wartete die Hölle auf Erden auf ihn – mehr noch als bisher. Aber was, wenn Simon ihn auslachte, weil er auf einen Scherz hereingefallen war? Er würde das nicht überleben.

Sein Bauch kitzelte, als Wolfgang die Tür zum Lager öffnete und den Kopf hindurchsteckte. Hier war es angenehm kühl – im Büro war es immer so stickig, aber die Frauen hatten Angst vor dem Lüften. Sobald für drei Sekunden das Fenster geöffnet wurde, starb schon eine von ihnen an Nierenbeckenentzündung oder Angina, oder bekam Migräne. Das alles würde Wolfgang nun hinter sich lassen, wenn es stimmte und er wirklich im Lager arbeiten durfte.

Simon war offensichtlich im Stress. Er hantierte rasch mit Klebeband, Messer und Kartons und es sah ein bisschen so aus, als spiele man einen Film in Zeitraffer ab. Er bemerkte Wolfgang erst, als er zwei Meter vor ihm entfernt stehen blieb, in der einen Faust die Jacke, in der anderen den Rucksack, und ordentlich Wums im Bauch.

»Hey!«, rief Simon und strahlte übers ganze Gesicht. Sofort ließ er alles liegen und stehen. »Was für eine abgefahrene Aktion, Ha? Komm mit, ich zeig dir, wo du deine Sachen abstellen kannst.«

Ich liebe dich, dachte Wolfgang, *ich liebe dich*, und trabte hinter Simon her in ein Kabuff, das so etwas wie ein Büro darstellen sollte. Die Wände waren mit Hinweistafeln, Lieferscheinen und blöden Sprüchen tapeziert, und einem Kalender mit dem Bild einer Frau, der der rote Badeanzug geplatzt war und deren fußballgroße Möpse verlegen zu Wolfgang schielten. Unter Stapeln von Zetteln duckte sich ein Computer, die Tastatur stand auf derselben Schreibtischunterlage, wie Wolfgang hatte, nur dass diese hier bis zum letzten Millimeter mit Telefonkritzeleien und Notizen vollgekrakelt war.

Nur zur Sicherheit – oder weil die Hoffnung ein hartnäckiges Biest war – suchte Wolfgang nach Hinweisen, ob hier jemand auf Männer stand. Vielleicht ein Kalender mit halbnackten Feuerwehrmännern, als Kontrast zur barbusigen Ludmilla, aber nichts dergleichen. Dafür stand das Bild einer jungen Frau auf dem Schreibtisch, die verboten glücklich in die Welt strahlte. Sie war vielleicht Mitte zwanzig, dunkelhaarig und beleidigend hübsch. War *sie* das? Simons Aufriss von Freitag? Brachte man bereits nach zwei Tagen Liebe ein Foto zum Arbeitsplatz mit? Andererseits – Wolfgang war nicht mit Simon zusammen und starrte trotzdem den halben Tag auf ein Foto von ihm.

»Ich bin echt froh, dass du da bist!«, sagte Simon fröhlich und legte Wolfgang, als er an ihm vorbeilief, die Hand auf die Schulter.

Wow. Noch nie hatte sich jemand über Wolfgang gefreut.

Simon stand bereits wieder bei der Packstation und winkte mit den Lieferscheinen, während Wolfgang noch immer der sanften Berührung nachhing. Das würde es jetzt öfter geben – Berührungen. Das könnte ein Problem werden. Schon jetzt galoppierte die Erregung wie eine Herde unausgelasteter Junghengste durch seinen Hosenstall.

Simon erklärte Wolfgang in Kurzfassung den Arbeitsablauf, damit sie erst einmal das Dringendste aufarbeiten konnten – später würde er dann alles ausführlicher erklären.

Nicht nur nörgelte Simon nicht ständig an Wolfgangs Arbeitsweise herum oder wies dauernd auf sein Tempo hin, er lobte Wolfgang sogar. Es war kein Vorschusslob, um Wolfgang anzutreiben und zu motivieren, obwohl es diese Wirkung hatte, er schien zu meinen, was er sagte.

»Hey, du begreifst schnell.«

»Du hast schon Mal in einem Lager gearbeitet, oder?«

»Es ist echt angenehm mit dir, du diskutierst nicht lange, sondern packst zu.«

»Wenn wir so weitermachen, schaffen wir das Pensum in der halben Zeit.«

So ging das dahin und Wolfgang starrte Simon jedes Mal ungläubig an. Er wollte ihm gefallen, ihm helfen, ihm richtig zur Hand gehen, ihm eine Freude machen – aber er konnte kaum fassen, dass es ihm wirklich gelang. Wolfgang kam in einen Flow, als sie flott eine Lieferung nach der anderen abfertigten – der Handgriff des einen floss in den des anderen über wie in einem gut geölten Zahnrad. Es war eine anstrengende aber befriedigende Arbeit. Am Ende des Tages stapelten sich Kisten, die die Fahrer frühmorgens abholen würden. Verschwitzt und erschöpft, aber stolz auf das, was geschafft worden war, betrachtete Wolfgang das Tagwerk. Was für ein tolles Gefühl, wenn man am Ende sah, was man im Laufe eines Tages geschafft hatte und nicht jeder Handgriff ein sinnloses Wühlen in der Bürokratie war.

»Na?«, fragte Simon. »Hat es Spaß gemacht?«

Spaß? Es war der schönste Tag in Wolfgangs Leben gewesen. Er hatte den halben Tag an Simons Seite verbringen dürfen, zig Male hatten sich unabsichtlich ihre Hände berührt, wenn sie einander Kleberoller und Messer reichten. Sie hatten nebenbei geplaudert über dies und das – nichts Wichtiges, aber das war egal, es ging um den Austausch, die Art, wie Simon sprach, die Worte wählte und betonte, wie er gluckste, wenn ihm was Albernes einfiel. Es hatte so viele Blicke gegeben, dass Wolfgang sie kaum zählen konnte, und Lächeln, so viel entspanntes, nettes Lächeln, das nur ihm gegolten hatte, Wolfgang allein.

»Ja«, flüsterte er und strahlte Simon mit glänzenden Augen an. Sein Bauch kitzelte in einer Tour, und wenn er noch mehr seufzte, würde er platzen.

Simon lachte. »Wart's ab, in drei Tagen schaut es anders aus!«

Drei Tage? Wolfgang würde *drei Tage* mit Simon im Lager arbeiten dürfen? Ungläubig glotzte er ihn an. Sein Herz raste. »Drei Tage?«

»Haben sie dir nicht gesagt, dass du vorläufig bei mir bleibst?«, fragte Simon verwundert.

Nun ... Rita hatte erwähnt, dass Wolfgang im Lager arbeiten sollte, bis Ersatz für Gerhard gefunden wurde. Dauerte das etwa länger? Ein paar Tage? Hoffentlich gab es einen Mangel an Lagerarbeitern, hoffentlich war der Lohn abschreckend für potentielle Anwärter, hoffentlich hatte das Arbeitsamt alle Daten der Firma verbummelt und niemand würde hier vorstellig werden.

»Doch«, antwortete Wolfgang. Sein Herz wollte vor Glück platzen. Wenn Simon sagte, dass es drei Tage dauern konnte, bis jemand Neues gefunden wurde, dann stimmte das. Immerhin arbeitete er schon ein paar Jahre in dieser Firma und hatte Erfahrung mit der Personalbesetzung. Wolfgang ließ den Blick über Simons Körper gleiten, die Hüften, den flachen Bauch, die Schultern, den schönen Hals, das sinnliche Kinn, die weichen Lippen, das bis zu diesem wunderschönen, braunen, von der Arbeit leicht verstrubbelte Haar. Er seufzte. »Danke.«

»Danke? Wofür?«

»Dass ich hier sein darf.« Am liebsten wäre Wolfgang Simon um den Hals gefallen.

Simon gluckste. »Bedank dich bei Gerhard ... oder der Lotterie ... ich hab damit nichts zu tun.«

»Dann danke, dass du mir alles gezeigt hast.«

»Sei nicht albern, Wolfi!« Simon lachte, drehte sich um und lief zum Lagerbüro.

Wolfgangs Herz stand für einen Moment still. Wie hatte Simon ihn eben genannt? Wolfi? Ein heißen Schauer durchlief ihn. Er bekam kaum Luft, der ganze Körper prickelte, als löse er sich in gleißendes Licht auf.

Wie auch immer seine Beine es anstellten, sie trugen ihn bis zum Kabuff. Dort hielt er sich am Türrahmen fest und sah Simon zu, der ein paar Eingaben in den Computer machte. Die langen, geraden Finger flogen flink über das Keyboard. Auf den Handrücken glitten die Sehnen unter der Haut hin und her und schlugen Adern feine Wurzeln. Wolfgang wollte die Lippen darauf drücken – auf jeden Knöchel, in den Handteller, zwischen die Finger ...

»Ich bin gleich fertig, dann fahren wir«, erklärte Simon gut gelaunt.

Was hieß hier *wir*?

»Du fährst doch immer mit dem Bus, oder?«, fragte Simon.

»Mhmm«, brummte Wolfgang nervös. Woher wusste Simon das?

»Dann nehme ich dich mit dem Auto mit«, meinte Simon, als wäre das total selbstverständlich.

Wolfgang krallte sich an den Türrahmen. Simon wollte ihn in seinem winzigen Auto mitnehmen? Da hatte Wolfgang doch kaum Platz, um elegant einzusteigen. Der Wagen würde sich in seine Richtung senken, die Achsen knarzen, der Gurt zu kurz sein, die Beifahrertür nicht zugehen. Wolfgang würde mit seinen fast eins neunzig und über hundertvierzig Kilo in dem kleinen Hüpfer stecken, wie ...

»Nicht nötig, der Bus geht eh gleich«, sagte Wolfgang rasch.

Das stimmte nicht, der Bus fuhr nur zur vollen Stunde und es war kurz nach sieben, aber Wolfgang konnte unmöglich neben Simon im Auto sitzen. Selbst wenn die räumlichen Gegebenheiten passten, würde er die Jacke und den Rucksack fest auf den Schoß pressen müssen. Und wenn Simon darauf bestand, diese Sachen auf die Rückbank oder in den Kofferraum zu legen? Dann würde er Zeuge, wie ein Marterpfahl die Hose der fetten Aushilfe sprengte.

Irritiert blickte Simon Wolfgang an. »Misstraust du meinen Fahrkünsten?«

»Nein ... Du fährst sicher total ... super ... aber ...«

»Aber?« Simon hob gespannt die Augenbrauen.

»Ähm ... ich ... habe schon die Fahrkarte für den ganzen Monat und das wäre ja schade, wenn ich sie einfach verfallen lasse.«

»Wolfi«, tadelte Simon und blickte ihn gespielt streng an.

Wolfgangs Bauch kitzelte, als brause er mit einem Lift rasch abwärts. »Okay«, nuschelte er schief grinsend, und im nächsten Augenblick wurden ihm die Knie so weich, dass er sich setzen musste. Rasch nahm er auf den zweiten Stuhl Platz.

»Alles in Ordnung?«, fragte Simon und fuhr den Rechner runter.

»Sehr«, flüsterte Wolfgang.

Simon lächelte, sprang hoch und schnappte die Jacke, die über dem Stuhl hing. »Dann lass uns heimfahren.«

Wie er das sagte! Als wohnten sie zusammen und gleich würden sie miteinander verknotet auf dem Sofa sitzen und den Abendfilm sehen.

Die Lampen schnalzten, als Simon die Lichter in der Halle abdrehte. Draußen war es bereits dunkel. Die Novemberluft steckte sofort die kalten Finger unter ihre Jacken. Simon schloss das große Blechtor ab, dann marschierten sie über den verlassenen Firmenparkplatz zu Simons einsamen, giftgrünen Rostschüssel.

So anmutig, wie es Leibesfülle und das winzige Auto zuließen, kletterte Wolfgang auf den Beifahrersitz. Der Gurt passte. Wolfgang durfte Rucksack und Jacke auf seinem Schoß festhalten. Die Achsen gaben keinen Mucks von sich.

Elegant schlüpfte Simon hinters Steuer und startete den Wagen. Wolfgang sog den Duft des Autos in sich auf, roch ein bisschen Simons Körper, die getrocknete Schweißschicht vom Arbeiten. Was für eine Note! Das Blut sackte aus dem Hirn in den Schwanz. Wolfgang wurde ganz benommen. Zudem streiften Simons Handrücken beim Schalten Wolfgangs Schenkel.

Der Blinker tickte beruhigend, als Simon aus der Ausfahrt lenkte.

»Musst du gleich nach Hause, oder hast du etwas Zeit?«, fragte er.

Wolfgang wurde heiß. Wollte Simon wissen, ob jemand daheim auf ihn wartete? Oder hatte er etwa Lust, mit ihm auf ein Bierchen zu gehen, wie manche Kollegen das nach der Arbeit so machten?

»Warum?«

»Hast du? Oder hast du nicht?« Simon beschleunigte den Wagen.

»Ja«, hauchte Wolfgang.

Simon grinste. »Warum flüsterst du?«

Wolfgang war froh, dass es dunkel war und sich Simon auf den Verkehr konzentrieren musste. Seine Ohren glühten gewiss Purpur. »Ich hab Zeit bis morgen früh«, platzte Wolfgang energisch heraus. Oh, verdammt.

Simon lachte. »Na, so lange wird es nicht dauern.«

»Was haben wir denn vor?«, fragte Wolfgang vorsichtig. Das *Wir* war ganz schön verwegen.

Simon schmunzelte.

Wolfgangs Erektion presste sich hart gegen den Rucksack.

»Ich fahre nach der Arbeit gern ein bisschen in der Gegend herum«, erklärte Simon nach einer Weile. »Durch Dörfer und so. Ich mag es, um diese Jahreszeit hell erleuchtete Fenster zu sehen. Ich stelle mir vor, wie die Leute von der Arbeit heimkommen, sich gemeinsam zum Abendessen setzen und über ihren Tag reden.«

Wolfgang musterte Simons Profil vom Scheitel bis zu den Knien. Das klang irgendwie einsam, was er da sagte, aber das konnte nicht sein. Simon hatte doch eine Freundin und selbst wenn nicht, konnte sich Wolfgang schwer vorstellen, dass ein so schöner Mann einsam sein sollte. Dicke und hässliche Menschen ja, aber doch nicht jemand wie Simon!

Als wäre die Motorhaube ein lästiger Hügel, der den Weg zur Straße blockierte, saß Simon aufrecht und blickte konzentriert auf den Lichtkegel der Scheinwerfer. »Es tut weh«, sagte er leise und legte sich eine Hand auf die Brust. »Es tut irgendwie weh da drin, aber ich brauch das. Ich glaub, ich bin ein Sehnsuchtsjunkie.«

Lass mich dich küssen, dachte Wolfgang. Wäre er bisher nicht in Simon verliebt gewesen, spätestens jetzt hätte es gefunkt. Wie konnte er so etwas sagen. *Sehnsuchtsjunkie.* Wie poetisch!

»Ich auch«, seufzte Wolfgang und war verdammt nah dran am goldenen Schuss.

Simon schenkte ihm ein Lächeln und fragte begeistert: »Echt? Und wonach sehnst *du* dich?«

Danach, hinter deinem Ohr zu schnuppern, meine Hand sanft auf deine Taille zu legen, mit meiner Zunge deine zu kosten, mit meinen Fingern in deine Hose zu gleiten und die Hitze deines Geschlechts zu spüren ...

»Ach ... dies und das ...« Wolfgang seufzte theatralisch und zuckte mit den Schultern. ›Dies und das‹ war immer eine gute Antwort. Die meisten Menschen gaben sich damit zufrieden und nickten verständnisvoll – sie kannten ebenfalls dieses ›Dies und das‹.

Simon gab sich damit offensichtlich nicht zufrieden.

»Was zum Beispiel«, fragte er und lenkte das Auto auf eine einsame Landstraße.

In der Ferne sammelten sich in den Mulden der Landschaft Lichtgrüppchen. Nur wer die Gegend kannte, konnte die Konturen der Hügel und Berge erahnen.

»Jemanden«, sagte Wolfgang gedankenverloren, dann fuhr er hoch und fügte rasch hinzu: »Nicht im Moment, aber so generell ... grundsätzlich ... gelegentlich.« Auf der Suche nach dem Fensterhebel – er brauchte dringend ein paar Schläge eiskalte Frischluft ins Gesicht – fielen ihm ein paar CDs in die Hände. Er musterte sie irritiert.

»Oh ja«, seufzte Simon, »verliebt sein ...«

Die Hüllen rutschten aus Wolfgangs Hände und klapperten seitlich an den Knien vorbei in den Fußraum. Verdammt. Er machte sich gerade total zum Idioten. Im Reflex beugte er sich vor, um nach den CDs zu tasten, doch der Gurt riss ihn zurück. Außerdem waren ihm Bauch, Jacke und Rucksack im Weg, also lehnte er sich mit einem ungehaltenen Schnaufen zurück.

»Warst du schon mal in jemanden verliebt, der es nicht wusste oder bei dem du ohnehin nie eine Chance gehabt hättest?«, fragte Simon.

Eine Frage wie ein Peitschenhieb.

»Nein«, krächzte Wolfgang. Verdammt, das klang nicht energisch genug. Er räusperte sich und sagte noch einmal ganz klar: »Nein!« Wie gut, dass Simon bei dem schwachen Licht die dunkelroten Flecken nicht sehen konnte, die auf Wolfgangs Wangen brannten. Trotzdem drehte er rasch den Kopf weg und starrte in die Dunkelheit.

»Du Glücklicher«, murmelte Simon. »Oder auch nicht, je nachdem, wie man es betrachtet.«

Sie passierten ein Ortsschild, das den Anfang der nächsten Siedlung markierte, und kamen an einer einsamen Ampel zu stehen, die über einer Kreuzung im Wind tanzte. Die orangefarbene Straßenbeleuchtung erhellte den Innenraum. Wolfgang wandte sich Simon zu und wollte ihn bei diesem Licht genauer ansehen. Wums – er schaute direkt hinein in warmes Interesse – vielleicht sogar Zuneigung. Ein spürbar dämliches Grinsen zwang sich in Wolfgangs Gesicht. Er fürchtete und wünschte gleichermaßen, Simon könnte sein wild hämmerndes Herz hören.

»Ich hab das schon drei Mal erlebt«, sagte Simon und wandte sich wieder der Kreuzung zu.

Worum ging es noch gleich? In Wolfgangs Kopf brummte Leere. »Was denn?« Abwesende Gedanken platzten wie Seifenblasen um ihn herum.

Die Ampel sprang auf grün und Simon gab Gas.

»Dass ich in jemanden verliebt war, der davon nichts wusste. Beziehungsweise ... wo ich ohnehin keine Chance gehabt hätte.«

Das konnte unmöglich stimmen! Welche blöden Tussis erdreisteten sich, jemanden wie Simon abzuservieren? Hatten sie Kronkorken auf den Augen und Brandlöcher im Hirn?

»Das kann ich mir nicht vorstellen«, murmelte Wolfgang. »Wer sollte *dich* nicht wollen?«

Simon schnellte zu ihn herum, musterte ihn prüfend und begann zu lachen.

Scheiße. Warum band Wolfgang ihm nicht gleich auf die Nase, dass er bis über beide Ohren in ihn verknallt war? Noch ein paar solcher Bemerkungen ...

»Das ist lieb, Wolfi, aber ...« Simon unterbrach sich und warf Wolfgang einen weiteren verstörend intensiven Blick zu. Nachdem er offenbar nicht gefunden hatte, was er suchte, wandte er sich wieder der Straße zu, was recht vernünftig war. Trotzdem seufzte Wolfgang traurig.

Eine ganze Weile sagte keiner ein Wort. Ein neues Thema wäre schön, eines, das fünfhundert Lichtjahre von dem entfernt war, das sie eben angeschnitten hatten. Wolfgang wollte sich ersparen, Simon über irgendwelche Frauen schwärmen zu hören. Am Ende musste er vielleicht sogar selbst amouröse Abenteuer erfinden, um sich nicht zu blamieren und dann würde er sich todsicher blamieren.

»Es ist ein Blödsinn, was man immer so sagt«, begann Simon schließlich.

»Dass Bielefeld gar nicht existiert?«, fragte Wolfgang und freute sich, dass Simon über diesen Insider lachte. War es überhaupt ein Insider, wenn die halbe Welt diesen Scherz machte? Egal, Simon lachte und darauf kam es an.

»Nein«, wehrte Simon amüsiert ab. »Ich meinte diesen Spruch, dass Liebe alles überwindet. Das stimmt nicht.«

Warum krachte er nicht gleich mit der Faust durch Wolfgangs Rippen und riss ihm das noch warme, pochende Herz heraus, warf es auf die Straße und fuhr darüber, setzte zurück, nochmal darüber, zweimal, dreimal, so oft, bis man es von einem überfahrenen Feldhasen nicht mehr unterscheiden konnte? Natürlich war es keine Neuigkeit, die Simon hier offenbarte, das war Wolfgang schon lange klar – aber musste er es aussprechen? Jetzt, als Wolfgang gerade zu hoffen begann, dass vielleicht eines Tages eine alberne Sternenkonstellation ...

In Filmen ging das immer ganz einfach. Man trank irgendeine dampfende, ungesund aussehende Brühe aus einem Reagenzglas und plötzlich war man schön, beliebt und der Angebetete in einen verliebt. So, wie die Sache allerdings aussah, war die Welt ein so finsterer Ort, dass sogar ein Mann wie Simon bereits die Erfahrung hatte machen müssen, dass Liebe ein Scheißdreck war. Ja genau, sie war zu nichts nutze, außer zu Qual und Leid und falschen Entscheidungen.

»Wem sagst du das«, murmelte Wolfgang, und weil es eh schon egal war: »Sieh *mich* an. Wer wüsste das besser, als ich?« Liebe überwand noch nicht einmal dreißig Kilo Speck. Vom falschen Geschlecht ganz zu schweigen. Es gab vermutlich mehr Grenzen, Liebe betreffend, als Möglichkeiten. So sah das in Wahrheit aus und wer etwas anderes behauptete, war entweder ein Lügner oder noch keine zwölf Jahre alt.

Während Simon Wolfgang anstarrte, driftete das Auto besorgniserregend weit auf die andere Fahrspur. Als Simon das bemerkte, riss er das Steuer herum. Der

Wagen schlenkerte gefährlich und die Reifen quietschten. »Waaas meiiinst du daaamit?«, rief er, während er versuchte, die brenzligen Situation in den Griff zu kriegen.

Was war das für eine bescheuerte Frage? Wolfgang hatte nun wirklich keine Lust, die Vorzüge von Bauchspeck in Bezug auf ein ungestörtes Junggesellendasein zu erörtern, also hüllte er sich in geheimnisvolles Schweigen. Wenn Simon noch ein paar Mal ganz genau hinschaute, würde er schon erkennen, wo der Hinkelstein lag, der Liebe verhinderte.

»Schlechte Erfahrungen?«, fragte Simon, nachdem er seinen Gedanken Zeit für diese krude Schlussfolgerung gelassen hatte.

Ganz kalt.

»Ja ... ja, schlechte Erfahrungen«, murmelte Wolfgang vor sich hin. Das klang immerhin verwegener als adipositasbedingte Jungfräulichkeit.

»Oh, das ist blöd«, sagte Simon mitfühlend.

»Und du? Wie kommst *du* zu dieser Erkenntnis?«, fragte Wolfgang. Es rutschte einfach so aus ihm heraus, er musste dafür noch nicht einmal mutig sein. Dann fuhr ihm der Schock über seine eigene Kühnheit in die Glieder.

Simon schwieg, den Blick konzentriert auf die Straße gerichtet.

»Hindernisse«, antwortete er, als der angemessene Zeitraum für eine Antwort schon lange vorbei war. »Unüberwindbare Hindernisse.«

3| DIE LUDMILLAS

Die Firmentoilette war ein guter Rückzugsort, wenn Simons Nähe Wolfgang beinahe um den Verstand brachte und er mit glühendem Schwanz die Flucht ergreifen musste. Aber nicht, weil er sich dort mit wenigen gezielten Handgriffen erlösen wollte. Niemals würde er außerhalb seiner vier Wände Hand an sich legen, schon gar nicht in der Firma und erst recht nicht, wenn Simon jederzeit die unverriegelbare Tür aufreißen könnte. Das Ambiente brachte Wolfgang innerhalb weniger Minuten wieder auf normale Betriebstemperatur. Der Putz bröckelte von den Wänden, die Keramik hatte man wahrscheinlich in der Zwischenkriegszeit installiert und da auch zuletzt geputzt, und obwohl durch das kleine, eingeschlagene Fenster ständig Frischluft kam, roch es nach Fäule. Manchmal bildeten sich auf der Pfütze in der Klomuschel Eiskristalle und an der Decke hingen die Schleier ganzer Spinnenkolonien. Auf dem Fußboden lag ein waschechtes Tittenmagazin, vergilbt und das Papier wellte sich – Wolfgang wollte es noch nicht einmal mit den Schuhspitzen berühren. Die Frage, ob sich Simon damit erleichterte, beantwortete er sich damit, dass das Titelblatt ein verstaubter Insektenfriedhof war.

Wolfgang glotzte auf die hellbraunen Fliesen, die in ihren jungen Jahren einmal weiß gewesen sein könnten, und wartete, bis die Erregung abschwoll. Trotz dieser ekelerregenden, eiskalten und trostlosen Kabine dauerte es immer länger. Wolfgang durfte die Augen nicht schließen und musste sich auf das Gurgeln des undichten Spülkastens konzentrieren, denn nur eine kleine gedankliche Unachtsamkeit, und sein Schwanz schnellte wieder hoch.

Neun Tage arbeitete er mit Simon nun schon Hand in Hand, fast zwei Wochen, und bisher war noch kein Ersatz für Gerhard in Sicht.

»Komm schon!«, flehte Wolfgang seinen Steifen an, sich bis heute Abend zu verkrümeln. Es war ja nicht so, als vernachlässige er ihn, er musste sich nur etwas gedulden, abends und morgens erhielt er alle nur erdenkliche Zuwendung, um tagsüber Ruhe geben zu können. Aber nichts da. Schon seit zehn Minuten hatte der Schwanz den Kopf hoch erhoben und pochte unaufhörlich gegen den Hosenstall. Allmählich fragte sich Simon bestimmt, wo Wolfgang so lange blieb. Toll, ein banaler Gedanke und das Köpfchen reckte sich noch begieriger. Es hatte ohnehin wenig Sinn, hier abzukühlen. Oft dauerte es nicht lange, und Wolfgangs Erektion war wieder voll auf Anschlag. Er hatte gehofft, mit der Zeit würde es besser werden und die ständige Nähe die erotischen Gefühle abstumpfen – Millionen erkaltete Ehebetten waren Zeugnis für den Erfolg dieser Methode – aber das wusste Wolfgangs Schwanz nicht, auch nicht sein Herz und sein Hirn. Bis Wolfgang abends dazu kam, sich endlich anzufassen, tat ihm oft alles weh. Jetzt aber war es gerade erst elf Uhr und er war bereits auf dem Level wie sonst erst nachmittags.

»Verflucht!« Wolfgang öffnete die Hose. Die Gürtelschnalle klirrte, Stoff raschelte, und mit einem ungehaltenen Stöhnen packte er die Erektion. Scheiß drauf. Scheiß auf die Scham und die Furcht, entdeckt zu werden oder sich hinterher durch komisches Verhalten und seltsame Blicke zu verraten. Ab einem gewissen Punkt ging es eben nicht mehr anders – allen Vorsätzen zum Trotz.

Keine Zeit verlieren, kein Spiel mit der Erregung, das hier war reine Triebbefriedigung ohne Firlefanz und Schnörkel. Wolfgang klappte die Augen zu, warf den Kopf in den Nacken und ließ seinen Fantasien freien Lauf. Da es schnell gehen musste, hielt er sich auch in der Vorstellung nicht mit Zärtlichkeiten auf. Simon nackt auf dem Packtisch, die Beine gespreizt, den schönen, dicken Schwanz in einer leichten Krümmung auf dem flachen Bauch liegend, wand er sich unter Wolfgangs harten Stößen. Von neunundneunzig auf hundert in zehn Sekunden. Die Hitze prickelte durch Wolfgangs Becken, breitete sich bis zu den Knien aus und strömte durch den Bauch. Wolfgang wagte nicht, eine der Wände zu berühren, bebte mit krampfenden Muskeln und schnaufte mit zusammengepressten Lippen durch die Nase.

Die Erlösung prickelte bis ins Hirn und machte ihn für ein paar Momente glücklich. Dann ebbte die Erregung ab und übrig blieb das Selbstbild eines jämmerlichen Dicken, der sich auf der ekeligen Firmentoilette einen runterholte. Genau so wollte er nie sein. Genau dieses Bild niemals abgeben. Schuldgefühle und Selbsthass hauten ihm links und rechts eine runter und traten ihn so lange in eine Ecke, bis sich Wolfgang hundeelend fühlte. Wenn Simon wüsste, was er mit ihm in seiner Fantasie anstellte, würde er ihn hassen, verachten, verjagen. Wie sollte er ihm jetzt unter die Augen treten? Genau das war es, was Wolfgang immer befürchtet hatte. Dass er sich danach schäbig fühlte, befangen war und im sozialen Niemandsland herum schwebte, das ihn langsam immer weiter von dem abdriften ließ, was normales Verhalten war.

Mit einem tonnenschweren Brocken im Bauch schlurfte er in die Lagerhalle zurück. Erleichtert stellte er fest, dass Simon nicht an der Packstation stand und ihn daher nicht schon von weitem herankommen sehen konnte. Wolfgang ließ sich Zeit. Immerhin hatten sie das Pensum des Vormittags in Rekordzeit erledigt, so dass Wolfgangs jämmerliches Treiben nicht auch noch zu Engpässen bei der Arbeit führte.

Simon saß im Lagerbüro. Wolfgang blieb in der Halle, schob ganz wichtig Klebebänder, Messer und Kartons herum, tat so, als wäre er sehr beschäftigt damit, aufzuräumen.

»Wolfi – kommst du mal?«, rief Simon.

Die Art, wie er seinen Namen sagte, flutete in Wolfgangs Seele wie das Licht eines Sonnenaufgangs. Die garstigen Schatten der gemeinen Zensoren flüchteten grummelnd in die tieferen Schichten der Finsternis, ins Unterbewusste.

Simon saß auf einem der beiden Drehstühle und hatte die Fersen übereinandergeschlagen auf dem Schreibtisch abgelegt. Die Hände hielten, auf den Bauch gestützt, das Bild mit dieser scheißglücklichen Frau, die wahrscheinlich seine Freundin war – wer sonst sollte so lächeln, wenn nicht jemand, der an Simons Seite sein durfte? Aber genau wusste Wolfgang es nicht. Seit der ersten gemeinsamen Fahrt umschifften sie diesen Themenkomplex großräumig. Ein Eifersuchtsschauer pikste Wolfgangs Magen, der sofort im Licht der Hoffnung verdampfte, als Simon hochblickte und ihn anlächelte.

»Wie gefällt es dir hier im Lager?«

Was für eine Frage! Keine Chance, den Coolen zu spielen, Wolfgang spürte, wie sich ein debiles Grinsen in sein Gesicht zwang. »Sehr«, hauchte er, weil *du* da bist.

Simon schmunzelte und funkelte ihn eigenartig an, wie immer, wenn sein Mitarbeiter scheinbar ohne Grund begann, die Worte nur noch zu flüstern.

»Ich habe vor, dem Chef den Vorschlag zu unterbreiten, dass du hier bei mir bleibst. Er soll lieber eine neue Kraft fürs Büro suchen.« Simon nahm mit einem Ruck die Füße vom Tisch, öffnete die unterste Schublade und legte das Bild behutsam hinein. »Nur, wenn es dir recht ist, natürlich.« Von da unten blickte er zu Wolfgang hoch.

Simon wollte ihn für immer hier haben? An seiner Seite? Wolfgangs Herz sprudelte über, seine Augen begannen zu brennen und er entwickelte den unbändigen Drang, Simon in die Arme zu fallen. Unauffällig tastete er nach der Lehne des freien Drehstuhls, um sich daran festzuklammern. Gott, er hatte so weiche Knie, dass die Schenkel zu zittern begannen. »Okay«, krächzte er übertrieben lässig.

Hatte er etwas Falsches gesagt? Simon glupschte ihn belustigt an, dann klatschte er entschlossen mit der flachen Hand auf den Schreibtisch. »Gut, dann gehe ich gleich mal rauf und schlage ihm das vor.« Entschlossen sprang er hoch, doch als er zur Tür hinausgehen wollte, schlang Wolfgang die Arme um ihn. Es überkam ihn einfach. Er hielt Simon fest an seinen Bauch gequetscht, noch ehe er selbst begriff, was er da eigentlich tat. Simons warmer, fester Körper fühlte sich so verdammt gut an, und sein betörender Duft kroch Wolfgangs Nase hoch und machte ihm das Gehirn weich. Wolfgang strich mit den Handflächen über Simons muskulösen Rücken hoch in den Nacken, schnupperte an seiner Schläfe und hauchte ihm ein verzücktes »Danke« ins Ohr.

Simon steckte in Wolfgangs Umarmung wie ein Brett. Er versteifte sich und ächzte überrascht. Als er den ersten Schock überwunden hatte, klopfte er gegen Wolfgangs Seiten und wand sich aus den Armen. »Schon gut, Wolfi, schon gut.« Als würde er einen aufdringlichen Schäferhund beruhigen, der sich in den Kopf gesetzt hatte, sein Knie zu decken. Dann flüchtete er aus dem Kabuff, stolperte, lief durch die Halle und warf erst einen Blick zurück, als er die Tür öffnete. Er wirkte verstört, vielleicht sogar verärgert, und stürzte hinaus.

»Oh, Mann, ich Idiot.« Wolfgang ließ sich auf den Drehstuhl plumpsen. Wie hatte er sich nur so vergessen können? Simons Körper prickelte immer noch auf ihm – es war so schön gewesen, ihn zu halten. Doch was war der Preis für diese unvorsichtige Tat? Simon würde ihm wohl nicht mehr über den Weg trauen und in Zukunft, wie alle anderen, einen Abstand von zwei Metern einhalten und ihn nicht mehr im Auto mitnehmen.

Nun hatte Wolfgang den Beweis dafür, dass alle Blicke, alles Lächeln, sämtliche zufälligen Berührungen nichts zu bedeuten hatten. Manchmal – wenn Wolfgang ganz blöd vor Erregung und Liebe gewesen war – hatte er gewagt zu hoffen, dass Simon aus einem bestimmten Grund so nett zu ihm war. Kühne Gedanken – zumal Simon nicht auf Männer stand und garantiert nicht auf Dicke.

Was hatte es zu bedeuten, dass Simon das Foto seiner Freundin in die unterste Schublade verfrachtet hatte? War es aus zwischen ihnen? Hatte es mit dem zu tun, was Simon gesagt hatte: unüberwindliche Hindernisse? War es fies, dass sich Wolfgang ein bisschen freute? Simon litt gewiss. Es war nicht angebracht, auf dem Tisch zu tanzen, laut zu grölen und zur Feier des Tages eine Runde auszugeben.

Sich zu Mitgefühl mahnend ließ Wolfgang den Blick durch den Raum schweifen. Ob es sich Simon nach diesem Überfall anders überlegt hatte? Vielleicht raufte er sich gerade auf dem Parkplatz die Haare und dachte angestrengt darüber nach, wie er Wolfgang aus dem Lager hinauskomplimentieren konnte, statt dafür einzutreten, dass er hier bleiben durfte. Scheiße.

Zwischen den vielen Zetteln, die die Wand tapezierten, klaffte ein Loch. Keine Aushöhlung in der Bausubstanz, sondern eine Stelle, an der die kahle Mauer zu sehen war. Der Kontinentalbusen war verschwunden! Jemand hatte den Kalender entfernt! Da die letzte Putzfrau vermutlich in den siebziger Jahren das Lager verlassen hatte, konnte nur Simon dieses Ding entfernt haben. Nicht, dass es Wolfgang störte, dass dieses furchtbare Zeugnis heterosexueller Affinitäten endlich verschwunden war – aber warum? Die Fragezeichen stolperten noch durch Wolfgangs Hirn, da entdeckte er das Relikt im Papiereimer.

Die dickbusige Ludmilla starrte hilfesuchend zu ihm hoch und bot ihre Brüste im Austausch für Rettung vor dem Altpapierhäcksler der Stadtwerke. Wolfgang kannte das Klischee, dass Spinds von Schwerarbeitern mit solchen Kalendern tapeziert waren, aber er hatte noch nie so etwas in der Hand gehabt. Neugierig zupfte er das Teil aus dem Eimer und blätterte es durch.

Dass er schwul war, hatte Wolfgang bereits geahnt, noch ehe er den Begriff dafür kannte oder sich damit auseinandersetzte, dass er damit andere Vorlieben hatte als gewöhnliche Jungs. Er hatte dringendere Probleme gehabt, als sich der Frage zu stellen, ob er Buben oder Mädchen lieber mochte – es ging ums tägliche Überleben. Die Kindheit und Jugend hindurch war er damit beschäftigt gewesen, seinen Mitschülern aus dem

Weg zu gehen, damit sie sein Gesicht nicht wieder in die dampfende Scheiße drücken konnten und Schlimmeres.

So richtig bewusst wurde Wolfgang seine Neigung allerdings erst in den Sommerferien nach dem bis dahin schlimmsten Schuljahr. Da war er dreizehn und hatte so etwas wie eine Schwester auf Zeit. Seine Cousine Melinda war genauso hoch, genauso breit und genauso unbeliebt in ihrer Klasse wie Wolfgang. Aber sie war ein Jahr älter als er, was ihr damals die Aura einer Erwachsenen verlieh. Um diesen Status zu zementieren, glotzte sie eine dieser dummen Vorabendserien, die dafür gemacht worden waren, naiven Mädchen vorzugaukeln, Intrigen wären ein Beweis erwachsenen Verhaltens. Das Ozonloch konnte die Atmosphäre verschlingen, die Meere in Plastik ertrinken, tausende dicke Schulkinder in Mülleimer geworfen werden, während die dünnen Kinder in der Wüste von Fliegen gefressen wurden – wenn es halb sechs war, musste Melinda diese Serie gucken und Wolfgang hasste sie dafür. Da hatte er endlich jemanden, der sich mit ihm abgeben musste, und dann saß die blöde Gans mit glänzenden Augen vor der Glotze.

Doch dann entdeckte Wolfgang den schwulen Handlungsstrang in dieser Serie und saß ab dem Moment genauso gebannt vor dem Fernseher wie seine Cousine. Wie sehr betete er, dass die beiden Kerle endlich, endlich zusammenkamen. Bei jeder zaghaften Berührung, jedem tiefen Blick hatte er Gänsehaut und Munition für frivole Nächte allein unter der Bettdecke. Am Ende der Sommerferien war es endlich so weit: Die beiden Protagonisten durften sich küssen. Eine Offenbarung für Wolfgang und die ersten Wochen des neuen Schuljahres bekam er vom Unterricht so gut wie nichts mit, so sehr quollen ihm die Hormone und ihr frivoles Kopfkino bei Augen, Ohren und anderswo heraus. Die Sehnsucht war geweckt. Er wollte auch küssen. So sehr. Und er wartete immer noch darauf.

Wolfgang betrachtete die Ludmillas und fragte sich, was er sich schon oft gefragt hatte – auch wenn es nicht zur Debatte stand: Wäre er noch ungeküsst, wenn er hetero wäre? Frauen standen angeblich auf innere Werte, wie Geld, Status und Humor – das hatte Wolfgang zwar auch nicht zu bieten, aber die Chance, als Fettsack zu Liebe zu kommen, wäre theoretisch höher, oder?

»Kannst du haben, wenn du willst«, knurrte Simon.

Wolfgang erschrak so heftig, dass er den Kalender wie ein glühendes Stück Lava in den Papierkorb schleuderte.

Verblüfft schaute Simon dem Teil nach, zog es wieder aus dem Eimer heraus und streckte es Wolfgang vor die Nase. »Nimm schon, ich werf ihn eh nur weg.«

Wolfgang wich zurück als wäre der Kalender mit Buttersäure besprüht und schüttelte heftig den Kopf. Simon zuckte mit den Schultern und ließ das Druckwerk wieder in den Papiereimer fallen. Er wirkte angepisst. Wolfgang fühlte sich verantwortlich dafür.

»Wegen vorhin ...«, stammelte er und starrte auf seine Knie. »Das ...«

»Hmmm?« Simon ließ sich auf seinen Drehstuhl plumpsen und prustete angestrengt Luft raus.

Wolfgang rang mit sich. »... tut mir ... leid ... das ... du weißt schon.«

Als müsste er sich sehr genau überlegen, ob er diese verhunzte Entschuldigung annehmen wollte, musterte Simon ihn. »Das wird nix, Wolfi ...«, sagte er schließlich, klaubte einen Kugelschreiber vom Schreibtisch, las den

Aufdruck und pfefferte ihn so heftig in eine Ecke, dass er zersplitterte, »... das mit uns.«

Wolfgangs Kinnlade klappte runter. Der Kopf glühte, der Nacken brannte, die Finger froren, das Herz stach. Simon hatte nur von der Umarmung darauf geschlossen, dass Wolfgang in ihn verliebt war? Die Welt begann zu schwanken wie ein Schiff auf hoher See. In Wolfgangs Magen blubberte Säure. *Steh auf und lauf weg. Bleib sitzen und stell dich. Renn um dein Leben. Du hast die Sache losgetreten, nun steh das auch durch.* Wolfgang schluckte und zwang sich mit aller Kraft, Simon ins Gesicht zu sehen. »Ich weiß ...«, flüsterte er. *Ich liebe dich und ich wusste immer, dass es aussichtslos ist.*

»Du weißt es und lässt zu, dass ich mich vor dem Chef zum Idioten mache?«, fauchte Simon und schüttelte den Kopf.

»Chef?«

»Offenbar ist jeder außer mir darüber informiert, dass morgen der Neue kommt!«, schimpfte Simon. »Ist ja nicht so, als beträfe mich das!« Verärgert schob er die Tastatur hin und her.

»Der Neue?« Wolfgangs Herz kämpfte sich durch quälend langsame Schlägen. »Welcher Neue?«

»Du bist ab morgen wieder im Büro«, erklärte Simon und sein Blick wurde sanft. »Dir hat man also auch nichts gesagt?«

Wolfgang fühlte sich, als hätte man ihm einen Bottich voll Eiswasser über den Kopf geschüttet. Er musste wieder zurück in dieses stickige Schlangennest? Dahin, wo man jeden Tag auf ihn einhackte, ihn ständig tadelte, wegen des Übergewichts verspottete und wo es Simon für nur zwei Minuten am Vormittag gab, in denen er ihn noch nicht einmal für sich hatte? All das hier – einfach vorbei?

Wolfgang erhob sich vom knarzenden Drehstuhl und stürmte aus dem Büro. Panik packte seine Glieder wie die Metallmanschetten eines Operationstisches, an dem Aliens unter grellem Licht eine Vivisektion an ihm durchführen wollten. Ein sauberer, kalter Schnitt von den Schlüsselbeinen bis zum Schambein – tief genug, dass die Eingeweide aus seinem Bauchraum zu Boden klatschen konnten. Wolfgang verlor die Orientierung, seine Gedanken rasten und steckten zugleich fest wie eine Mücke in Bernstein. Die ganze Welt brach knackend auseinander, um wie Pac-Man nach der Sonne zu schnappen. Als wäre er ein Huhn, dem man den Kopf abgeschlagen hatte und dessen Reflexe noch funktionierten, rannte Wolfgang zwischen den Regalen hin und her. Eigentlich hatte er aufs Klo flüchten wollen, aber er hatte sich verlaufen und zudem wollte er auch nicht aufs Klo, sondern von einer Klippe stürzen oder in Simons Arme. Mit beiden Händen klammerte er sich auf Kopfhöhe an einem Regal fest und schloss die Augen. Weltuntergang.

»Wolfi?«, fragte Simon leise hinter ihm. Er klang richtig besorgt. »Ist alles in Ordnung?«

Wie konnte Simon nur so warm sprechen, so ... liebevoll? Das trieb Wolfgang geradewegs die Tränen in die Augen. Eine Hand berührte ganz sanft sein Schulterblatt, ein leichter, warmer Druck, der alles noch schlimmer machte. Wolfgang krallte die Fäuste so fest ins Regal, dass die Knöchel weiß wurden und das Metall in seine Handflächen schnitt. Er zog abwehrend die Schultern hoch und wagte nicht zu blinzeln. Dass bloß ja keine Träne über die Wimpern stürzte! Simon durfte auf keinen Fall sehen, dass ihm zum Weinen war. Es wäre zu peinlich, zu demütigend. Wolfgang wollte stark für ihn sein, der Fels in der Brandung. Das war doch das

Mindeste, was man von einem Koloss erwarten konnte! Abends konnte er immer noch heulen wie ein kleines Kind, wenn er alleine war, wenn niemand es sah.

Wolfgang schluckte die Verzweiflung so gewaltsam herunter, dass sie ihm regelrecht das Brustbein zerfetzte. Sein Inneres wurde von den scharfen Kanten der Panik zerschunden – aber es funktionierte. Er stieß sich vom Regal ab und ballte die Fäuste, damit man das Blut nicht sehen konnte. Mit einem Lächeln drehte er sich um und strahlte Simon an.

»Alles in bester Ordnung«, log er und würgte die Splitter der Verzweiflung runter. »Mir ist nur ...« Er wandte sich zum Regal und ließ den Blick über die gestapelten Vorräte schweifen. »Ich dachte nur, ich hätte vergessen, etwas nachzubestellen – aber wie ich sehe ... es ist noch genug da!« Er klopfte gegen die Schachteln und versank in Simons Augen, verlor sich darin und hätte sich am liebsten schluchzend in seine Arme geworfen.

Mit einem schweren Schlucken riss er sich los und marschierte energisch an Simon vorbei. »Lass uns weiter arbeiten.«

4| Der hypothetische Hassgrund

Wolfgang öffnete die Schublade einen Spalt breit und ließ die Hand ganz langsam hineingleiten. Seine Finger ertasteten die klebrige Oberfläche und mit einem lautlosen Knacken brach er ein Stück Schokolade ab, das er rasch in den Mund schob. Unauffällig machte er die Lade wieder zu und gab sich dabei weiterhin auf die Arbeit konzentriert. Immerhin saß er mit dem Rücken zu den Kolleginnen – so konnten sie nicht sehen, wie er sich vollstopfte, mästete. Nichts anderes war es, was er tat, seit er wieder hier sitzen musste. Er hätte sich auch rostige Nägel in die Fingerkuppen rammen können oder sich nackt auf den Marktplatz stellen, damit die Leute ihn bespucken und auslachen konnten – es erfüllte denselben Zweck: Strafe. Wolfgang war fett und wertlos und alleine.

Der neue Kollege – Martin – sah aus wie die zu Fleisch gewordene Rasierwasserwerbung. Wäre Wolfgang nicht so rettungslos verknallt, würde auch er sehen, dass neben Martin sogar Simon verblasste. Es hatte keinen Sinn, sich mit den optischen Vorzügen dieses Mannes zu beschäftigen, er konnte es mit allen 987 Bildern aus Wolfgangs digitaler Bildersammlung attraktiver Männer aufnehmen. Aber er war ein Arschloch – entsprach voll und ganz dem Klischee des affektierten Schönlings. Drei entscheidende Fehler waren es, die Wolfgang dazu trieben, ihn bis in den tiefsten Abgrund der Seele zu hassen:

Erstens: Er war auf einer Wellenlänge mit den Hyänen und sich mit ihnen auf einen Schlag einig, dass man Wolfgang behandeln konnte wie ein Stück Scheiße. Bei der Vorstellung sagte er: »Und du bist also der Vorkoster?« Die Hühner gackerten und waren kurz davor, Martin hochzuheben wie den Star einer Footballmannschaft.

Zweitens: Martin verbrachte mehr als acht Stunden am Tag mit Simon alleine im Lager. *Er* war es nun, der Simons Lächeln sehen durfte und diese verstörend sanften Blicke. *Er* durfte ihn nun unabsichtlich berühren, wenn sie einander das Werkzeug reichten. *Er* durfte Simons weiche Stimme hören, diese wunderbare Melodie, wenn er sprach und das entzückende Glucksen. Jede einzelne Sekunde, die Wolfgang hier im stickigen Büro hockte, war ihm bewusst, dass Martin und Simon zusammen waren.

Drittens: Das war ein eher hypothetischer Hassgrund, aber er war dennoch berechtigt. Gegen einen Mann wie Martin hatte ein Mann wie Wolfgang nicht einmal den diffusen Schatten einer Chance. Der Kontrast war einfach zu deutlich, selbst wenn Simon – theoretisch – nicht begriffen hätte, dass Wolfgangs Aussehen unzumutbar war – spätestens mit Martin als Vergleich, wäre ihm das bewusst geworden. Erstmals war Wolfgang heilfroh, dass Simon hetero war, und alleine dafür hasste er Martin. Er hasste ihn, weil egal, was für ein Aas dieser Typ war, Wolfgang ihn nicht von der Bettkante geschubst hätte. Hypothetisch natürlich, niemals käme einer wie Martin auf die absurde Idee, jemandem wie Wolfgang auch nur auf einen Meter nahezukommen. Dennoch, Wolfgang hätte es mit ihm getrieben, obwohl er ihn hasste, obwohl er Simon liebte.

Das war auch der Grund, warum er sich seit Tagen vollstopfte bis es wehtat. Er wollte leiden, sich bestrafen und sich richtig, richtig verabscheuungswürdig machen, damit es leichter zu ertragen war, dass Simon ihn niemals lieben würde. Er wollte Simon einen Grund geben, ihn zu verachten, einen Grund, den Wolfgang kontrollieren konnte. Aber gegen die tiefen Gefühle für Simon half das alles nicht. So viel, wie er in der Zeit im Lager gewichst hatte, heulte er jetzt. In einem Anfall von Wut über die Aussichtslosigkeit dieser Liebe, den ewigen Gängeleien der Kolleginnen, seinem eigenen Körper, seiner beschissenen Kindheit und Jugend und der Erkenntnis, dass das Leben nicht besser wurde, nur weil er nun erwachsen war, sondern schlimmer, immer schlimmer, hatte er seine Wohnung in ein Schlachtfeld verwandelt. Er hatte Möbel herumgeschleudert und mit bloßen Armen zu Brennholz verarbeitet, mit den Fäusten so heftig gegen die Wände geschlagen, dass die Abdrücke der Fingerknöchel Dellen hinterlassen hatten und an manchen Stellen der Verputz bröckelte. Die brennenden Wunden dieser Aktion trug Wolfgang immer noch an den Händen.

Hatte das etwas verbessert?

Zwei Tage hatte er sich im Adrenalinrausch befunden und sich ganz passabel gefühlt, ein ganzes Wochenende, immerhin. Dann war alles wieder beim Alten, nur dass er auch noch eine demolierte Wohnung hatte.

»Ich habe gestern nur zwölf Kalorien zu mir genommen.«

»Heute Morgen hatte ich wieder zwei Gramm weniger!«

»Wie schafft ihr das nur? Ich bleibe schon seit Tagen auf meinen vierundzwanzig Kilo hängen.«

»Ich hatte gestern einen Fressanfall und einen ganzen Fastenjoghurt auf einmal aufgegessen – hab jetzt noch einen Blähbauch davon!«

»Wenn ich so weitermache, habe ich Weihnachten fünfzig Kilo weniger.«

Seit Martin hatte durchblicken lassen, dass er es krank fand, wenn jemand sich so gehen ließ wie Wolfgang, waren die Schnepfen auf Diät. Seitdem knabberten sie den ganzen Tag an Salatblättern wie Meerschweinchen, und statt die Kalorien zu essen, redeten sie darüber. Erschwerend kam hinzu, dass die Adventszeit begonnen hatte.

»Es ist echt schwer, bei all diesen leckeren Angeboten überall.«

»Also ich reiß mich ja nicht so um Schokolade.«

»Wenn es nach mir ginge, würde ich gar keine Kekse backen, aber mein Mann und meine Kinder sind so verrückt danach.«

»Ja, wir machen ja auch das ganze Theater nur wegen der Kinder ... jetzt ist ja auch noch Nikolaus – wer soll denn die viele Schokolade essen!«

»Habt ihr gewusst, dass eine Tasse Glühwein dreihundert Kalorien hat?«

Wolfgangs Herz kitzelte. Vielleicht war es ja total verrückt – die Verliebtheit machte ihn total verrückt – aber er hatte für Simon einen kleinen Schokoladennikolaus gekauft. Jetzt stand er vor dem Problem, dass er nicht genau wusste, wie er ihm diesen schenken sollte. Außerdem hatte er Angst, sich damit lächerlich zu machen. Vielleicht war es ja total albern, einem Kollegen Süßigkeiten zu schenken, vor allem, wenn man selbst fett war. Außerdem war Simon kein kleines Kind mehr. Andererseits war es doch eine nette Geste, oder? Wolfgang hatte noch nie jemandem so unbedingt ein Geschenk machen wollen wie Simon. War so ein Anlass nicht die beste Ausrede – und unverfänglich obendrein?

Wolfgang spürte dieses leichte Kribbeln im Nacken, das ihm sagte, dass Simon gleich zur Tür hereinkam. Mit zitternden Fingern öffnete er die Schublade und grapschte Simons Nikolaus heraus. Dann kamen ihm Bedenken. War es klug, Simon vor allen Kolleginnen zu beschenken? Das war doch peinlich, oder? Er hätte – wenn – dann allen einen Schokoladennikolaus schenken müssen. Aber dafür war es jetzt zu spät, Wolfgang hatte nur den einen – und der war für Simon. Vielleicht sollte er es bleiben lassen, es war eine ganz und gar dumme Idee.

Plötzlich legte sich eine Hand auf seine Schulter und kniff ihn kurz. »Na, Wolfi, irgendwelche Lieferscheine für mich?«

Vor lauter Schreck zerdrückte Wolfgang den Schokoladennikolaus in der Faust. Verdammt. Mit glühenden Ohren starrte er auf das traurig verbeulte Geschenk.

Simon gluckste. »Ups!«

Den konnte Wolfgang nun nicht mehr verschenken. Seufzend legte er die zerbrochene Schokoladenfigur beiseite und griff zu den Lieferscheinen. Er war sogar zu blöd, Simon ein Geschenk zu machen.

»Isst du den jetzt nicht mehr?«, fragte Simon und schielte zu der glänzenden Aluverpackung.

Gott, wie peinlich. Auch wenn sich Wolfgang – heimlich – den Wanst vollschlug, war der Gedanke unangenehm, dass Simon erfuhr, dass er einen Stoffwechsel hatte. Essende Dicke – das war anstößig.

Wolfgang schüttelte den Kopf. »War ein Geschenk ... *eigentlich.*« Verdammt. Das war doch die Standardausrede Nummer eins, wenn man sich für etwas schämte.

»Darf ich ihn haben?«

Wums.

Wolfgangs Herz machte einen Hüpfer und er glupschte Simon mit brennenden Wangen an. Als er ihm den Schokoladennikolaus überreichte, berührten sich ihre Finger. Wolfgangs Herz wummerte so laut, dass er sich wunderte, warum nicht alle in Deckung gingen. »Er war sowieso für dich«, flüsterte er.

Simon, der schon damit angefangen hatte, das Stanniolpapier von der Schokolade zu pfriemeln, hielt inne und lächelt Wolfgang überrascht an.

»Stimmt irgendetwas mit Wolfgangs Lieferscheinen nicht?«, rief Rita von ihrem Platz aus und reckte den Hals, um zu sehen, was die beiden Jungs da trieben.

»Alles bestens«, antwortete Simon gut gelaunt und wackelte zur Bestätigung mit dem Papierstoß. Dann neigte er sich so weit zu Wolfgang runter, dass ihre Schläfen nur eine Handbreit voneinander entfernt waren, und sagte leise: »Wenn du Erholung von denen brauchst«, er nickte zu den Kolleginnen, »dann statte mir doch mal einen Besuch ab. Würde mich freuen.« Bei jedem Wort streifte ein sanfter Atemstoß Wolfgangs Wange.

»Okay ... dann komm ich sofort mit«, flüsterte Wolfgang.

Simon lachte und strich noch einmal mit der Hand über Wolfgangs Schulter, ehe er das Büro verließ.

Fünf Stunden später war der Punkt erreicht, der Wolfgang dazu ermutigte, das Lager aufzusuchen. Während er auf der Toilette gewesen war, hatte Elke – angeblich, weil sie den Locher gesucht hatte – die Schublade seines Schreibtisches durchwühlt und dabei die leeren Schokoladenverpackungen entdeckt. Ein gefundenes Fressen für die ausgehungerte Meute und seit einer halben Stunde zogen sie ihn deswegen ununterbrochen auf.

Kaum hatte Wolfgang das Büro verlassen, fiel die Anspannung von ihm ab und die Vorfreude, gleich Simon zu sehen, ließ ihn immer schneller durch die Flure marschieren. Mit Herzrasen öffnete er die Tür zum Lager und trat ein. Das spezifische Licht dieser Halle wärmte Wolfgangs Herz, der Duft der kühlen, frischen Luft ließ ihn tief seufzen. Ihm war, als käme er nach Hause.

Da Wolfgang weder Simon noch Martin entdecken konnte, durchquerte er die Halle und klopfte an den Türrahmen des Lagerbüros, ehe er den Kopf reinsteckte.

»Hallo Simon, ich ...«

Zu spät registrierte er das Quietschen und seltsame Ächzen, das ihn vielleicht auf das hätte vorbereiten können, dessen Zeuge er nun wurde. Martins Hosen hingen in den Kniekehlen und die Muskeln seines nackten Hinterns spannten sich rhythmisch an. Auf Höhe seiner Knie, links und rechts, ragten Waden hervor, die in einer hellbraunen Stoffhose steckten. Die Schuhe an den Füßen des auf dem Drehstuhl Knieenden, hatten schwarze Sohlen. Der Vorfall dauerte nur Augenblicke, aber für Wolfgang dehnte er sich zu Stunden aus, in denen er wie in Zeitlupe Martins Becken gegen Simons Hintern klatschen sah. Deutliches Ausholen für den nächsten Stoß, begleitet von einem satten Grunzen. Dann lief wieder Normalzeit und Martins kleiner, fester Hintern rammte Simon rasch und fest, wie ein Karnickel. Der Drehstuhl quietschte erbärmlich im Rhythmus.

Erst jetzt bemerkte das verzweifelt kopulierende Paar den unerwarteten Besuch. Martin taumelte rückwärts und fuhr zu Wolfgang herum. Seine erschreckend gewaltige Erektion wippte steil vor seinem Bauch auf und ab. Für einen grausamen Moment sah Wolfgang Simons gerötete Rosette, geweitet genug, um mit Martins Prügel zurechtzukommen. Simon sprang vom Stuhl, wobei dieser kippte und zu Boden krachte. Die Plastikräder rollten an den hochgestreckten Beinen.

»Wolfi!«, stieß Simon ertappt aus und zerrte hektisch die Hose hoch.

»Willst du zusehen, Specki?«, fragte Martin breit grinsend und wippte anzüglich mit dem Becken.

Wolfgang erinnerte sich, dass er Beine hatte, drehte sich um, rannte los, stolperte über die eigenen Füße und stürzte. Die gewaltige Körpermasse von hundertvierzig Kilo radierte über den Betonboden. Wolfgang hörte ein Krachen, als bräche ein verdorrter Baum im Frühlingssturm. Dann kam der Schmerz. Der im Herzen. Zunächst spürte er nichts weiter, als sein qualvoll langsam brechendes Herz, spürte, wie dessen Scherben brutal sein Innerstes zerkratzten. Er wollte sterben. Auf der Stelle. Reglos blieb er liegen und wünschte sich die letzte Gnade.

Simon stürzte, zwar mit hochgezogener, aber noch offener Hose zu ihm, kniete sich neben seinen Kopf und rief: »Scheiße, Wolfi! Alles in Ordnung?«

Die Tränen ließen Wolfgang kaum mehr erkennen, als verschwommene Farbkleckse. Er fühlte Simons Hände an seinen Schultern, spürte, wie er herumgedreht wurde. Wolfgangs Kopf wurde sanft auf Simons Schenkel gebettet. Zärtliche Finger fuhren ihm durchs Haar.

»Hast du dir etwas getan, Wolfi?«, fragte Simon besorgt.

»Bei dem Aufprallschutz? Unwahrscheinlich!«, ätzte Martin.

»Halts Maul!«, fuhr Simon ihn mit so einer Vehemenz an, dass sein ganzer Körper bebte.

Ging man so mit jemandem um, von dem man sich gerade hatte ficken lassen? Simons zärtliche Hände und der penetrante Geruch von Sex, der aus seinem offenen Hosenstall drang, trieben Wolfgang die Tränen in die Augen. Ein Rinnsal kitzelte über die Schläfen bis ins Haar.

»Wolfi, bist du okay? Hast du dich verletzt?« Simon sprach so weich und voller Zuneigung, wie Wolfgang sich das immer erträumt hatte. Aber nicht in so einer beschissenen Situation! Es tat so weh, so unerträglich weh! Wolfgang würgte ein Schluchzen hervor und wollte sich die Tränen wegwischen, da bohrte sich ein brutal stechender Schmerz durch sein rechtes Handgelenk und raubte ihm für einen Moment den Atem. Verdammte Scheiße, was war das? Wolfgang schrie auf.

»Vielleicht sollten wir seine Mami anrufen«, schlug Martin belustigt vor.

»Statt hier eine Demonstration deiner Blödheit zu geben, könntest du den Verbandskasten holen!«, fauchte Simon.

Wow. Er zerkratzte Martin verbal die Schnauze, wie eine Katze dem Kater nach dem Begattungsakt. Wolfgang rollte sich von Simons Schoß und setzte sich auf. Die Hand schmerzte höllisch und die Knie brannten. Er hatte sie sich aufgeschlagen wie ein Kind und die Stoffhose wies kleine, blutverschmierte Löcher auf. Wie peinlich.

»Meine Hand«, ächzte Wolfgang. »Irgendwas ist mit meiner Hand.«

Simon schaute ihn an, als hätte *er* die Schmerzen. »Kannst du sie bewegen?«, fragte er und begutachtete sie vorsichtig.

Wolfgang versuchte es und wieder bohrte sich der Schmerz brutal durch sein Handgelenk. Er stöhnte und schüttelte den Kopf.

»Wahrscheinlich gebrochen«, mutmaßte Simon betroffen. »Ist *noch* etwas verletzt?«

Außer dem Herz? Wolfgang bewegte zur Kontrolle nacheinander alle Glieder. Soweit er beurteilen konnte, hatte er zwar einige Abschürfungen, aber außer dem immer schmerzhafter pochenden Handgelenk schien so weit alles in Ordnung. »Ich glaube, sonst ist alles okay«, nuschelte er.

Simon sprang entschlossen hoch und hatte völlig vergessen, dass seine Hose noch geöffnet war. Sie rutschte runter und gewährte Wolfgang einen betörenden Blick auf graue Pants. »Ups.« Simon gluckste, zog die Hose rasch hoch und verschloss sie.

Wolfgang musste grinsen und vergaß darüber für einen Moment, in welcher Situation sie sich befanden.

»Komm hoch!«, forderte Simon und streckte Wolfgang die Hände hin. Auch wenn es grotesk war, dass Simon glaubte, den massigen Körper auf die Beine zerren zu können, griff Wolfgang mit der Linken zu. Wenig zimperlich packte Simon ihn und hatte sofort die richtige Technik, Wolfgang tatsächlich hochzuziehen, obwohl er nur die Hälfte von ihm wog.

»Ich fahr dich ins Spital!«, bestimmte Simon und eilte ins Kabuff, in dem er es noch vor wenigen Minuten mit Martin getrieben hatte. Wahrscheinlich roch es dort sogar noch nach Sex.

Wolfgang konnte hören, wie Simon den Stuhl auf die Beine stellte und ein kurzes Telefonat führte. Die Autoschlüssel schepperten in Simons Hand, als er wieder auftauchte und Wolfgang entschlossen anblickte. »Lass uns fahren!«

Wolfgang nickte und marschierte mit wackeligen Beinen hinter Simon durch die Halle. Erst als sie den Ausgang erreicht hatten, kam Martin gemütlich herbeigeschlendert und winkte mit dem Verbandskasten.

»Du musst allein klarkommen – ich fahr Wolfi ins Spital!«, schleuderte Simon ihm hin und Martin zuckte nur ergeben mit den Schultern.

Ein weiteres Mal wunderte sich Wolfgang über diesen rüden Tonfall, aber er hatte im Moment andere Probleme, als sich über den Beziehungsstatus der beiden den Kopf zu zerbrechen, denn langsam zog der Schmerz richtig an.

Auf der Fahrt ins Krankenhaus hatten Wolfgangs Gedanken Zeit, einen Bürgerkrieg anzuzetteln.

Er macht sich Sorgen um dich. Er hat sich bumsen lassen, von diesem Arschloch. Er ist hier bei dir, du bist ihm also nicht egal. Er hat es mit ihm in unserem Büro getrieben. Er hatte keine Erektion! Er kennt ihn gerade wie viele Tage? - sechs! Er hat dich vor Martin in Schutz genommen! Er hat ein schlechtes Gewissen – mehr nicht! Wenn er dir gegenüber ein schlechtes Gewissen hat, bedeutest du ihm etwas! Das verzeihe ich ihm niemals! Du hast ihm schon verziehen! Ich hasse ihn, ich hasse ihn, ich hasse ihn. Du liebst ihn, sieh ihn an, du kannst gar nicht anders, als ihn zu lieben, oder? Verdammt!

Wolfgang ging davon aus, dass Simon ihn lediglich beim Krankenhaus abladen würde – nicht einmal den Motor abstellen, nur kurz aussteigen lassen und wieder zurück zur Arbeit fahren, zurück zu Martin, um sich schnell weiter ins bereits gedehnte Arschloch ficken zu lassen. Idiot. Idiot. Geliebter Idiot. Aber Simon suchte einen Parkplatz und begleitete Wolfgang in die Unfallambulanz. Dort wurden sie gebeten, Platz zu nehmen. Mit einem Kopfnicken zu dem guten Dutzend anderer Patienten erklärte die Schwester, dass es dauern würde, bis Wolfgang aufgerufen wurde.

»Danke fürs Herbringen!«, murmelte Wolfgang und drehte Simon den Rücken zu. »Ich komm ab jetzt alleine klar!« Er schlurfte zu einem freien Platz und ließ sich mit einem Seufzen nieder.

Rums. Simon plumpste auf den Stuhl neben ihm. »Ich warte mit dir.«

Na toll. Wolfgang blickte auf Simons Knie und schnaubte frustriert. »Im Moment gibt es niemanden, den ich weniger um mich haben wollte, als dich, Simon.«

Simon rutschte angespannt bis zu Vorderkante des Stuhls und starrte ihn verletzt an.

»Und es gibt niemanden, den ich jetzt lieber hier hätte«, erklärte Wolfgang mit erstickter Stimme. Eine Welle der Trauer schwappte in ihm hoch und er wandte den Blick ab. Ihm war zum Heulen, aber doch nicht vor all den Fremden hier! Ein Koloss schluchzte nicht in aller Öffentlichkeit, auch wenn das Handgelenk höllisch schmerzte und das Herz in Trümmern lag. Es war peinlich genug, dass er vorhin vor Simon geweint hatte.

»Ach Wolfi!« Simon seufzte und rutschte wieder tiefer in den Stuhl.

»Hör auf damit!«, fuhr Wolfgang ihn an und zog die ihm zugewandte Schulter hoch, als wollte er sich vor Simon schützen.

Eine Frau, die etwas Ungesundes mit ihrem Zeh angestellt hatte, starrte her.

»*Womit* soll ich aufhören?«, fragte Simon verwundert.

»*Damit!*«, zischte Wolfgang. »Hör auf, so nett zu sein!«

Simon gluckste. »Was?«

»Hast du eigentlich eine Ahnung, was du anrichtest ... mit dieser ... mit deiner Art?«, zischte Wolfgang und warf seinem geliebten Kollegen einen vernichtenden Blick zu.

Simon wirkte total überfahren. »Ich weiß nicht, was du meinst, Wolfi.«

»Alleine schon dieses ...«, Wolfgang senkte die Stimme, »... ›Wolfi‹ ... Was soll das?«

Simon rutschte auf dem Stuhl hin und her und blinzelte Wolfgang verstört an. »Ich wusste nicht, dass du diesen Spitznamen nicht magst ...«

»Darum geht es nicht!«, knurrte Wolfgang. »Ich mag ihn sogar sehr gerne. Vor allem, weil du der Einzige bist, der ...« Wolfgang schnaubte resigniert und wandte den Blick wieder ab. »Du solltest gehen!«

Simon blieb sitzen, verschränkte die Arme und brütete vor sich hin.

Dafür, dass man im Umfeld eines Krankenhauses nicht hupen durfte, war es hier verdammt laut. Ständig schepperte Geschirr, wurden Türen geschlagen und schrien sich Schwestern und Ärzte etwas zu. Unentwegt läuteten Telefone, klapperten Münzen und rumpelten Flaschen im Getränkeautomaten zum Ausgabefach. Sohlen der vorbeifliegenden Ärzte quietschten auf dem ekelhaften Fußbodenbelag und sogar deren Mäntel flatterten laut.

»Ich will nichts von dir, wenn es das ist, wovor du Angst hast«, sagte Simon nach einer Weile.

Wolfgang fuhr es eiskalt über den Rücken.

»Nur weil ich ...«, Simon begann zu flüstern, »... *schwul* bin, heißt das noch lange nicht, dass ich jedem Mann an die Wäsche will, verstanden? Ich finde dich einfach nett, deswegen nenne ich dich Wolfi.« Simon machte eine Pause. »Für homophob hätte ich dich echt nicht gehalten.« Er verschränkte die Arme noch fester vor der Brust und erklärte: »Wenn du dich damit sicherer fühlst: Nichts läge mir ferner, als mit dir Sex zu haben, also komm mal wieder runter!«

Mit einem Schlag spürte Wolfgang nichts mehr – nicht einmal mehr sein wahrscheinlich gebrochenes Handgelenk. Ein Abgrund hatte sich aufgetan und er sank hinein, mit königlicher Eleganz, aber unerbittlich. So schön war noch niemand in die Hölle hinab gefahren, beinahe poetisch. Der Weltuntergang hatte nicht umsonst seine Fans. Er hatte in seiner Grausamkeit eine betörende Ästhetik. Vielleicht war es auch die Liebe zur Tragödie. Alle Faszination an der Vernichtung war allerdings völlig im Arsch, wenn man mittendrin steckte. Dann tat es einfach nur noch weh. Es war einsam, gruselig, kalt und trostlos. Gern hätte Wolfgang Simon angeschrien, er solle sich verdammt noch einmal verpissen und ihm nie wieder unter die Augen treten, aber ihm fehlte die Kraft dazu. Als hätte man alles Leben aus ihm herausgesaugt, saß er wie betäubt da und starrte auf den lädierten Zeh dieser langweiligen Frau. Äonen zogen vorüber wie Sekunden, und Sekunden dehnten sich aus zu Äonen. Die Gesetze der Zeit hatten sich einfach aufgehängt, so trostlos war das Schauspiel gewesen, deren Zeuge sie gerade geworden waren.

»Wolfi!« Simon legte sanft eine Hand auf Wolfgangs Schulter. »Du wurdest aufgerufen – komm!«

Tatsächlich? Erstaunt stellte Wolfgang fest, dass sich der Wartesaal ziemlich geleert hatte und neue Verletzungen herumsaßen. Wie ein demenzkranker Bewohner aus einem Altenheim glotzte er Simon an und wollte ihm begreiflich machen, dass er vergessen hatte, seine Beine mitzunehmen. Sie waren einfach nicht da.

Auch die Zunge war weg und der Mund drum herum. Eigentlich war der ganze Wolfgang weg, nur das schmerzende Handgelenk war noch da. Simon möge doch so nett sein und es schon mal ins Behandlungszimmer tragen, während Wolfgang all die verlorenen Körperteile zusammenklaubte.

Dann hob ihn jemand hoch, ohne ihn dabei anzufassen, und erst als die Ärztin sagte: »Setzen Sie sich!«, begriff Wolfgang, dass er selbst es gewesen sein musste, der durch den Flur spaziert war. Simon war weg. Wolfgang schaute sich um. Er war einfach verschwunden. Der Raum war verdammt grell. Jemand redete – vermutlich unterhielt sich die Ärztin mit der Schwester über eine Vorabendserie. Dann war Simon auf einmal wieder da und schaute ziemlich besorgt drein.

»Er ist gestürzt!«, erklärte er. »Nein, ich glaube, mit dem Kopf ist er nicht aufgeschlagen ... Ich weiß nicht, ob er Medikamente genommen hat ... Auch nicht, ob er welche braucht ... Nein, ich glaub, er nimmt keine Drogen ... Ein Kollege ... Seine Eltern, denke ich – aber ich hab keine Nummer ...«

Wolfgang wurde Blut abgenommen und von einem Raum zum nächsten gelotst. Er musste sich hinlegen, aufsetzen, auf einem Bein stehen, sich an die Nase fassen, zwischendurch fuchtelte jemand mit einem Röntgenbild herum und legte den rechten Arm in Gips. Mindestens drei verschiedene Leute leuchteten ihm in die Augen und schüttelten dann den Kopf. Wolfgang ließ alles über sich ergehen, sich von einer überforderten Fachkraft zur nächsten schieben. Simon wurde hereingebeten, hinausgeschickt, wieder hereingebeten, wieder hinausgeschickt.

Irgendwann saß Wolfgang in einem angenehm stillen Behandlungsraum. Kein Arzt. Keine Schwester. Dafür Simon. Er sah fertig aus. Das lag vielleicht an der schlechten Luft hier oder am unvorteilhaften Licht.

»Ich liebe dich«, sagte Wolfgang. Die ersten Worte seit Stunden. Es war so leicht, das zu sagen, so einfach. Der Mund war wieder da, auch die Beine und der ganze Rest. Die rechte Hand tat weh.

Simons Kiefer klappte runter. »Was?«

»Ich liebe dich«, wiederholte Wolfgang, zuckte mit den Schultern und erhob sich. »Du hättest mir nicht zu sagen brauchen, dass du mich nicht einmal mit der Kneifzange anfassen würdest – das wusste ich auch so.«

Damit verließ Wolfgang das Behandlungszimmer und wankte durch den beige gekachelten Flur des Krankenhauses auf den Ausgang zu. Er hatte es gesagt. Er hatte es ausgesprochen. Natürlich war jetzt nichts besser. Simon würde ihn deswegen nicht gleich lieben, das war Wolfgang klar. Es würde sich überhaupt nichts ändern. Trotzdem fühlte es sich gut an, das geklärt zu haben. Vielleicht konnte er sich jetzt von dieser unnützen Liebe befreien. Vielleicht würde es bald aufhören, so weh zu tun.

Die Kälte dieser verfluchten Dezembernacht schlug Wolfgang kräftig gegen die Frontseite. Er hatte keine Jacke dabei! Sie hing noch in der Firma über dem Stuhl seines Arbeitsplatzes. Es hatte Minusgrade und vereinzelte Schneeflocken wirbelten im eisigen Wind, der Wolfgangs geöffnetes Hemd erfasste und flatternd den nackten Bauch enthüllte. Erschrocken schaute sich Wolfgang um. Hoffentlich hatte keiner die Narben gesehen, hoffentlich schaute keiner her. Wieso war überhaupt sein Hemd offen? Mit der gesunden Hand packte er eine der Knopfleisten, doch die andere raufte mit dem Wind und mit dem eingegipsten Arm konnte er nichts anfangen. Verdammt. Wolfgang drehte sich um und versuchte, den eisigen Wind in den Rücken zu bekommen, um beide Leisten zu fassen zu kriegen. Auch wenn er das Hemd nicht zuknöpfen konnte, zumindest konnte er es mit der Faust verschlossen halten. Doch der Wind drehte und so wurde es ein verzweifelter Tanz mit dem Winter, ein jämmerliches Gezerre.

»Du holst dir noch den Tod!«, schimpfte Simon, der plötzlich neben ihm auftauchte, packte ihn am Ellenbogen und zerrte ihn zurück in den warmen Flur des Krankenhauses.

Es nahm einfach kein Ende. Eine Peinlichkeit fügte sich in die andere, wie ein Strudel, immer tiefer in die Hölle der Demütigung hinab.

Simon platzierte sich vor Wolfgang und begann wie eine geduldige Mutter, das Hemd zuzuknöpfen. Er wirkte müde und verlor kein Wort über das, was er nach und nach mit dem dünnen Stoff verhüllte, und das, was Wolfgang ihm vor wenigen Minuten gestanden hatte. Als er fertig war, schenkte er Wolfgang ein kleines Lächeln, das mehr eine Frage war. Warum krachten seine Blicke immer noch in Wolfgangs Herz? Das sollte endlich, endlich aufhören!

Simon legte wortlos eine Hand auf Wolfgangs Schulterblatt und schob ihn mit sich hinaus in die Kälte. In der Aufregung rund um den Sturz hatte Simon ebenfalls seine Jacke in der Firma vergessen. Der frostige Wind peitschte gegen seine Brust und Wolfgang bemerkte die Gänsehaut an Simons Nacken und Unterarmen. Simon hatte die Ärmel hochgekrempelt und die harten Nippel zeichneten sich durch den dünnen Stoff des Hemdes ab. Schmerz, Schock und Kälte konnten nichts gegen Wolfgangs beginnende Erektion ausrichten. Wie konnte er sich nach all dem noch immer nach diesem Mann verzehren? Wie deutlich musste eine Abfuhr sein, ehe er endlich kapierte, dass es verdammt noch einmal sinnlos war?

Beschämt senkte Wolfgang den Kopf und ließ sich zurückfallen. Er trottete in immer größer werdendem Abstand hinter Simon her, um sich von dessen betörenden Anziehung zu lösen. Schlechte Idee, denn Simons Rückansicht ließ die Erinnerung an das durch Martins Schwanz geweitete Loch aufblitzen. Eine gnadenlose Diashow, die in Wolfgangs Magen die Säure brodeln ließ. Er blieb stehen und sah zu, wie Simon seine giftgrüne Rostschüssel erreichte und ein *Plip-Plip* die Autotüren entriegelte.

Irritiert darüber, wo Wolfgang abgeblieben war, schaute sich Simon um. »Komm schon!«, rief er aufmunternd, sogar ein bisschen fröhlich, und winkte Wolfgang zu sich.

»Abgebrühtes, kaltes Arschloch«, grummelte Wolfgang und setzte sich widerwillig in Bewegung. Wie konnte Simon die Liebeserklärung so emotionslos wegfegen, als wäre sie nichts weiter als die lästigen Brösel eines Pausenbrotes? Selbst Ekel und Spott hätte Wolfgang lieber entgegengenommen, als dieses stille Übergehen eines so essentiellen, aufrichtigen Geständnisses. Es war ... respektlos.

»Ich hasse dich«, nuschelte Wolfgang, als er sich auf den Beifahrersitz plumpsen ließ und mit der linken Hand nach dem Gurt tastete.

»Okay«, sagte Simon knapp und startete den Wagen.

»Okay?« Wolfgang war fassungslos! Es war Simon *egal,* dass Wolfgang ihn liebte, es war ihm *egal,* dass er ihn hasste? Warum, verdammt noch einmal, saß Wolfgang dann in diesem Auto?

»Ich kann es nachvollziehen«, erklärte Simon, den Blick auf die Straße gerichtet. Die Heizung föhnte Eis und Beschlag von der Windschutzscheibe. Der Blinker tickte und Simons Fingerknöchel streiften beim Schalten, wie immer, Wolfgangs Hüften.

Ein Schauer jagte durch Wolfgangs Körper und entfachte die Erinnerung an die schönen Zeiten mit Simon im Lager, als alles noch gut war. Dann wurde Wolfgang wütend. Es würde nie wieder schöne Zeiten geben. Die logische Folge seines unüberlegten Geständnisses würde sein, dass sich Simon in Zukunft rarmachen würde, um in Wolfgang keine Hoffnung zu wecken. Verdammt.

Wolfgangs Elternhaus strahlte schon von weitem die Aura der Nichtigkeit aus. Grau, kalt, unpersönlich. Ein Haus, wie es tausende, Millionen gab, von einem Arbeiterlohn lieblos hingepflanzt, um dem Wohlstand ein Denkmal zu setzen. Simon parkte den Wagen vor dem Gartentor und stellte den Motor aus, zog den Schlüssel ab, stieg aus dem Auto und lief um den Wagen herum. Was sollte *das* denn jetzt werden? Simon öffnete die Beifahrertür und streckte Wolfgang wortlos eine Hand hin, um ihm beim Aussteigen zu helfen.

»Ich bin keine Oma!«, knurrte Wolfgang mit verächtlichem Blick auf die schönen Finger und wuchtete sich allein aus dem Sitz. *Das schlechte Gewissen lässt grüßen*, dachte Wolfgang zynisch, als Simon zurückwich und den Blick auf den Asphalt richtete, der Mund nichts weiter als ein Strich. Er hatte etwas von einem geprügelten Hund. Und das nur, weil er Wolfgang beim Aussteigen nicht hatte helfen dürfen?

Wolfgang blickte zum finsteren Haus empor und kramte nach dem Schlüssel. Scheiße. Er steckte in der rechten Hosentasche – da kam er mit dem Gips unmöglich ran. Die Eltern lagen längst im Bett – Wolfgang konnte sie unmöglich wecken. Verzweifelt versuchte er, mit der linken Hand an den Schlüssel zu gelangen, aber der Bauch war im Weg. Wie eine Raupe, die in einem engen Loch feststeckte, wand er sich hin und her – aber es war aussichtslos. Verdammt. Er würde Simon bitten müssen, in die Hosentasche zu greifen, um den Schlüssel herauszufischen. Es ging also doch noch schlimmer. Die Demütigung hatte heute alle Freunde mitgebracht und feierte eine wilde Party.

Wolfgang schnaubte verzweifelt. »Kannst du ... der Schlüssel ...« Seine Ohren begannen zu brennen.

»Aber natürlich«, sagte Simon flink.

Wolfgang streckte ihm die rechte Hüfte hin und drehte den Kopf in die andere Richtung. Es war so unsäglich peinlich. Schon der bloße Gedanke daran, dass Simons Finger gleich an seiner Leiste entlangfahren würden, bescherte ihm einen Ständer. Wolfgang presste Augen und Mund zusammen und hielt die Luft an, aber das brachte gar nichts. Nicht einmal Simons eiskalte Finger erschütterten die Erektion. Sie tasteten immer tiefer in Wolfgangs Hosentasche, bald schlüpfte die ganze Hand hinein und wühlte nach dem klimpernden Metall. Wolfgang stöhnte auf. Simon konnte unmöglich entgehen, dass er bis zum Anschlag erregt war, vor allem, weil der Slip die Härte auch noch zu rechten Leiste hin drückte. Wenn Wolfgang Simons Handrücken an der Eichel spüren konnte, war das umgekehrt sicher auch der Fall.

Als die Hand endlich gefunden hatte, was sie suchte, entfernte sie sich rasch. Gerade rechtzeitig, ehe Wolfgang vor Erregung aufgestöhnt hätte.

Simon ließ den Schlüsselbund klimpernd in Wolfgangs Handfläche fallen und tat so, als hätte er nichts von der sinnlichen Qual bemerkt. Überraschenderweise stürzte er auch nicht sofort zum Auto, um mit quietschenden Reifen die Flucht anzutreten, sondern blieb erwartungsvoll stehen und blickte zum finsteren Haus empor.

»Willst du mit reinkommen?«, fragte Wolfgang. Eigentlich wollte er nur wissen, was Simon immer noch hier machte, der aber fasste die Frage als Einladung auf.

»Gern!«

Irritiert starrte Wolfgang ihn an. Vielleicht wollte Simon, ehe er das Lenkrad anfasste, seine Hände desinfizieren.

Während Wolfgang nacheinander Gartentor, Haustür und seine Wohnung aufschloss, polterten die Gedanken wild durcheinander. Simon ist hier ... bei mir ... betritt gleich meine Wohnung. Simon ist schwul!

Erst jetzt brach diese Erkenntnis in Wolfgangs Bewusstsein. Auch wenn er Simon bis zu diesem unnötigen Fick mit Martin für einen Hetero gehalten hatte, fühlte sich das nicht komisch an, sondern so, als hätte er das schon immer gewusst. Es war eine prima Neuigkeit, eigentlich ein Grund zum Jubeln, hätte es Wolfgang nicht auf diese Weise erfahren.

Dann fiel ihm ein, dass Simon erst vor wenigen Wochen, vor den Augen aller Kollegen, eine Frau klar gemacht und bis vor ein paar Tagen das Bild seiner Freundin den Schreibtisch geziert hatte. Hitze kroch Wolfgangs Nacken empor. Hatte Simon etwa erst jetzt entdeckt, dass er auf Männer stand? Hatte ihn Martin erweckt? Ausgerechnet? Vielleicht war Simon aber auch beiden Geschlechtern gleichermaßen zugetan – naschte mal hier und mal da. In Wolfgangs Magen ballte sich eine Faust.

»Was ist denn hier passiert?«, wollte Simon wissen, als er das Schlachtfeld betrat, das Wolfgangs Wutanfall hinterlassen hatte.

Das ist mein zerstörtes Herz, dachte Wolfgang, ergriffen von der Metapher und betrachtete Simon, der sich neugierig umsah und über die Trümmer stakste, *und du spazierst noch immer darin herum.*

»Das ist *Demolition*, der brandneue Lifestyle-Trend«, erklärte Wolfgang, und zwang sich zu einem Grinsen.

Simon gluckste und funkelte ihn belustigt an. »Sehr sexy.«

Wie er das sagte. Wolfgangs Knie wurden ganz weich. *Nicht in den falschen Hals kriegen*, mahnte er sich, *es ist nur ein Witz.*

»Das Bad ist da hinten rechts«, erklärte Wolfgang und nickte in die entsprechende Richtung.

»Ich muss nicht ins Bad!«, sagte Simon verwundert.

Was wollte er *dann* hier? Kopflos, ohne Idee, wie er damit umgehen sollte, dass Simon in seiner Wohnung war, wankte Wolfgang zwischen Wohnzimmer und Küche hin und her und wurde beim Anblick des Chaos' immer frustrierter. Wenn er auch nur im Entferntesten geahnt hätte, dass Simon heute oder überhaupt jemals in seiner Wohnung stehen würde, hätte er sie nicht nur blitzblank gehalten, sondern ein wahres Designerprunkstück daraus gemacht. Aber das hier war das glänzende Klischee eines verwahrlosten Dicken. Zwischen den zertrümmerten Möbeln stapelten sich leere Pizzakartons, Chipstüten, Limoflaschen und Schokoladenverpackungen.

Auch wenn Wolfgangs Wohnung das Wort *Luxus* noch nie hatte auch nur buchstabieren können – so schlimm hatte sie noch nie ausgesehen! Sie befand sich in einem Ausnahmezustand, schlimmstem Liebeskummer geschuldet. Das war Herzeleid in Reinkultur und hatte nichts mit Übergewicht tu tun – zumindest nicht unmittelbar. Es gab nur eine Sache, die Schlimmer war, als dem Mann, dem man eben die Liebe gestanden hatte, solch einen Trümmerhaufen vorzusetzen: Sich von Martin im Lagerbüro ficken lassen! Wolfgangs Innereien wurden zu Eisklumpen, jedes Mal, wenn diese Bilder durch seinen Kopf trampelten. Je bewusster ihm wurde, dass Martin – dieses Arschloch – Simon berührt hatte – innen, außen, vielleicht sogar in der Seele und im Herzen, umso mehr wurde dieser Eisklumpen mit spitzen Steinen, Nadeln und Rasierklingen gespickt, die ihn wund werden ließen, so unerträglich wund.

»Was willst du hier!«, fuhr er Simon an, statt ihm, wie beabsichtigt, etwas zu trinken anzubieten. Die Härte in seiner eigenen Stimme überraschte Wolfgang.

»Reden«, sagte Simon leise und blickte auf Wolfgangs Gips. »Wir sollten unbedingt miteinander reden.«

Reden? Worüber? Sex ließ sich nicht wegdiskutieren und auf eine Rezension seiner Liebeserklärung konnte Wolfgang im Moment auch herzlich verzichten.

»Ich wüsste nicht ...«, knurrte er und unterbrach sich. Simons verwunderter Blick – als hätte man *sein* Herz in Schutt und Asche gelegt, als hätte *er* ein angebrochenes Handgelenk und überall Schürfwunden, machte ihn auf einmal unglaublich sauer. »Du lässt dich von diesem ... diesem ... *räudigen Hund* ficken, weil er schön und schlank ist, aber *mich*, der dich *liebt*, würdest du im Leben nicht anfassen ... weil ich *fett* bin. Dass ich mir keine Hoffnung zu machen brauche, wusste ich schon, *bevor* du mir das klar gemacht hast. Was gibt es da noch zu bereden? Willst du das noch irgendwie ausschmücken und ein bisschen in der Wunde herumbohren, um dein Gewissen zu beruhigen?«

Simon starrte Wolfgang betroffen an. Ein nutzloses *Aber* saß auf seinen Lippen, aber er schluckte es ungesagt runter. Mit einem mutlosen Seufzen ließ er die Schultern sinken und blickte zu Boden. »Du irrst dich, Wolfi! Das ist ... das ist so nicht richtig.« Sanft zupfte er mit Zeigefinger und Daumen am Saum von Wolfgangs Hemd.

Diese kleine, rührende Geste nahm Wolfgang den Wind aus den Segeln. In seinem Herzen platzte ein Bläschen, aus dem quälend schön Wärme hervorquoll. Er schnaube überwältigt und seine Lider flatterten.

»Ich wusste nicht ...«, fuhr Simon leise fort, »... mir war nicht klar, wie du für mich fühlst. Ich hätte doch niemals gesagt, dass ich dich nicht anfassen würde, wenn ich geahnt hätte ...«

Wolfgangs Schenkel begannen zu zittern, die Knie wurden weich. Er bekam vor Aufregung kaum Luft und lehnte sich mit dem Rücken gegen die Wand. Der Kopf dröhnte. Was er gleich sagen musste, wollte er nicht sagen, aber es drängte aus ihm heraus. »Du lügst.«

Simon fuhr hoch und schaute Wolfgang verletzt an. »Das ist nicht wahr!«,

Wolfgang schluckte schwer und schloss die Augen. Er konnte Simon nicht ansehen, während er weiter redete. »Entweder hast du gelogen, als du gesagt hast, dass du mich nie anfassen würdest, oder du lügst *jetzt*. Ich bin fett, Simon, nicht blöd, auch wenn das für die meisten Menschen dasselbe ist. Ich werde schon genug verarscht, also bitte ... wenn das deine Intention sein sollte – da ist die Tür.«

Wolfgangs Mundwinkel bebten und er würgte einen aufkommenden Tränenschwall runter. Ein gewaltiges Schluchzen kletterte aus dem tiefsten Inneren hoch. Er hielt es in der Brust fest, ließ es nicht raus, auch wenn er das Gefühl hatte, daran zu ersticken. Der Hals begann unerträglich zu schmerzen, die Ohren knackten, die Augen brannten, die Finger zitterten, aber Wolfgang blickte Simon ganz ruhig an, traurig wohl, aber er ließ ihn nicht sehen, dass er gerade zerbröckelte und jeden Moment zusammenbrach.

Simons Brustkorb sackte unter einem traurigen Scheufzen zusammen. Er leckte sich über die Lippen, schüttelte ungläubig den Kopf und schloss die Augen. »Wolfi.«

»Bitte! Geh!« *Ich halte nicht mehr lange durch. Lass mir zumindest die Selbstachtung, nicht vor dir zusammenzubrechen. Bitte.* Wolfgangs Knie begannen immer wieder zu schlottern und mit unbändiger Kraft zwang er sich, ruhig zu bleiben. Wenn er in einer Sache gut trainiert war, dann darin, Gefühle runterzuschlucken, bis er inwendig verblutete. Aber jetzt bekamen die Dämme Risse. Das war Simons Schuld. Wolfgang war viel zu sensibel, schaffte es nicht, die Dinge nicht an sich heranzulassen. Die Sache mit der Mauer hatte er nie gekonnt, aber er hatte gelernt, zumindest so zu tun, als träfen ihn die Schläge nicht und sein Fett half ihm, diese Illusion aufrechtzuerhalten. Aber wenn Simon ihn noch weiter so anschaute, so enttäuscht und verletzt ... dann würde er Zeuge werden, wie kaputt Wolfgang war, wie fertig, wie völlig zerstört. Mochte Wolfgang danach wochenlang am Boden liegen und nicht wissen, wie er auch nur ein Lid heben sollte – aber Simon durfte ihn so nicht sehen. Wenn Wolfgang schon nicht attraktiv war, so sollte er doch stark wirken, damit das Fett zumindest *irgendeine* Funktion erfüllte.

»Okay«, sagte Simon leise. »Okay ... lassen wir das für heute. Machs gut, Wolfi.« Widerwillig wandte er sich ab und kurz darauf fiel die Tür ins Schloss.

Plötzlich war es totenstill. Simons Abwesenheit erschuf eine erdrückende Leere, stieß Wolfgang in ein bodenloses Loch, einen endlosen, finsteren Tunnel, durch den er ab nun für immer abwärts trudeln würde.

»Scheiße«, quietschte Wolfgang und sank an der Wand abwärts, bis er auf einem der Trümmer landete, die zu irgendeinem Möbelstück gehörten – es war egal.

Er hatte die Gefühle so heftig zurückgehalten, dass sie zunächst gar nicht mehr raus wollten, ihn regelrecht von innen zerdrückten. Sie drohten mit einer solchen Wucht auszubrechen, dass er Angst bekam, ihnen freien Lauf zu lassen. Vielleicht sollte er sie für immer da unten lassen, irgendwo zwischen Brust und Bauch, vielleicht konnte auch er so ein harter Hund werden, den es nicht mehr kümmerte, wie man über ihn sprach.

Ein paar Minuten blieb er reglos sitzen, lauerte auf den Zusammenbruch und drängte ihn dabei zurück. Da gab es doch diese Theorie in der Quantenphysik, dass man die Dinge durch Beobachtung veränderte. Genau so war das jetzt mit seinen Gefühlen – sie wollten sich nicht seinem nur darauf wartenden Bewusstsein aussetzen.

Es funktioniert, freute er sich – beziehungsweise – stellte er träge fest, denn mit allem Schmerz war natürlich auch die Freude dahin. Gefasst stand Wolfgang auf, strich sein Hemd glatt und stakste über die Trümmer in die Küche. Er griff nach einem Glas, um sich Wasser einzuschenken, etwas Alltägliches zu machen. Plötzlich knickten ihm die Knie weg. Er setzte sich auf den Küchenfußboden, da kein Stuhl in der Nähe war, die Hände begannen zu zittern, er sah nur noch verschwommen und dann kam alles hoch. Der Schluchzer, der sich endlich aus seiner Brust quälte, zerriss ihm fast die Kehle und dann folgte der nächste, nicht weniger schmerzhaft, und der nächste. Wolfgang wurde gepackt von der kalten, nackten Verzweiflung, dieser grausamen, lähmenden Gewissheit, dass er alleine war. Es war nicht so wie bisher, wo er es befürchtete oder ahnte – was auch schon schlimm war – das hier war anders. Es war, als stünde er auf seiner eigenen Beerdigung und blicke auf seinen Sarg hinab.

5| Hopp auf, Aschenbrödel

Wolfgang rührte das Essen nicht an, das seine Mutter neben das Bett stellte, er räumte nicht auf, er duschte noch nicht einmal. Er lag im Bett, und wenn er nicht schlief, starrte er Löcher in die Wand und in die Zimmerdecke. Er war im Krankenstand und musste erst am zweiten Januar wieder zur Arbeit kommen. Bis dahin war er die Schnepfen im Büro los. Bis dahin würde er Simon nicht wiedersehen. Und dann? Wie würde es sein, wenn er zukünftig ins Büro kam? Würde er mit Wolfgang noch private Worte wechseln, oder nur noch kommentarlos die Lieferscheine einsammeln? Was machte Simon wohl jetzt gerade? War er mit Martin in ... einer Beziehung? Liebte er ihn gar? Vielleicht hätte sich Wolfgang doch anhören sollen, was ihm Simon zu sagen gehabt hatte. Andererseits: Interessierte es ihn wirklich? Simon hätte ihm wohl kaum gestanden, dass er schon lange heimlich in ihn verliebt war, um ihm dann in die Arme zu fallen ... Nein!

Alles, was Wolfgang zu erwarten gehabt hätte, wären lange, durchaus nett gemeinte, tröstende, nachvollziehbare, freundliche Erklärungen gewesen, warum Martin und nicht er, warum eher noch eine Frau statt Wolfgang, und dass Simon lieber alleine war, als mit so einem Fettsack zusammen zu sein. Vermutlich hätte Simon nicht *Fettsack* gesagt, sondern es ›ich bin nicht bereit für eine Beziehung‹ genannt, oder ›es hat nichts mit dir zu tun‹ oder ›du bist zu nett‹ oder ›du hast einen besseren verdient‹ ... Es gab viele schöne Umschreibungen für: Schlag dir das mit uns aus dem Kopf, denn niemals werde ich freiwillig diesen ekeligen Körper anfassen.

Wolfgang wollte nur noch sterben. Das war kein neuer Gedanke. Schon mit fünfzehn hatte er diesen Punkt erreicht und war sogar zur Tat geschritten. Damals war es kein Liebeskummer gewesen, der ihn dazu getrieben hatte, mit dem Seil den Dachboden aufzusuchen. Liebeskummer – das wäre ihm luxuriös vorgekommen. Er wollte einfach nur ein ganz normales Leben haben. Er wollte seine Ruhe. Es hätte ihm schon gereicht, auf dem Weg durch das Schulgebäude nicht ständig Angst haben zu müssen, dass sie ihm auflauerten und irgendwohin verschleppten, wo sie ihn wieder und wieder demütigen konnten. Wolfgangs Leben war ein einziger Albtraum und er hatte niemanden, dem er sich anvertrauen konnte. Nicht nur, dass die Erwachsenen alles herunterspielten – für sie fiel Mobbing unter jugendliche Albernheiten – wenn sie sich einmischten, verschlimmerten sie alles nur noch. Freunde hatte Wolfgang nie gehabt, da die anderen Kinder Angst hatten, auch dranzukommen, wenn sie mit ihm gesehen würden.

Deswegen war Wolfgang in der Nacht des dreiundzwanzigsten Februars vor vier Jahren auf den Dachboden geschlichen, das Springseil in der Hand, das er zu seinem achten Geburtstag bekommen hatte, fest entschlossen, von hier oben nie wieder zurückzukehren. Damals war er noch einer der Kleinsten in der Klasse gewesen und der mit Abstand dickste. Er langte nicht bis zu den schweren Balken rauf, auch mit dem Hocker nicht, auf dem er balancierte, also benutzte er eine der Stangen, auf denen immer alte Teppiche und Decken hingen. Nicht eine Sekunde zweifelte er an seinem Vorhaben, befestigte das Seil, legte sich die Schlinge um den Hals und verpasste dem Hocker einen Tritt. Etwa fünf Sekunden zappelte er einen halben Meter über dem Boden, dann brach die Stange entzwei und Wolfgang verstauchte sich beim Aufprall den Fußknöchel. Es war die Sinfonie seines Lebens, dass er wirklich alles verkackte, und zwar auf die peinlichste Art wie nur möglich. Die Eltern hatten einen gesegneten Schlaf und bekamen nicht mit, dass ihr dickes Kind nach einem misslungenen Suizidversuch über den Dachboden kullerte. Wie von vielem anderen auch, erfuhren sie nichts davon.

Wenn es Wolfgang wieder versuchen wollte, musste es also klappen. Eine weitere Peinlichkeit konnte er nicht gebrauchen. Da es höchstwahrscheinlich zu lange dauern würde, wenn er den Weg wählte, im Bett zu bleiben und nicht mehr zu essen, musste eine andere Methode her. Definitiv würde Wolfgang am zweiten Januar nicht zur Arbeit erscheinen. Wozu auch? Um sich verhöhnen zu lassen? Nicht nur von den Kolleginnen, sondern nun auch noch von Simon?

»Morgen kommen ein paar Arbeiter und renovieren hier alles«, sagte Wolfgangs Mutter eines Nachmittags. Wolfgang wälzte sich im Bett herum und starrte sie entsetzt an. »Was?« Fremde Leute, die ihn beim Leiden stören wollten?

»Wir haben darüber schon vor Monaten gesprochen – bis Weihnachten soll das alles hier«, sie blickte sich mit einem Seufzen um, »hübsch ordentlich werden. Morgen früh kommen zwei ehemalige Kollegen von Papa und beginnen zu renovieren.«

»Nein!«, rief Wolfgang. »Das ist *meine* Wohnung und ich will, dass das hier so bleibt!«

»Das ist *mein* Haus und ich will, dass es *nett* aussieht. Außerdem warst du einverstanden damit, wenn ich mich recht erinnere!«

Ja, damals war Wolfgang aber auch davon ausgegangen, dass er tagsüber arbeiten und nichts von der Baustelle und den fremden Leuten mitbekommen würde. Hätte er gewusst, dass er sich mit Liebeskummer im Bett herumwälzen würde und seine Ruhe haben wollte, hätte er nie zugestimmt.

»Zwingt dich ja keiner hier runter in meine Wohnung zu kommen!« Es störte ihn schon lange, dass sie auch in seiner Abwesenheit dauernd hier herumschnüffelte, aber er traute sich nicht, etwas zu sagen.

»Ich muss doch nach dem Rechten sehen.« Ihr missbilligender Blick ruhte auf dem Teller mit den vertrockneten Brötchen. »Ich begrüße ja deinen Abnehmwillen, Junge, aber *gar nichts* essen ist auch nicht der richtige Weg. Mach lieber Sport.«

»Ich trage einen Gips und bin im Krankenstand, ich kann keinen Sport machen«, knurrte Wolfgang. Aber er wusste so gut wie seine Mutter, dass er auch dann keinen Sport getrieben hätte, wenn er kein angebrochenes Handgelenk gehabt hätte.

Sie schüttelte resigniert den Kopf, drehte sich um und sagte im Hinausgehen: »Morgen um acht sind sie da – zieh dir zumindest etwas an!«

»Scheiße!« Wolfgang und setzte sich auf. Er wollte keine Fremden hier sehen. Er wollte *überhaupt* niemanden sehen. Er wollte Ruhe, einfach nur seine gottverdammte Ruhe. Vier Wände, die ihm allein gehörten, und über die er allein bestimmen konnte.

Die Vorstellung, dass in den nächsten Tagen zwei Arbeiter hier herumstöbern würden, ängstigte ihn. Sie würden den fetten Mann im Bett finden und sich in allen Vorurteilen bestätigt sehen – faul und gefräßig. Sie würden nicht auf die Idee kommen, dass er verzweifelt war, sterben wollte, dass sein Herz in Trümmern lag, sondern ihren Freunden von dem Kerl, der zu fett zum Aufstehen ist, erzählen, *dabei ist der noch nicht einmal zwanzig. Was für eine jämmerliche Kreatur.*

Wolfgang würde kaum verhindern können, dass sie hier aufkreuzten. Vielleicht könnte er die Tür blockieren, aber wie lange? Murrend erhob er sich, duschte ausgiebig und sammelte die Dinge ein, die diese Arbeiter und seine Mutter niemals und unter gar keinen Umständen in die Finger bekommen durften. Einerseits waren das ein paar sehr teure Spezial-Editions von Computerspielen und Filmen – da befürchtete er, dass sie beschädigt oder gar gestohlen werden könnten. Andererseits gab es da ein paar delikate Magazine, DVDs und Spielzeuge, die nicht den geringsten Zweifel an seiner sexuellen Ausrichtung ließen. Niemand – außer Simon und ein paar Kontakte im Internet – wussten, dass Wolfgang schwul war, und da er ohnedies nie einen Partner finden würde, sollte das auch so bleiben. Er hatte es schwer genug, dick zu sein, die Leute mussten ihm nicht auch noch das Leben schwer machen, weil er Männer liebte.

Über eine Stunde saß er in der Küche und starrte auf den Kalender mit den dickbusigen Ludmillas, den er schließlich doch aus dem Lager mitgenommen hatte. Nicht wegen der Motive, sondern als Souvenir. Er konnte ja nicht einfach Simons Stuhl mitnehmen oder sein Keyboard. Immerhin klebten Simons Fingerabdrücke drauf und Wolfgang musste daran denken, dass Simon ihm den Kalender hatte schenken wollen. Es war unerheblich, dass das Ding eigentlich Altpapier war, es ging um die Geste.

Doch nun war die Sache mit Simon abgehakt. Beziehungsweise wäre es nur eine sinnlose Quälerei, an den Dingen festzuhalten. Der Gedanke an die schöne Zeit mit Simon im Lager würde ihn doch nur runterziehen und das Vorhaben erschweren, sich zu entlieben. Wolfgang seufzte tief. *Wollte* er sich überhaupt entlieben? Immerhin – trotz aller Hoffnungslosigkeit war es doch ein schönes Gefühl und trotz des Herzeleids eine der besten Zeiten seines Lebens. Andererseits war es kindisch, an einer aussichtslosen Schwärmerei festzuhalten. Aber sie war alles, was Wolfgang je haben würde, und wenn er nicht Simon hinterher schmachtete, dann eben einem anderen Kerl, den er niemals haben konnte.

Es war zum Haareraufen. Wolfgang konnte sich nicht entscheiden. Simon loslassen? Simon festhalten? Was hinderte ihn denn faktisch daran, so weiterzumachen wie bisher? Nur weil Simon wusste, dass Wolfgang ihn liebte? Nur weil Simon schwul war und mit Martin zusammen? Das waren doch keine Gründe! Wolfgang hatte ihn auch geliebt, als er dachte, Simon wäre Hetero und hätte eine Freundin. Es hatte sich doch eigentlich nichts geändert. Simon war derselbe Mann. Die Liebe war vor dem Nikolaustag hoffnungslos gewesen und jetzt war sie es auch, sie würde es *immer* sein. Wenn er Simon losließ, wäre es nur eine Frage der Zeit, bis sich Wolfgang wieder in derselben Situation befand – nur eben mit einem anderen Objekt der Begierde – auch wenn er sich das nicht vorstellen konnte. Jemand anderen als Simon lieben? Niemand war besser als er. Keiner konnte es mit ihm aufnehmen. Wenn er der Beste von allen war, warum sollte Wolfgang also nicht einfach so weitermachen?

Er ließ den Kalender liegen. Vielleicht sollte er ihn dem Schicksal überlassen. Wenn die Arbeiter den Kalender entsorgten oder für sich selbst mitnahmen, wollte Wolfgang Simon abschreiben. Sollten sie ihn in der Wohnung lassen, wollte er Simon weiterhin unglücklich lieben. Außerdem konnte es nicht schaden, der Welt einen Hinweis zu hinterlassen, dass er ganz normal war und auf Frauen stand.

Unter den Blicken der Arbeiter und ihrem fleißigen Hämmern, Rumpeln und Bohren, konnte Wolfgang unmöglich in Ruhe seinen Liebeskummer pflegen, also stapfte er hoch in die Wohnung seiner Eltern und schmiss sich aufs Sofa. Ungestört leiden konnte Wolfgang da allerdings auch nicht, denn seine Mutter hatte den ganzen Tag den Fernseher laufen. Wenn wenigstens Dokumentationen, Diskussionen oder gute Filme und Serien gelaufen wären, aber seine Mutter war ein Liebesschnulzenjunkie, und zwar einer von der ganz harten Sorte.

Nonstop schaute sie Filme, bar jeden cineastischen Anspruchs und quer durch ein halbes Jahrhundert, in denen sich wunderschöne Menschen, die einander offensichtlich vom ersten Moment an verfallen waren, den Weg zur Liebe unnötig schwer machten. Das war dumm und unrealistisch. Keiner der Protagonisten hatte ein echtes Problem, sondern war nur entweder naiv wie ein Sechsjähriger, von narzisstischem Stolz gepackt oder badete in unnötigem Märtyrertum. Im Wesentlichen unterschieden sich die Filme kaum von den Intrigenseminaren, die man für weibliche Teenager im Vorabendprogramm ausstrahlte, nur dass die Helden oft graue Schläfen hatten, obwohl sie erst Mitte dreißig waren und die Frauen von Feminismus noch nie etwas gehört hatten. Das Schlimmste aber war, dass sie alle in ein Happy-End flutschen durften, und mit ihnen der ganze Hofstaat von der Köchin bis zum Assistenten, vom achtzigjährigen Opa bis zum Familienhund. Alle waren am Ende glücklich und verliebt. Es gab weder Schwule noch Dicke – außer als Witzfiguren am Rande.

Wolfgang hielt einen halben Tag durch und auch nur deswegen, weil er dabei wegdöste. Dann wuchtete er sich aus der Couch, zog eine alte Jacke über den Jogginganzug, schlüpfte in Boots und setzte eine Mütze auf. Keine besonders geschmackvolle Garderobe – aber mit nur einer Hand waren aufwändigere Outfits nicht umsetzbar. Lieber lief er wie ein riesiger Gartenzwerg herum, als seine Mutter zu bitten, ihm die Jeans zuzuknöpfen oder die Schnürsenkel zu binden. Außerdem hatte Wolfgang ohnehin nicht vor, unter Menschen zu gehen. Nur wenige Gassen hinter dem Haus führte eine Brücke über einen Bach und dahinter erstreckten sich Felder und ein großer Laubwald. Dort würde er den Großteil der nächsten Tage verbringen, solange in seiner Wohnung gewütet wurde.

Als er die Haustür aufstieß, überraschte ihn eine weiße Winterlandschaft. Er hatte gar nicht mitbekommen, dass es geschneit hatte. Nach den Tagen im Keller blendete das Tageslicht, das im Schnee reflektierte, aber die kühle, frische Luft war wirklich angenehm.

»Wo willst du denn hin?«, fragte die Mutter und lief ihm durch den Vorgarten nach.

»Weg!«, murmelte Wolfgang und schloss das quietschende Gartentor.

Mit großen Schritten stapfte er über die knirschende Schneeschicht davon und sog den Duft des Winters tief in die Lungen. Er fühlte sich seltsam leicht, trotz der düsteren Zeit im Keller, und überraschend kräftig, obwohl er seit Tagen nichts gegessen hatte. Wahrscheinlich hatte er sogar ein paar Kilo abgenommen.

Als er die Brücke zum Wald hin überquerte, hörte er ein Hecheln und drehte sich um.

»Chuck?«

Der etwas moppelige Labrador der Nachbarn blinzelte ihn treuherzig an und stupste mit der Nase gegen Wolfgangs Knie.

»Du bist wieder abgehauen, was?« Wolfgang kraulte Chuck hinterm Ohr und schaute sich um, ob hier irgendwo das Herrchen des Hundes war. Chuck war im ganzen Viertel für sein Herumstreunen bekannt, während seine Leute in der Arbeit waren.

»Magst du mitkommen?«

Zur Antwort kläffte Chuck und damit wurden sie Gefährten auf der Wanderschaft durch die Wälder – auch an den folgenden Tagen. Der Hund wartete täglich vor dem Gartentor auf den freundlichen Riesen, der die Stöckchen nie allzu weit warf.

Wie das Schlachtfeld zu Nikolaus, war auch die Baustelle und die allmählich immer schöner werdende Wohnung eine Metapher für Wolfgangs Herz. Die ausgedehnten Spaziergänge mit Chuck im Wald und die mittlerweile acht Kilo, die Wolfgang durch den Liebeskummer verloren hatte, taten ihm richtig gut. Dennoch konnte er an kaum etwas anders denken, als an Simon. Die zwei Wochen, die er ihn nicht mehr gesehen hatte, halfen nichts, sie führten nicht dazu, dass die Gefühle abflauten – im Gegenteil – Wolfgang vermisste Simon von Tag zu Tag mehr. Wenn er die herrliche Winterlandschaft betrachtete, wurde ihm das Herz tonnenschwer und salzige Tränen liefen stumm über seine Wangen. Er wünschte sich so sehr, Simon wäre hier, an seiner Seite, nähme ihn an der Hand und wispere:

Wolfi. Chuck schien die Trauer zu spüren, rammte solidarisch den bulligen Kopf gegen die Beine seines dicken Gefährten und schnaubte, als könnte er sehr gut nachvollziehen, wie das mit dem Vermissen und der Sehnsucht funktionierte.

Als Wolfgang nach Abschluss der Renovierungsarbeiten das Schlafzimmer betrat, prangte der Kalender mit den Ludmillas genau über seinem Bett. Die Arbeiter hatten das Ding nicht nur nicht weggeworfen oder gar mitgenommen, sondern ihm den exklusivsten Platz in der Wohnung zugewiesen. Was hieß das nun, Simon betreffend?

Ungläubig den Kopf schüttelnd hockte Wolfgang auf dem Bett und blickte zu den Nixen hoch, da läutete das Handy in der Hosentasche. An der Nummer auf dem Display erkannte er, dass es die Firma war. Sofort schob sich eine düstere Wolke über seine Seele und ein schwerer Brocken legte sich in seinen Bauch. Vielleicht gab es Probleme mit dem Krankenstand und er musste gleich morgen wieder zur Arbeit erscheinen. Er fühlte sich wie in diesem wiederkehrenden Albtraum, in dem er plötzlich wieder zur Schule musste.

Mit einem dicken Kloß im Hals und eiskalten Fingern ging er ran.

»Wolfi?«

Simon!

Wolfgang keuchte überwältigt, Nacken und Ohren begannen warm zu kribbeln und im Bauch platzten Glücksblasen. »Ja«, hauchte er. Oh, Gott, hämmerte sein Herz wild! Ihm war, als könnte man es gegen die Brust schlagen sehen.

»Wie geht es dir?«, fragte Simon gut gelaunt.

Ja, wie ging es Wolfgang denn? Eigentlich schlecht, aber jetzt gerade wollte er jauchzen. »Im Moment?«, fragte er.

Simon gluckste. Warum gluckste er? Hatte Wolfgang etwas Falsches gesagt? Dieser so geliebte Laut trieb Wolfgang Tränen in die Augen.

»Deiner Hand«, präzisierte Simon. »Wie geht es deinem Handgelenk?«

Das hatte Wolfgang glatt vergessen. Mit verschwommenem Blick glotzte er auf den Gips. »Ach so ... äh ... gut, denke ich. Keine Schmerzen.« Die Nase lief, aber Wolfgang wollte keinesfalls, dass Simon ein Schniefen hörte, und die gesunde Hand, mit der er sich hätte schnäuzen können, hielt das Telefon. Gottseidank war das mit der Videotelefonie noch nicht etabliert, auch wenn Wolfgang Simon verdammt gern auf dem Display gesehen hätte.

»Das ist gut«, sagte Simon und Wolfgang konnte ein erleichtertes Seufzen hören. Hatte Simon Schuldgefühle wegen des Bruchs? Wollte er nur erfahren, dass er diese Last nicht länger mit sich herumschleppen musste?

Eine peinliche Pause entstand, in der Wolfgang versucht war, aufzulegen. Simon sollte sich nicht zu Konversation verpflichtet fühlen, nun, da diese Sache geklärt war.

»Wie geht es dir ... sonst?«, fragte Simon schließlich leise und es klang, als hielte er das Telefon ganz dicht an seine Lippen.

Wolfgang schloss die Augen und stellte sich vor, Simon spräche direkt in sein Ohr. Er fühlte regelrecht den warmen Atem. Eine Träne kullerte ihm über die Wange und stürzte vom Kinn. Was meinte Simon mit ›sonst‹? Das allgemeine körperliche Wohlbefinden? Ob ihm langweilig war, im Krankenstand? Oder spielte er auf das Liebesgeständnis an?

»Wolfi? Bist du noch dran?«

Einen Moment vergaß Wolfgang die Selbstkontrolle und folgte dem Reflex, den Rotz hochzuziehen. »Gut«, nuschelte er. Sein Kinn bebte. Er wollte auflegen und zugleich für immer mit Simon verbunden sein.

Stille auf der anderen Seite der Leitung.

»Was ... ahm ... was ich dich *eigentlich* fragen wollte ...«, begann Simon nach einer langen Pause bemüht zwanglos. »Weißt du schon, wie du am Freitag zur Weihnachtsfeier kommst?«

»Weihnachtsfeier?« Neue heiße Tränen brannten in Wolfgangs Augen.

»Sag bloß, dir hat keiner was gesagt«, knurrte Simon.

Wolfgang schwieg. War es *seine* Schuld, dass er davon nichts wusste?

»Freitag um sieben, beim Hochwalder.«

»Aha«, murmelte Wolfgang. Sein Bauch wurde zu einem lähmenden Klumpen. Ein förmliches Event mit den Kollegen? Die Freizeit mit den Schlangen verbringen? Wenn sie sich schon im Büro nicht im Griff hatten – wie würde es dann erst in fröhlicher Runde sein? Wie sollte sich Wolfgang nach dem Liebesgeständnis gegenüber Simon verhalten? Der Abend würde ein einziges Desaster werden.

»Ich kann dich abholen und wieder heimbringen«, schlug Simon vor.

Ein schmerzhaftes Lächeln huschte über Wolfgangs tränennasses Gesicht. »Nicht nötig. Ich komm nicht.«

Ein Schnauben drang durch das Telefon. »Das geht nicht! Du *musst* kommen.«

»Nein ... ich ...«

»Keine Ausflüchte! Die Firmenweihnachtsfeier ist Pflicht! Der Chef besteht darauf, dass alle da sind.«

Also lag es nicht in Simons Interesse, dass Wolfgang dabei war? Rief er etwa im Auftrag der Firmenleitung an? Ein Riss ging durch Wolfgangs Brust.

»Ich bin doch in Krankenstand.«

»Das ist irrelevant. Der Chef hat gemeint, du sollst trotzdem kommen. Er sagt, das ist wichtig für den Teamgeist und ...«

»Teamgeist?«, stieß Wolfgang zynisch hervor. »Hat der Clown abgesagt?«

Am anderen Ende der Verbindung wurde es still, nur Simon Atmen drang an Wolfgangs Ohr.

»Die haben eine echt gute Küche, ein richtig edles fünf Gänge Menü ...«, meinte Simon.

Wolfgangs Magen krampfte sich zusammen. »Glaubst du, ich denke nur ans Fressen?« Am liebsten wollte er das Telefon gegen die Wand schleudern. Es tat so weh, dass Simon ihn genauso sah wie alle anderen.

»Wolfi, komm mal runter«, bat Simon. »So hab ich das gar nicht gemeint!«

Wieder konnte Wolfgang ein Schniefen nicht zurückhalten. Verdammt. Simon merkte bestimmt, dass er heulte. Jetzt war er der jämmerliche, traurige Dicke, dem man einen Trostpreis anbieten musste.

»Ich weiß ... tut mir leid«, murmelte Wolfgang. »Du rufst ja nur im Auftrag an.«

Ein Zischlaut drang durch den Hörer. »Wie kommst du denn darauf?«, fragte Simon ungehalten. »Ich ruf an, weil ich deinen Chauffeur spielen will, Mann, Daisy!«

Das letzte Wort entlockte Wolfgang ein überraschtes Kichern.

»Also, Wolfi«, fuhr Simon sanft fort. »Darf ich dich nun abholen? Sagen wir um sechs herum? Ist das zumutbar?«

Wolfgangs Herz raste. Er musste grinsen, während eine Träne nach der anderen über seine Wangen kullerte. Zumutbar? Es war der helle Wahnsinn! Wie sollte er Simon *nicht* lieben, wenn er so ... nett war?

»Ein einfaches *Ja* würde mir reichen«, meinte Simon, während Wolfgang noch nach den richtigen Worten suchte.

»Okay. Ja. Bitte!«, flüsterte Wolfgang.

Simon gluckste. »Okay ... ich freu mich!« Er legte auf.

Er *freute* sich? Worauf? Aufs Autofahren? Die Firmenweihnachtsfeier? Wolfgang wagte kaum, es zu denken: auf *ihn?*

Wolfgang stand vor dem Spiegel und betrachtete seine unglückliche Erscheinung. Er sah aus, als wollte er auf eine Beerdigung gehen, oder eine Hochzeit, was daran lag, dass er nur einen Anzug für alle förmlichen Gelegenheiten hatte. Er sah aus wie ein Pinguin, der einen Eisbären verschluckt hatte. Den linken Arm hatte er ins Sakko geschlüpft, der rechte Ärmel baumelte herunter. Sein Aufzug war an Peinlichkeit kaum zu überbieten. Es war Wolfgangs erste Firmenweihnachtsfeier und seine Mutter hatte ihm glaubhaft versichert, dass man dazu einen Anzug tragen musste. Schlimm genug, dass Wolfgang in diesem zwackenden, juckenden Ding steckte wie eine Knackwurst, hatte die Mutter auch noch Wolfgangs Haar mit Gel bearbeitet.

Er sah aus wie der illoyale Mafiosi in einem B-Movie, der ungefähr fünf Minuten nach Filmstart umgebracht wurde. Das plakative Klischee einer Ratte, die von den eigenen Leuten zur Warnung hingerichtet wurde. Er war ein gefundenes Fressen für die Spötteleien der Kolleginnen. Außerdem machte er sich vor Simon total lächerlich. Den ganzen Tag schon lief er nervös im Kreis. Sobald er sich bewusst machte, dass er heute Simon wiedersehen würde, begann sein Herz wild zu hämmern, seufzte er sich die Seele aus dem Leib und kitzelte es im Bauch. Das war etwa alle drei Sekunden.

Ein anerkennendes Pfeifen ertönte von der Wohnungstür her, gefolgt von einem langgezogenen: »Wooow!«

Wolfgang schreckte hoch.

Simon! Wie war er hier hereingekommen? Mutter! Verdammt! Sofort wurden Wolfgangs Knie weich und ihm stockte der Atem.

»Wenn ich das geahnt hätte, hätte ich mein kleines Schwarzes angezogen«, meinte Simon anerkennend und musterte Wolfgang mit belustigt funkelnden Augen. Er selbst war gekleidet wie die Versuchung selbst. Erstmals sah Wolfgang ihn ohne die fade Firmenkluft, die in nichts Simons privatem Kleidergeschmack zu entsprechen schien. Die tief sitzende und eng geschnittene Röhrenjeans betonte die perfekten Beine, und das Shirt war nicht nur so eng, dass sich Brust und Bauchmuskeln abzeichneten, sondern auch kurz genug, das man bei jeder Bewegung einen Blick auf den nackten Bauch erhaschen konnte. Zu wenig Stoff für die rund zehn Minusgrade, die es draußen hatte, was die deutlich hervorstehenden Nippel bewiesen, aber Hauptsache, ein Schal verbarg den schönen Hals.

Simons Haar sah aus, als hätte er vergessen, es nach dem Schlafen zu frisieren, und wüsste Wolfgang nicht, dass Simons Wimpern immer so schön dicht und geschwungen waren, hätte er glatt vermutet, sie wären getuscht.

Ein bisschen mehr Mut und Selbstvertrauen und Wolfgang hätte Simon glatt unterstellen können, er hätte sich absichtlich so angezogen, um ihn zu verführen. Aber das war Quatsch – was hätte Simon davon, ihn scharf zu machen, wenn er ihn gar nicht wollte? Außer ihm gefiel das Spiel mit Wolfgangs Sehnsucht und er wollte sich ein bisschen in verliebten Blicken sonnen, um sein Ego zu streicheln. Aber wäre Simon so drauf, wäre er Martin. Wolfgang liebte Simon, weil er nicht nur hübsch, sondern auch nett war und solche Spielchen niemals abziehen würde. Hoffentlich.

»Scheiße«, murmelte Wolfgang und ließ mutlos die Schultern hängen. Vielleicht wollte ihn ja ein Riss durch die Zeit von hier wegholen, irgendwohin, wo fette Männer in Anzügen cool waren. Er schämte sich in Grund und Boden und wünschte seine Mutter zum Teufel.

Simon zupfte das Handy aus der Innentasche der Lederjacke und blickte aufs Display. Eine Taste piepste. Wolfgang wurde heiß. Wollte Simon ihn etwa in diesem Aufzug fotografieren, damit er sich jederzeit über ihn lustig machen konnte?

Die Wimpern klappten hoch und Simons sanfter Blick traf direkt bis in Wolfgangs Herz. »Wir haben noch etwas Zeit.« Ein wunderbares Lächeln umspielte seinen sinnlichen Mund. »Also los, zieh dich um, Aschenbrödel.«

Wolfgangs Wangen begannen zu glühen. Sofort stürzte er ins Schlafzimmer.

Es war kein Problem, den verhassten Anzug in Windeseile mit nur einer Hand abzustreifen. Schon etwas mühsamer war es, mit dem Gips in ein Poloshirt zu schlüpfen – aber es war völlig unmöglich, einhändig die Knopfleiste der Jeans zu verschließen. Seit dem Unfall hatte Wolfgang nur Jogginghosen getragen und beim Anzug – es war peinlich genug gewesen – hatte ihm die Mutter geholfen.

Verzweifelt plagte sich Wolfgang mit den Knöpfen herum, aber sie rutschten ihm immer wieder davon. Die Zeit verstrich spürbar und die Angelegenheit wurde von Sekunde zu Sekunde peinlicher. Langsam kam Panik hoch. Wolfgang konnte doch nicht mit der Jogginghose zur Weihnachtsfeier gehen. Er hätte nicht so voreilig den Anzug ausziehen sollen.

Ein Klopfen ertönte, dann tauchte Simon im Türrahmen auf. »Wie lange brauchst du denn no...?« Sein Blick rutschte zum geöffneten Hosenstall.

Verdammt. Wolfgang wollte sich rasch wegdrehen, doch Simon erfasste das Problem und war schon bei ihm. »Sag doch was, wenn du Hilfe brauchst!« Ruhig schob er Wolfgangs Hand weg, um zu den Knöpfen zu kommen, und begann, die Hose zu verschließen. Seine Fingerrücken streiften den Bauch und im nächsten Augenblick baute ein mächtiger Ständer ein Zelt mit dem Slip und presste es zwischen den Knopfleisten hervor. Wie demütigend. Wolfgang verglühte. Krampfhaft starrte er zur Zimmerdecke und versuchte verzweifelt, an ekelige Dinge zu denken. Zwar hatte er einen ganzen Pool voller grausamer Erinnerungen, aber im Moment wurde ihm der Zugang dazu durch ein hübsches Gesicht versperrt. Wie sollte er einen klaren Gedanken fassen, wenn Simons Finger durch den Stoff hindurch die Eichel kitzelten?

Wie schon bei der Sache mit dem Schlüssel konnte Simon unmöglich Wolfgangs Erektion entgehen, aber er sah darüber mit beleidigender Gelassenheit hinweg. Ohne mit der Wimper zu zucken trieb er die Härte in den Stall und ignorierte das Zelt, das er errichtet hatte.

Als er fertig war, machte er einen Schritt zurück, schien zufrieden mit seinem Werk und lächelte Wolfgang abenteuerlustig an. »Können wir?« Für eine Sekunde blitzte doch noch so etwas wie Verlegenheit in seinem Blick auf. Er zupfte sich am Ohrläppchen und seine Mundwinkel zuckten kurz.

Wolfgang nickte und marschierte zur Wohnungstür. Während er in Boots und Jacke schlüpfte, spürte er Simons Blick auf seinem Körper. Ob er sich ekelte, wieder in Kontakt mit Wolfgangs Erektion gekommen zu sein? Hätte Simon den Ständer auch ignoriert, wenn Wolfgang schön und schlank gewesen wäre? Er hätte durchaus auch großzügig über Martins Schwanz hinwegsehen können!

Mit vor Lust schmerzhaft ziehenden Hoden und blumigem Hirn, ließ sich Wolfgang auf den Beifahrersitz plumpsen. Das würde ein verdammt harter Abend werden, wenn das so weiterging. Schon jetzt rückte jeder halbwegs vernünftige Gedanke außer Reichweite und bald würde Wolfgang nichts weiter als ein blöd grinsender Idiot sein.

Dann kamen willkommene neurotische Überlegungen: *Hoffentlich muss ich nicht aufs Klo! Wie soll ich auf der Herrentoilette alleine mit den Knöpfen der Jeans fertig werden? Ich kann doch keinen fremden Mann fragen oder mit offenem Hosenstall zu Simon laufen, oder ihn bitten, mich aufs Klo zu begleiten. Oh, Gott, neben Simon kann ich nicht pinkeln. Ich habe ohnehin damit zu kämpfen, neben anderen Leuten zu pissen – es wäre der pure Albtraum, wenn Simon neben mir stehen und nur darauf warten würde, dass ich endlich fertig werde, damit er wieder zum Geschehen zurückkehren kann.*

Die Gedanken halfen, auch wenn Wolfgang schon unwillkommene Bekanntschaft mit einer Angsterektion gemacht hatte.

Der Innenraum des Autos roch betörend intensiv nach Simon. Hatte Wolfgang das bisher noch nie bemerkt, oder war er sensibler geworden? Vielleicht hatte ihn die fast dreiwöchige Simonabstinenz empfänglicher für dessen Reize gemacht.

Der Motor startete mit einem Kichern, dann würgte Simon ihn brutal ab.

»Sieh mich an«, forderte er.

Wolfgangs Herz stolperte. Mit einem trockenen Schlucken kam er Simons Wunsch nach. Wow. Wolfgang wurde es heiß. Er blickte direkt in diese sanften, braunen Augen und vergaß zu atmen. Konnte man sehen, wie heftig sein Herz gegen die Brust trommelte? Simon blickte zu Wolfgangs Scheitel hoch und begann, mit den Fingern durch das Haar zu wuscheln und einzelnen Strähnen zurechtzuzupfen. Voller Verlangen starrte Wolfgang auf Simons weiche Lippen. Die Zunge blitzte hervor und befeuchtete den so lockenden, schönen Mund, der leicht geöffnet blieb. Wolfgang verspürte den Drang, mit der Zunge hineinzufahren und zu kosten, wie dieser geliebte Mann schmeckte.

»So ist es besser!«, meinte Simon zufrieden und riss Wolfgang aus der sinnlichen Versenkung. »In der Sonnenklappe ist ein Spiegel, wenn du dich bewundern willst«, sagte er und startete den Wagen.

Bewundern? Die letzte Person, die Wolfgang jetzt sehen wollte, war er selbst.

6| SIMON, SCHAU MAL!

Offenbar war alle Welt unterwegs zu einer Weihnachtsfeier oder in letzter Sekunde Geschenke kaufen. Viele Einkaufszentren hatten für jene, die Weihnachten auch dieses Jahr heimtückisch überraschte, extra lange Öffnungszeiten. Der Gedanke, dass Wolfgang gleich die Schnepfen aus dem Büro wiedersehen musste, bereitete ihm Bauchschmerzen. Andererseits waren sie der Preis, den er zahlen musste, um Simon zu sehen. Wie schön wäre es, jetzt mit ihm woanders hinzufahren, irgendwohin, wo sie für sich waren.

Was für ein unerhörter Gedanke, schalt sich Wolfgang. Nur weil Simon ihn chauffierte, hieß das noch lange nicht, dass er mit ihm Zeit verbringen wollte. Es war völlig absurd, anzunehmen, dass Simon *mehr* für ihn empfand, dass er *überhaupt* etwas für Wolfgang empfand. Würde er sonst so vehement das Liebesgeständnis totschweigen oder die Erektion ignorieren? Das Einzige, was er Wolfgang gegenüber vermutlich fühlte, waren Schuldgefühle.

»Bist du jetzt mit Martin ... *zusammen?*«, fragte Wolfgang und legte die Ohren an. War die Frage unverschämt?

Simon gluckste. »Was? Wie kommst du denn da...« Er unterbrach sich und verdrehte die Augen. »Nein ... natürlich nicht!«

War es *so* natürlich, mit jemandem zu ficken, mit dem man *natürlich nicht* zusammen war?

»Bist du ... *verliebt* ... in ihn?«

Simon schnaubte verächtlich und schüttelte den Kopf. »Nein, um Gottes Willen!«

Einerseits erleichterte Wolfgang das, andererseits bestürzte es ihn. »Bist du ... stehst du auch auf Frauen?«

Simon ruckte mit dem Kopf zu Wolfgang und blinzelte ihn irritiert an. »Wie kommst du darauf?« Er tat geradewegs so, als wäre es der absurdeste Gedanke, den je ein Mensch ihm gegenüber geäußert hatte.

»Na ... wegen deiner Freundin ...«, sagte Wolfgang und starrte auf die aufflammenden Rücklichter des Autos vor ihnen.

»Wegen wem?«, rief Simon und bremste heftig ab, um nicht ins Heck des vorderen Wagens zu knallen.

Ihnen beiden entkam ein leiser Seufzer der Erleichterung, dass ein Unfall gerade noch abgewendet worden war.

»Na ja ... dieses ... Bild ...«, nuschelte Wolfgang.

Mehrmals blickte Simon aus dem Augenwinkel zu ihm. »Welches Bild, Wolfi, wovon sprichst du?«

»Das du dann in die unterste Schublade getan hast ...«

Da auf Simons Stirn immer noch ein Fragezeichen klebte, beschrieb er weiter: »Die mit den schwarzen, langen Haaren.«

»Du meinst Nicole?«

Ein Stich fuhr durch Wolfgangs Brust. »Wenn sie so heißt, dann ja.«

Simon grinste belustigt. »Das ist *Gerhards* Freundin ... er hat das Bild, wie alles andere auch, einfach dagelassen.«

Wolfgang warf den Kopf gegen die Lehne und seufzte erleichtert.

Simon schmunzelte. »Hat dich das *so* belastet?«

Ertappt ruckte Wolfgang wieder hoch. Ein heißes Kribbeln überzog seinen Nacken. »Also hast du kein Interesse an Frauen?«

»Doch«, gab Simon zu.

Die Erleichterung rutschte in den Kanaldeckel. Wolfgang fiel der Aufriss ein, den die Kolleginnen mit chirurgischer Präzision seziert hatten.

»Ich mag Frauen, aber nicht im Bett«, erklärte Simon und fügte lachend hinzu: »Meistens zumindest!«

»Also ... hast du *doch* diese schwarzhaarige Schlampe abgeschleppt?«, platzte Wolfgang heraus und bereute es im selben Moment.

Mit quietschenden Reifen lenkte Simon in eine Seitengasse und manövrierte den Wagen ruppig in eine Parklücke. Schief und halb auf dem Markierungsstreifen ließ er das Auto stehen und verstellte dadurch zwei Parkplätze. Simon würgte den Motor ab und drehe sich zu Wolfgang herum.

»Was wird das jetzt, Wolfi?« Seine Augen funkelten herausfordernd. »Ein Verhör? Stehe ich vor Gericht?«

Wolfgangs Herz ratterte. Er kratzte wild am Gips herum. »Nein ... ich ...«

»Mir ist klar, dass du sauer bist, wegen dem, was ich im Krankenhaus zu dir gesagt hab. Ich hab dir aber auch versucht klarzumachen, dass ich es so nicht gemeint habe. Glaube mir das, oder nicht, aber mich hier fertig machen, hilft dir auch nicht weiter!«

»Fertig machen?« Wolfgang starrte Simon entsetzt an. »Ich will dich doch nicht ...« Er fühlte sich, als falle er. Niemals hatte er ihm wehtun wollen.

Simon seufzte tief und schloss die Augen, als müsste er mit seinem Nervenkostüm Rücksprache halten. Dann sagte er geradezu zärtlich: »Diese ›schwarzhaarige

Schlampe‹, wie du sie nennst, heißt Sonja und ist eine Freundin von mir.«

Wie peinlich. Wolfgang rutschte tiefer in den Sitz. »Entschuldigung, ich wollte nicht ... Es tut mir leid ... ich ...«

»Wolfi ...«, unterbrach Simon ihn und ziepte an seinem Ärmel. Genauso hatte er das am Nikolaustag mit Wolfgangs Hemd gemacht – und auch jetzt knallte es voll rein. Irgendwie wirkte das so ... vertraulich. »Mir ist nicht entgangen, wie sie mit dir umgehen ... im Büro.«

Was? Simon hatte die Demütigungen bemerkt? Beschämt senkte Wolfgang den Blick.

»Du bist nicht der Erste, den sie auf dem Kieker haben ... In den drei Jahren, die ich in der Firma bin, haben sie viele in die Flucht geschlagen.« Simon ließ die Finger über Wolfgangs Ärmel abwärts gleiten, bis sie den Handrücken streiften. »Ich hab kein Problem damit, schwul zu sein. Ich steh dazu. Ich hatte nie vor, das zu verbergen, aber ... ich wollte ihnen nichts in die Hand geben ... wenn du verstehst.«

Wolfgang nickte und schaute gebannt auf Simons Finger, die wie beiläufig seinen Handrücken streichelten. Ein zärtliches Kitzeln. Wolfgang wagte kaum zu atmen.

»Sonja ist meine älteste und beste Freundin. Manchmal, wenn so ein Scheiß notwendig ist, zieht sie das mit mir durch. Das heißt: Gelegentlich schmuse ich in der Öffentlichkeit mit einer Frau.«

Das Wort *schmusen* floss wie Honig in Wolfgangs Bauch, prickelte auf den Lippen und zog an den Hoden. Er hatte sofort ein intensives Bild davon im Kopf – aber er konnte sich nicht vorstellen, dass man so etwas Heiliges nur zur Show machte. Noch dazu mit einer Frau –

ganz ohne Liebe und Leidenschaft. Aber vielleicht hatte Simon einen anderen Zugang zu Zärtlichkeit – immerhin hatte er ja auch mit Martin gefickt, ohne in ihn verliebt zu sein.

»Das heißt, du musst nichts empfinden, um mit jemandem rumzumachen?«, fragte Wolfgang.

Rasch zog Simon die Hand zurück und schnaubte empört. »Denkst du nicht, dass dich das eigentlich nichts angeht?«

Wolfgangs Ohren begannen zu brennen.

»Fuck!«, flüsterte Simon, schloss die Augen, sank für einen Augenblick in sich zusammen und wandte sich dem Lenkrad zu. Mit beiden Händen rieb er sich das Gesicht, als wollte er den Vorwurf wegwischen, dann seufzte er resigniert. »Hör zu, Wolfi ... wegen dem, was du mir gesagt hast ... im Behandlungsraum ...«

»Nein!«, stieß Wolfgang hervor, *keine Rezension*. »Du musst mir nichts erklären ...«

Simon funkelte ihn streng an. »Doch ... wie es scheint, muss ich das.«

Das Blut rauschte in Wolfgangs Ohren.

»Ich fand das wirklich mutig von dir, vor allem nach dem, was ich dir kurz zuvor gesagt hatte, aber, Wolfi, ... *Liebe* ... du kennst mich doch gar nicht.«

Wolfgang wollte widersprechen, aber Simon hob die Hand, um ihn zu stoppen.

»Du hast dir da nur irgendwas Romantisches zusammengesponnen. Ich weiß, wie sehr man sich verrennen kann, ich hab das selbst schon durchgemacht. Mehrmals.«

Wolfgang knirschte mit den Zähnen. Wie kam Simon dazu, seine Gefühle als Hirngespinst abzutun? Es war verletzend, richtig verletzend. »Schon klar«, schnaubte er. »Richtig echt ist nur ein seelenloser Fick oder

Showknutschen. Das mit Martin war sicher auch nur eine frivole Inszenierung!«

»Was willst du von mir hören?«, fauchte Simon. »Dass ich mein ganzes Leben lang auf dich gewartet habe?«

Die Worte trafen Wolfgang wie ein Vorschlaghammer. Ihm war, als rutschte er auf Glatteis aus und sein nacktes Herz bräche durch die Rippen, schlitterte über das Eis und bliebe endlich liegen, um zu krepieren. Von jetzt auf gleich stürzten Tränen über seine Wimpern. Ohne Ankündigung hatte Wolfgang keine Chance, sie zurückzudrängen.

»Scheiße.« Simon schnaubte frustriert, packte Wolfgangs Hand, zog sie zu sich auf den Schoß und knetete sie ein bisschen. »Das ist es, was ich meine«, sagte er schließlich sanft. »Du hältst mich für jemanden, der dich wegen deines Gewichts verachtet, lügt wie gedruckt, gefühllos ist und Menschen für irgendwelche Spielchen benutzt. So jemanden willst du?«

»Du verstehst das nicht.« Wolfgang schniefte und entriss Simon die Hand.

»Gib mir eine Chance«, bat Simon, »erklärs mir!«

Wolfgang kramte in seiner Hosentasche nach einem Papiertaschentuch und schnäuzte sich. Das Knäuel in der Hand knetend wartete er, bis keine Träne mehr lauerte.

»Ich habe nie ... nie ... *nie* auch nur *eine* Sekunde daran geglaubt, dass ... dass da wirklich etwas laufe könnte ... mit uns. Nie, nie, nie. Unter keinen Umständen, niemals.«

Simon schüttelte den Kopf. »Das ist Blödsinn! Man verknallt sich, weil man sich etwas erhofft!«

»Ja klar!«, knurrte Wolfgang und blickte Simon enttäuscht an. »Hast du nicht gesagt, du kennst so etwas?«

»Nein. Ich kenne es, dass man sich Hoffnung macht, jede Menge Dinge in jedes Lebenszeichen des Augensternchens hineininterpretiert, und wenn man dahinterkommt, dass man keine Chance hat, tut es zwar sauweh, aber man entliebt sich wieder!«

Wolfgangs Herz blühte auf, wenn er sich vorstellte, wie sich Simon nach jemandem verzehrte. »Das ist schön ...«, murmelte er gedankenverloren. »... wenn man Hoffnung haben kann. Das ist sicher schön.«

»Wolfi ...«, flüsterte Simon bestürzt.

Wolfgang zwang sich zu einem milden Lächeln. »Hast du es jetzt verstanden?«

Über Simons Gesicht huschten die Schatten vieler Gefühle, die einander rüpelhaft wegstießen. Seine Mundwinkel wackelten und wenn Wolfgang sich nicht irrte – es konnte nämlich eigentlich nicht sein – hatte Simon einen verdächtig feuchten Glanz in den Augen.

»Es ist nicht so schlimm«, beeilte sich Wolfgang zu sagen. »Ich kenne es nicht anders ... es ist *gut*.«

»Das ist *nicht* gut!«, wisperte Simon betroffen.

»Doch. Es ist ein schönes Gefühl, wenn einem jemand wichtiger als alles ist. Es geht dabei doch nicht um *mich!* Eigentlich hättest du es nie erfahren sollen – es ist ja doch nur eine unnütze Last für dich – es ist *mein* Problem.« Wolfgang bemühte einen fröhlichem Tonfall. Auf keinen Fall wollte er, dass sich Simon seinetwegen schlecht oder für seine Gefühle verantwortlich fühlte, aber offenbar erreichte er mir den Beschwichtigungen das Gegenteil. Jetzt waren in Simons Augen eindeutig Tränen zu sehen – und auf der Stirn traten Adern hervor. Wolfgang kannte das. Simon rang seine Gefühle nieder. »Du solltest es einfach vergessen, Simon. Ich wollte dich nicht in die Enge treiben oder dich zu einem Statement oder so was zwingen.«

»Nein«, sagte Simon leise. »Ich bin froh, dass du es mir gesagt hast und es ist auch keine Last!« Er räusperte sich und streckte Wolfgang auffordernd eine Hand hin.

Zögernd und mit wild hämmerndem Herzen griff Wolfgang zu.

Simon seufzte und knetete Wolfgangs Finger. »Es ist ... es ist nicht so, dass es *gar* keine Hoffnung gibt«, sagte er schließlich.

Die Welt blieb mit knarrenden Achsen stehen. Flora und Fauna hielten in ihrem Treiben inne und sogar der Sand in den Uhren stockte.

»Ich will dir jetzt keine falschen Hoffnungen machen, Wolfi, aber es stimmt einfach nicht, dass es völlig ausgeschlossen ist, dass ... also ... wir ... ich ...«

So schwer, wie Wolfgang sonst abwärts trudelte, so leicht wirbelte er nun hoch, als hätte die Schwerkraft die Richtung geändert. Was Simon sagte, ergab zwar keinen Sinn, aber es war schön. »Lieb, dass du das sagst«, flüsterte er und glotzte auf seine Hand, in Simons Schoß. »Danke.«

»Ich hab das nicht gesagt, weil ich glaube, dass du das gerne hören willst«, erklärte Simon.

»Okay«, sagte Wolfgang tapfer. Das war wirklich nett von Simon, dass er ihm das Gefühl geben wollte, diese Liebe wäre nicht aussichtslos.

»Okay.« Als hätten sie soeben einen Vertrag abgeschlossen, drückte Simon die Hand, dann ließ er los und wandte sich dem Steuer zu. »Lass uns zur Weihnachtsfeier fahren, wir kommen bereits zu spät.«

Als Simon nach dem Schlüssel griff, zitterten seine Finger etwas. Er startete den Wagen, setzte grob zurück und fuhr in einer viel zu engen Kurve, bei der er mit den Reifen über den Gehsteig rumpelte, aus der

Parklücke. In einem kopflos riskanten Manöver, das die anderen Autofahrer mit einem Hupkonzert begrüßten, fädelte er sich wieder in den Verkehr auf der Hauptstraße ein.

In der Gaststätte war es laut, Geschirr klirrte, Musik kämpfte gegen Gemurmel und lautes Lachen an. Eine Kellnerin fragte Simon und Wolfgang, zu welcher der vielen Weihnachtsfeiern, die hier gleichzeitig stattfanden, sie gehörten.

»Sind schon alle da – man wartet nur noch auf Sie beide«, trällerte sie und lotste sie durch die großen, überfüllten Räume bis zu der Tafel, an der bereits alle Kollegen inklusive Chef harrten. Sie unterbrachen ihre Gespräche, drehten sich herum und glotzten die beiden Zuspätkommenden vorwurfsvoll an.

Am liebsten wäre Wolfgang sofort wieder hinausgestürzt. Als er die Schlangen schon von weitem sah, drehte sich ihm der Magen um. Sie hatten sich herausgeputzt als wollten sie nach der Feier einen Millionär angeln, und scharten sich gackernd um Martin, der ihre Aufmerksamkeit sichtlich genoss. Ob sie wussten, dass er schwul war? Wahrscheinlich war das sogar der Joker! Sofort steckten sie die Köpfe zusammen und tuschelten, gafften dabei schamlos herüber und hinterließen nicht den geringsten Zweifel daran, dass sie über Wolfgang lästerten.

»Hey, da bist du ja endlich ... komm her zu uns!«, rief einer der Fahrer und schob Simon den leeren Stuhl hin, den sie offenbar für ihn reserviert hatten. Sofort bezogen sie Simon in eine laufende Debatte mit ein und fragten nach seiner Meinung.

Für Wolfgang war der Platz am Ende der Tafel – direkt dem Chef gegenüber – reserviert. Zu beiden Seiten saßen die Schnepfen und schnitten ihn vom Rest der Kollegenschaft ab. Dahinter kamen die Fahrer, mit Simon, dann die Leute vom Marketing und am anderen Ende buhlten – wie sabbernde Renfields um den Obervampir – die Vertreter um die Aufmerksamkeit des Chefs. Sie versuchten, mit vielversprechenden Aussichten auf Großkunden zu punkten, die sie angeblich an der Angel hatten.

Wolfgang wagte kaum, den Blick vom Teller zu heben. Mit jedem Atemzug fürchtete er, die Kolleginnen zu provozieren und wusste, dass er sie auch mit seiner devoten Haltung reizte. Eigentlich war egal, was er machte, alles war falsch und ein Grund, ihn anzufahren.

Die Suppe wurde serviert, aber Wolfgang brachte keinen Bissen herunter. Mit Links war er obendrein nicht besonders geschickt und todsicher würden sie über ihn herfallen, wenn ihm auch nur das kleinste Missgeschick passierte. Mit einem Stein im Magen saß Wolfgang da und starrte auf den Teller, während die anderen eifrig schlürften und den delikaten Geschmack lobten.

»Pssst Simon!«, rief Martin und alle horchten auf. »Kannst du Wolfgang füttern? Der Arme verhungert ja vor dem vollen Teller.«

Wolfgangs Herz plumpste in die Hose. Seine Ohren brannten. Panisch grapschte er nach seinem Besteck.

»Was?«, fragte Simon irritiert.

Alle lachten.

Wolfgangs Hand zitterte vor Nervosität, als er den Löffel in die Suppe tauchte. Obwohl er sich übergeben wollte, zwang er sich einen Bissen runter.

Die Schlangen jubelten und applaudierten als hätte er einen Wettbewerb gewonnen. Alle Augen waren auf ihn gerichtet, erwarteten gespannt, wie er den nächsten Bissen nahm.

Er konnte nicht. Die Hand zitterte zu sehr. Verschämt versteckte er sie unter dem Tisch.

»Du wirst doch die Suppe nicht stehen lassen – denk doch an die Kinder in Afrika!«, blökte Rita.

Alle lachten.

Wolfgang presste die Lippen zusammen.

»Simon!«, rief Elke kichernd.

Rasch griff Wolfgang wieder zum Löffel.

Die Schnepfen grölten.

Simon blickte missbilligend herüber.

Es kam, wie es kommen musste: Wolfgang zitterte so sehr, dass die Suppe vom Löffel platschte.

Die Schlangen machten die Welle. Der Chef schenkte einen Moment lang seine Aufmerksamkeit dem Krawall am anderen Ende der Tafel, ließ sich aber sofort wieder von einem der Vertreter vollquatschen. Wie immer tat der Rest der Firma so, als gehörte er nicht dazu, als hätte er nichts mit den Schlangen aus dem Büro zu tun. Als stünde eine unsichtbare Wand zwischen dem hinteren Teil der Tafel und dem Rest, war die Gesellschaft in zwei Lager gespalten. Nur Simon registrierte jedes Johlen, wenn Wolfgang wieder einen Bissen in den Mund gebracht hatte.

Nicht heulen, mahnte sich Wolfgang. *Blocke ab, lass sie nicht an dich ran.* Wie immer funktionierte das nicht. Wolfgangs Nerven lagen blank. Ihm war kotzübel vor Angst. Den Körper spürte er schon lange nicht mehr – er hörte nur noch das Rauschen seines Blutes im Kopf und das Gegacker der Kolleginnen.

»Lasst ihn in Ruhe!«, rief Simon endlich.

»Wow – brav.« Rita lachte. »Wolfgang, hast du ein Leckerli für deinen Kampfhund?«

»Bring ihn nicht in Verlegenheit«, rief Martin. »Die hat er doch alle selbst gegessen!«

Wolfgang bekam kaum Luft, so dick war der Kloß im Hals. Auch wenn das angebrochene Handgelenk gut geschient war, versuchte er, es unter dem Gips so weit zu drehen, dass der Schmerz bis ins Hirn stach. Für drei Minuten lenkte ihn das weit genug ab, dass er die blöden Witze ignorieren konnte.

Der nächste Gang wurde serviert und alle machten sich schmatzend darüber her. Lecker, echt lecker – nur musste man dazu Messer und Gabel benutzen. Doch selbst wenn Wolfgang in der Lage gewesen wäre, das Essen mit dem Besteck zu zerteilen, hätte er nicht geschafft, es zu schlucken.

»Simon, ich glaub, deine Hilfe wird gebraucht!«, rief Pamela, die normalerweise nur Mitläuferin war.

»Was ist denn!«, knurrte Simon.

Wolfgang nahm rasch den Teller und streckte ihn einer vorbeieilenden Kellnerin hin. Etwas irritiert blickte sie auf die unberührte Mahlzeit, griff aber zu und trug den Teller kopfschüttelnd weg.

»Hat sich erledigt«, winkte Elke ab.

Wolfgang wagte nicht, hochzusehen, wagte nicht, Simon oder irgendjemandem sonst in die Augen zu schauen.

Martin reichte sein Smartphone herum und was auf dem Display zu sehen war, schien nicht nur interessant, sondern auch äußerst lustig zu sein. *Immerhin lassen sie mich jetzt für ein paar Minuten in Ruhe,* dachte Wolfgang. Früher oder später war Verlass auf die Faszination Internet – dumme Bildchen waren doch spannender als ein trauriger Fettsack. Plötzlich neigte sich Rita zu Wolfgang, Martins Smartphone in der Hand, und fragte in vertraulichem Tonfall: »Na, Wolfi, ist Simon ein guter Feeder?«

Wolfgang begriff nicht, was sie meinte, aber dass sie den Spitznamen verhunzte, den Simon ihm gegeben hatte, knackte regelrecht im Hirn. Im nächsten Moment zeigte sie Wolfgang das Display des Handys und alle lachten hysterisch los. Wolfgang brauchte eine Weile, ehe er erfassen konnte, was sie ihm zeigte. Es war eine Fettfetisch-Seite, die einen enorm dicken, schwabbeligen, nackten Mann zeigte, der von einem Schlanken gemästet wurde. Wolfgang war, als würde ihm jemand einen glühenden Speer quälend langsam durchs Brustbein bohren. Er konnte sich nicht bewegen, nicht einmal atmen, keinen klaren Gedanken fassen. Im Augenwinkel registrierte er, dass Simon alarmiert zu ihm herschaute. Er bekam Panik, dass er das Bild zu Gesicht bekommen könnte und wollte Rita das Smartphone wegnehmen, aber er vergaß, dass sein rechter Arm nicht funktionierte und winkte nur peinlich mit dem Gips.

»Simon, schau mal – ich glaub, da stehst du drauf!«

Rasch wurde das Telefon von Hand zu Hand weitergereicht und Simon in die Hand gedrückt.

Panikartig sprang Wolfgang hoch. Der Stuhl kippte nach hinten weg und schlitterte über den Boden. Der Bauch rammte den Tisch, der daraufhin laut rülpsend über den Boden ratterte. Kreischendes Lachen drang an Wolfgangs Ohren, unzählige Blicke – auch von anderen Tischen – durchbohrten ihn, spießten ihn regelrecht auf.

Ohne aufzusehen stürzte Wolfgang aus dem riesigen Saal, in dem es merkwürdig still geworden war. Er sah nur noch verschwommen, der Kopf dröhnte und ihm war, als flüchte er nicht aus dem Restaurant, sondern aus der Schulklasse. Die Demütigung folgte immer auf dem Fuß, ließ sich nicht abschütteln, nicht abwaschen, haftete an ihm wie sein Schatten. Das Gelächter der Kolleginnen vermischte sich mit dem der Mitschüler seiner Erinnerung und Wolfgang war davon überzeugt, dass sie ihn gleich erwischen würden, dass sie ihn festhalten und ihm den letzten Rest verpassen würden.

War überhaupt noch etwas übrig, über das sie sich hermachen konnten?

Wolfgang torkelte ins Freie. Die Kälte schnalzte empfindlich über die Haut. Die Jacke hing noch in der Garderobe, aber er konnte nicht wieder zurück. Die Gegend war ihm fremd, also lief er in irgendeine Richtung los – Flucht war Flucht und da war das Ziel lediglich *weg, weg, weg von hier*.

Der Wind war eisig, ein paar vereinzelte Schneeflocken tanzten fröhlich, wie um Wolfgang zu necken. Immerhin ließen die Temperaturen recht bald Wolfgangs Panik abkühlen und andere Probleme ins Bewusstsein treten. Zwar war Wolfgang gut gepolstert, aber minus zehn Grad – bei dem tosenden Wind gefühlte zwanzig Grad Minus – nur in Poloshirt und Jeans, das tat ordentlich weh.

Taxi, dachte er, nachdem er keine Bushaltestelle ausfindig machen konnte, doch ein paar Klapse auf die Hosentaschen erinnerten ihn daran, dass das Handy noch in der Anzughose steckte, die er daheim abgelegt hatte.

Verdammt.

7 | STRAIGHT MISSILE

»Wolfi! Steig ein!«, rief Simon aus dem Autofenster und rollte mit der giftgrünen Rostschüssel neben Wolfgang her.

»Nein!«, rief Wolfgang, obwohl die Kälte bereits an seinen Knochen nagte und der Gedanke, ins geheizte Auto zu steigen, mehr als verführerisch war. Ebenso, wie die Aussicht darauf, in Simons Nähe zu sein. Aber nach dieser Demütigung vorhin im Restaurant konnte er ihm nicht mehr in die Augen sehen, seine Anwesenheit nicht ertragen. Vermutlich sah Simon in ihm nur noch diesen wabernden Fettberg, der gemästet und ein Fetischobjekt werden wollte. Lieber erfror Wolfgang, als so wahrgenommen zu werden. *Dass* Simon ihn ab jetzt nur noch in diesem Kontext sehen würde, daran zweifelte Wolfgang keine Sekunde. Ihm selbst hatte sich das Bild tief in die Netzhaut gebrannt, obwohl er im Vergleich zu dem Mann auf dem Foto schlank war.

»Sei nicht albern, Wolfi!«, rief Simon. »Du holst dir noch den Tod!« Mit einem ungehaltenen Hupen wurde er überholt.

»Gut!«, rief Wolfgang. »Das ist genau das, was ich will!«

»Red keinen Unsinn! Ich hab deine Jacke dabei – zieh die zumindest an!« Weitere Autos überholten hupend, aber Simon ignorierte sie.

Die Jacke anlegen, das klang schon verlockend …

»Ich schenk sie dir – ich brauch sie nicht mehr!« Wie lange musste man bei diesen Temperaturen herumlaufen, bis man erfror?

»Willst du dich jetzt wirklich wegen diesem blöden Scherz umbringen?«, schrie Simon gegen ein weiteres Hupkonzert an.

»Findest du nicht, dass dich das eigentlich nichts angeht?«, kläffte Wolfgang zurück. Warum fuhr Simon überhaupt neben ihm her und wollte, dass er einstieg? Hatte der Chef ihn geschickt, damit es im Fall des Falles keine rechtlichen Probleme gab?

Raschen Schrittes bog Wolfgang in eine Seitengasse ein. Wow – ein eisiger Windstoß prallte gegen seine Frontseite.

Simon brauchte eine Weile, ehe er wieder auf gleicher Höhe fuhr. »Komm jetzt, Wolfi!«

Um ein Haar hätte Wolfgang nachgegeben, alleine schon, weil die Kälte echt wehtat. Aber was dann? »Lass mich in Ruhe!« *Lass mich sterben. Ich will nicht mehr.* Tränen brannten in den Augen. Dass er Simon so zurückwies, tat Wolfgang mehr weh, als die Kälte und die Demütigung.

Offenbar hatte Simon verstanden. Er gab Gas und brauste davon – etwa zehn Meter weit, dann lenkte er in eine Parklücke und sprang aus dem Wagen.

Wolfgang blieb stehen, überlegte, ob er umkehren sollte oder stur an Simon vorbeimarschieren. Wolfgangs Jacke in der Hand lief Simon auf ihn zu. Allein von diesem Anblick wurde Wolfgang warm. Simon – der Mann, den er liebte – lief *ihm* entgegen!

Ohne Widerstand ließ sich Wolfgang von Simon in die Jacke helfen und folgte ihm wortlos zum Auto. Der Innenraum des Wagens hatte tropische Temperaturen, aber vielleicht kam das Wolfgang auch nur so vor, weil er unterkühlt war. Simon manövrierte das Auto aus der Parklücke und fuhr ziellos in der Gegend herum – wie an dem Abend, als Wolfgang das erste Mal im Lager ausgeholfen hatte.

»Gehts wieder? Halbwegs aufgewärmt?«, fragte Simon nach einer Viertelstunde und warf Wolfgang erstmals, seit sie eingestiegen waren, einen längeren Blick zu. Kein Ekel, sondern echte Sorge.

Wolfgang nickte. Er begann zu glühen, als legte der Körper nach diesem Kälteschock – nur für alle Fälle – noch etwas Hitze nach.

»Gut«, sagte Simon. »Dann lass uns etwas trinken gehen!«

Wolfgang fuhr hoch. »Was?«

»Ich kenn da ein nettes Pub, die haben ihre eigene Brauerei. Außer natürlich, du hast einen besseren Vorschlag.«

»Du willst *feiern* gehen?«, fragte Wolfgang fassungslos. »Nach *all dem?*«

»Besser als sterben, meinst du nicht?« Simon zuckte mit den Schultern und schenkte Wolfgang ein Lächeln. »Außerdem wollten wir doch ohnehin feiern. Wir werden einen lustigeren Abend haben, als die.«

Simon wollte mit Wolfgang zusammen einen lustigen Abend verbringen? In einem Pub? Schlagartig wurde Wolfgang nervös. Er war noch nie mit einem Freund weggegangen. Genau genommen war er überhaupt noch nie in einem Pub, einer Disko oder einem anderen Lokal gewesen. Wenn Wolfgang ausging, dann allein ins Kino, Spätvorstellung, wo wenig Leute waren und es dunkel war und niemand auf ihn achtete.

»Gib ihnen nicht die Genugtuung und verkriech dich jetzt. Die beste Rache ist, wenn du die Gelegenheit nutzt, um richtig einen draufzumachen«, meinte Simon.

»Einen draufmachen«, wiederholte Wolfgang, *das hab ich noch nie getan.* Die Vorstellung ließ sein Herz höher schlagen. Die Aufregung, dass er gleich mehrere Stunden privat mit Simon verbringen würde, kämpfte mit der Panik bezüglich der vielen hippen Menschen, die ihn schräg mustern oder verspotten könnten. War es nicht egal, was die Leute sagten, solange Simon da war und Wolfgang seine Aufmerksamkeit schenkte?

»Okay«, schmetterte er mutig dahin und seufzte nervös. »Dann lass uns einen draufmachen!«

Simon gluckste und warf Wolfgang einen belustigt funkelnden Blick zu – fast, als freute er sich darauf.

Es war ein nettes Lokal, das Simon da ausgesucht hatte. Die Eigentümer hatten viel Liebe hineingesteckt, um den Eindruck zu vermitteln, man wäre in Irland – abgesehen von der billigen Weihnachtsdekoration – aber vermutlich war auch die original. Es war verdammt viel los, die Luft stickig und die Musik laut. Einige Leute trugen Weihnachtsmützen mit blinkenden Sternen oder Rentierhörner. Mit einiger Überraschung stellte Wolfgang fest, dass außer ihm noch ein paar andere dicke Männer hier waren und er war noch nicht einmal der fetteste unter ihnen. Auch wenn der überwiegende Teil der Leute immer noch normalgewichtig oder schlank war, beruhigte ihn das ein bisschen.

Obwohl Tische frei waren, standen fast alle um die Bar versammelt, grölten bei Liedern mit und lachten laut. Im ersten Reflex glaubte Wolfgang, sie würden über *ihn* lachen – aber offenbar hatten sie ihre eigenen Witze.

Es war angenehm dunkel, sodass Wolfgang das Gefühl hatte, er könnte sich hier ganz gut verstecken. Die Sitzecke, die Simon auswählte, lag im Schatten, die Wände waren dunkel getäfelt und vor allem die herumstehenden Leute boten einen idealen Schutzwall. Spätestens nach dem zweiten Bier begann sich Wolfgang allmählich wohl zu fühlen, auch wenn die Nervosität in seinem Magen hochflatterte, sobald er Simon in die Augen schaute oder sich dieser zu ihm neigte, um gegen die Musik anzubrüllen. Manchmal spürte Wolfgang sogar Simons Atem über die Wange streichen und dann wummerte es in seinem Bauch und kitzelte das Herz.

Vor lauter Glück, hier mit Simon sitzen zu dürfen, konnte Wolfgang dessen Ärger über den Spott bei der Firmenweihnachtsfeier kaum mehr nachvollziehen. Gebannt hörte er zu, wie sich Simon über die Schnepfen ausließ, von früheren Kollegen erzählte, denen es ähnlich ergangen war, und wurde immer geschmeidiger. Der Alkohol tat sein Übriges, dass sein Herz immer offener wurde, die Sehnsucht klebrig süß und sich ein alberner Mut breitmachte. Wie etwa die Überlegung, ob Simon – wenn er doch ohnehin schmusen und Sex haben konnte, ohne denjenigen zu lieben – auch bereit wäre, Wolfgang zu küssen. Nur einmal. Kurz. Ob es vermessen wäre, danach zu fragen? Könnte sich das Wolfgang nicht als eine Art Weihnachtsgeschenk erbetteln? Vielleicht nach zwei oder drei oder vier weiteren Bieren ...

Gerade, als sich eine fast kuschelige Zweisamkeit einstellte – zumindest nach Wolfgangs Dafürhalten – wandte sich Simon ab und schrie: »Kaaaarachooooo!«

Blicke Herumstehender stürzten zu ihm und ein paar Leute wichen zur Seite. Einige Meter entfernt stand ein blonder Kerl, Arme und Beine so, als trage er eine riesige, schwere, unsichtbare Kugel. »Striiimiiii!«

Wolfgang legte die Ohren an. Simon sprang hoch, stürzte auf den Mann zu und fiel ihm in die Arme. Dann vollführen sie so etwas Ähnliches wie einen Village-People-Tanz für Gorillas. Wer auch immer das war – er war das Ende der kühnen Vorstellung, einen Kuss zu ergattern, davon abgesehen, dass dieser vertrauliche Umgang und die helle Freude, die der blonde Kerl bei Simon auslöste, Wolfgangs Eifersucht schürte. So sah das also aus, wenn Simon jemanden *wirklich* mochte. Einander freundschaftlich rempelnd lotste Simon den Freund zum Tisch, der eben noch Wolfgang und ihm allein gehört hatte.

»Wolfi – Christoph«, stellte sie Simon einander vor.

Wolfgang nickte mit einem gezwungenen Lächeln und Christoph ließ sich neben ihn auf die Bank plumpsen.

»Alle nennen mich Karacho. Bist du auch Musiker?«

Wolfgangs Ohren begannen zu glühen. Simon war Musiker? Das wusste er gar nicht. Dass Simon dieselben Bands mochte wie er, hatte Wolfgang schon in Erfahrung gebracht, aber dass er selbst Musik machte, hatte Simon verschwiegen.

»Nein ... wieso ...?«, fragte Wolfgang in der Hoffnung, mehr zu erfahren.

»Na, wegen diesem Typen aus Salzburg ... mit dem weißen Zopf!«, sagte Christoph. »Weil der auch so heißt wie du!«

Wolfgangs Kinnlade klappte runter. »Du meinst ... *Mozart?*«

Christoph richtete die Zeigefingerpistole auf Wolfgang. »Jaaaa, jaaa, genau der Typ!«

Kleine Irritationspünktchen schwirrten um Wolfgangs Kopf. Hatte er das gerade *richtig* verstanden? Dieser *Karacho* hatte nur anhand seines Vornamen die Idee entwickelt, er mache Musik?

Simon, der das Gespräch mitbekommen hatte, gluckste und legte einen Arm um die Schultern seines blonden, nicht unbedingt hässlichen Freundes.

Ein schmerzhafter Stich traf Wolfgangs Herz.

»Karacho ist verrückt!«, erklärte Simon lachend.

»Hör nicht auf ihn«, sagte Christoph. »Es gibt keinen, der so verpeilt ist, wie mein Strimi.« Er hielt Simons Kopf fest und drückte ihm einen fetten Kuss auf die Wange.

Wolfgang rutschte unruhig hin und her. War *das* Simons Lover? Bisher war Wolfgang, abgesehen von Martin, noch nicht einmal im Ansatz auf die Idee gekommen, dass Simon einen Freund haben könnte. Die Enttäuschung grub sich schwer in seinen Magen. Das war vielleicht ein guter Moment, sich zu verabschieden und die beiden allein zu lassen. Das fünfte Rad am Wagen wollte Wolfgang nicht sein. Am Ende musste er gar zusehen, wie die beiden rummachten. Niemals!

»Bist du allein gekommen, oder ist Sonja mit?«, fragte Simon seinen Freund, nachdem er sich aus dessen Umklammerung befreit hatte.

Sonja? Die Sonja, mit der Simon gelegentlich schmuste?

Kalten Schweiß lief über Wolfgangs Rücken abwärts.

»Sie sucht noch einen Parkplatz!«, erklärte Christoph.

»Du lässt sie mit deinem Auto allein?«, fragte Simon verblüfft.

»Hey, ich war auf einer Weihnachtsfeier, als du mich herbeordert hast ... ich hab schon einiges getankt!«

Wolfgang schluckte schwer. Simon hatte Christoph *hierher beordert?* Er hatte ihn *extra* von einer *Weihnachtsfeier* weggeholt, damit er sich nicht mit Wolfgang allein abgeben musste? Er hatte also gar nie vor, mit *Wolfgang* einen draufzumachen?

»Wenn man von der Teufelin spricht ...«, rief Christoph und fuchtelte wild in der Luft herum.

Mit einem Stein im Magen hielt Wolfgang nach dieser dünnen Schwarzhaarigen Ausschau, von der die Hyänen geredet hatten. Da trippelte schon eine ebenso zierliche wie quirlige Schönheit herbei und breitete die Arme aus.

»Striiimiiischaaaaatz!«

Simon sprang hoch und packte sie. »Liebe meines Lebens!« Er wirbelte sie herum und bog ihren Oberkörper nach hinten, so wie Männer in alten Filmen Frauen packten, die sie küssen wollten. Im nächsten Moment passierte auch genau das – die beiden küssten sich. Wild.

Wolfgang trieb es fast die Tränen in die Augen, als er sah, wie eine von Simons schönen Händen auf Sonjas Hüfte lag, die andere in ihrem Rücken, wie die Münder sich aufeinanderpressten und man den Tanz der Zungen am Spiel der Sehnen und Muskeln an Hals und Wange ablesen konnte.

»Bist du Strimis Freund?«, fragte Christoph und rempelte Wolfgang mit dem Ellenbogen.

Verdattert wandte sich Wolfgang von der schrecklichen Szene ab. *Freund?* »Nein ... äh ... Kollege.«

»Kolleeeege, haaa?« Christoph zog mit dem Finger ein Augenlid runter, dann nickte er zu den Küssenden. »Schaut überzeugend aus, was?«

»Mmmh!«, krächzte Wolfgang und war kurz davor, aufzuspringen und aus dem Lokal zu rennen.

Christoph musterte Wolfgang eingehend und lachte. »Keine Sorge, ist nur Fake!« Er neigte sich näher zu Wolfgang und erklärte verschwörerisch: »Filmkuss.«

So sah das aber nicht aus.

»So sieht es aber nicht aus, nicht wahr?«

Wolfgangs Ohren begannen zu brennen und Christoph lachte wieder auf.

»Das ist so ein Trick. So kann sogar *ich* einen Kerl küssen!«

Irritiert schaute Wolfgang ihn an. *Sogar?* Dann war er also gar nicht schwul und auch nicht Simons Freund?

Simon und Sonja beendeten das Schauspiel und setzten sich.

»Wolfi – die schwarzhaarige Schlampe!«, stellte Simon sie einander vor.

»Was?«, kicherte Sonja.

Wolfgang wollte am liebsten im Erdboden versinken.

»Erkläre ich dir ein andermal«, meinte Simon.

»Wolfi ... der *Kollege?*«, fragte Sonja und funkelte Wolfgang interessiert an.

»Wolfi hat euren wunderschönen Filmkuss bewundert«, erzählte Christoph. »Willst du ihm nicht zeigen, wie der geht, Strimi?«

Wolfgangs Herz blieb für einen Moment stehen.

Simon verzog die Mundwinkel zu so etwas wie einem misslungenen Grinsen. »Nein!«

»Aber hey, mit *mir* hast du es doch auch schon gemacht!«, rief Christoph.

Simon hatte Christoph geküsst? Gab es jemanden, den er *nicht* küsste? Ach ja, Wolfgang küsste er nicht. War der Fick mit Martin vielleicht auch nur ein *Filmfick* gewesen? Wolfgang knirschte mit den Zähnen.

»Ja, weil du Hetero bist!«, warf Sonja lachend ein und zwinkerte Wolfgang zu.

Was sollte das?

»Ich werde besser ... gehen!«, murmelte Wolfgang, allerdings zu leise, als dass die anderen es hören konnten.

Eine Kellnerin kam herbei und Simon bestellte eine Runde Bier.

»Für mich nicht!«, bat Wolfgang und erklärte den überrascht Blickenden: »Ich geh gleich!«

»Wieso denn?«, fragte Simon.

»Hey, das nehme ich persönlich, dass du abhaust, wenn ich komm!«, beschwerte sich Christoph und rempelte Wolfgang wieder in die Seite.

»Jetzt, wo wir uns endlich mal kennenlernen?«, sagte Sonja.

Endlich mal kennenlernen? Hatte Simon von Wolfgang erzählt?

»Vier Bier!«, bestellte Christoph bei der Kellnerin und wandte sich an Wolfgang: »Du bleibst!«

Wolfgang fügte sich. Er könnte das Bier ja in einem Zug leeren und dann immer noch abhauen. Allerdings stellte sich dieser Plan als schwierigeres Unterfangen heraus, als er gedacht hatte. Die ganze Situation war völlig neu für ihn – mit ein paar netten Leuten im ähnlichen Alter in einem Lokal sitzen und Bier trinken – das kannte er nicht. Nach der ersten Panik und zwei weiteren Bieren, begann er es sogar zu genießen und traute sich nach und nach, sich in die Gespräche einzubringen.

Komischerweise schienen sich weder Sonja noch Christoph an Wolfgangs Übergewicht zu stören. Es war überhaupt kein Thema für sie. Keine Diättipps, keine Aufforderung, Sport zu treiben, keine blöden Witze. Der Abend begann tatsächlich richtig Spaß zu machen.

Simon und Christoph verarschten sich gegenseitig in einer Tour, verwiesen auf Anekdoten ihrer offenbar langen Freundschaft und ergänzten einander ständig mit Filmzitaten. Sowohl Sonja als auch Christoph nannten Simon *Strimi* und Christoph wurde konsequent *Karacho* genannt.

»Die zwei sind zusammen unerträglich«, erklärte Sonja augenrollend, als Simon und Christoph einen Filmdialog nachäfften und dabei vor Lachen kaum gerade sitzen konnten.

Wolfgang liebte es, Simon zuzusehen, fand es süß, wie er vom Bier und dem Herumalbern rot wurde und die glänzende Schweißschicht, die sich langsam auf Simons Gesicht bildete, machte ihn wuschig. Zudem achtete Simon mit fortgeschrittenem Bierkonsum immer weniger darauf, sein knappes Shirt zu richten, und gewährte Wolfgang einen betörenden Blick auf einen immer breiter werdenden Streifen Haut über dem Bund der Jeans.

»Was heißt eigentlich *Strimi?*«, wollte Wolfgang von Sonja wissen.

»Das ist eine Abwandlung ... hat sich aus *Straight Missile* ergeben!«, erklärte Sonja. Als sie Wolfgangs verwunderten Blick auffing, lachte sie. »Strimi hat da so ein gewisses ... Talent, wenn man so sagen will ... Steck in einen Raum neunundneunzig Homos und einen Hetero – du kannst dein ganzes Hab und Gut verwetten, dass sich Strimi in den einzigen Kerl verknallt, der *nicht* schwul ist.«

Simon und Christoph gingen gerade dazu über, irgendeinen Song mitzugrölen, der aus den Boxen dröhnte.

»Das ist keine spezielle oder bewusste Vorliebe. Man kann eher sagen, Strimis Gaydar ist Schrott – beziehungsweise: Er hat das Gegenteil eines Gaydars. Er würde nämlich seinerseits Haus und Hof verwetten, dass der Kerl, in den er sich verliebt hat, schwul ist«, erklärte Sonja weiter. »Ein Wunder, dass er überhaupt Frauen und Männer auseinanderhalten kann.«

»Stimmt!«, sagte Wolfgang, *die Beobachtung habe ich auch schon gemacht,* zumindest in Hinblick auf den Kuss, der ihn immer noch quälte. Er fing Simons Blick auf, der zu ahnen schien, dass sie über ihn redeten. Wolfgang gab es einen zähflüssigen Stich im Bauch, als hätte ihn die Information über Simons kleine Schwäche noch verliebter gemacht.

»Wenn er sich wenigstens nicht jedes Mal so reinsteigern würde«, meinte Sonja seufzend. »Er bricht jedes Mal fast auseinander, wenn ihm bewusst wird, dass die Sache aussichtslos ist. Mittlerweile traut er sich selbst nicht mehr über den Weg.«

Jetzt begriff Wolfgang, was Simon damals gemeint hatte, mit *unüberwindliche Hindernisse* und dass Liebe nicht alles überwinden könne. Die Vorstellung, dass Simon Liebeskummer gelitten hatte, löste in Wolfgang den Impuls aus, ihn umarmen und halten zu wollen, ihn schützen zu wollen, vor den bösen Männern, die ihn nicht wollten.

»Er traut seinen eigenen Gefühlen nicht mehr – *gar* nicht. Was echt nervig ist, manchmal!« Sonja musterte Wolfgang prüfend und fragte: »Und du?«

Wolfgang glupschte sie ertappt an, ohne zu wissen, worauf sie hinaus wollte. »Ich?«

»Seit wann stehst du auf ihn?«

Wolfgangs Herz begann zu rasen. »Du weißt davon?«

Simon erzählte herum, dass der Fettwanst aus dem Büro in ihn verknallt war? Wolfgang hatte gedacht, das wäre eine Sache nur zwischen ihnen beiden.

»Selbst, wenn ich es nicht von *ihm* wüsste – es ist mehr als offensichtlich. Mich verwundert eher, dass du es ihm überhaupt erst sagen musstest – oder eigentlich nein.« Sonja seufzte. »Das ist so typisch Strimi.«

Wolfgang wurde schlecht. Wie musste er sich das vorstellen? Simon und seine Freunde saßen bei Chips und Bier beisammen und lachten über den naiven Dicken, der ihm mit aufgeschürften Knien seine Liebe gestanden hatte? Waren Christoph und Sonja *deswegen* hier? Um sich anzusehen, welcher peinliche Volltrottel einfach so mit einem Liebesgeständnis herausplatzte?

Wolfgang sprang hoch, um aus dem Lokal zu flüchten. Er brauchte Frischluft. Die mittlerweile sechs Biere sackten jedoch in seine Beine und so musste er innehalten und sich kurz an eine Wand lehnen.

»Wasss had sssi dir ersssähld?« Simon stand plötzlich vor ihm und war ziemlich aufgebracht – zumindest, soweit es seine Trunkenheit zuließ. Er stützte sich mit einer Hand an der Mauer neben Wolfgang ab und streifte mit dem halbnackten Bauch beinahe Wolfgangs Wanst. Seine Augen glitzerten, die Wangen leuchteten rosa und das Haar war verstrubbelt, als wäre er eben erst aus dem Bett gekrochen.

»Du erzählst überall herum, dass ich in dich verliebt bin?«, fuhr Wolfgang ihn an.

Simons glasiger Blick und die Hitze seines Körpers, die er nicht nur abstrahlte, sondern die auch schon von weitem zu sehen war, ließ Wolfgangs Wut augenblicklich verpuffen. So gern hätte er Simon an sich gedrückt, ihn gehalten und ihm ins Ohr geflüstert, dass er ihn niemals wegstoßen würde. Aber das wusste Simon ja. Ein bisschen bedauerte Wolfgang, nicht besoffen genug zu sein, um die Angst vor Zurückweisung in den Wind schleudern zu können und es einfach zu machen.

»Scheise«, nuschelte Simon. »Ich habsss nur Sssonja ersssählt. Echt, ich schschschwööörsss.« Er wankte, streifte Wolfgangs Bauch und schielte auf dessen Lippen. »Du musst mir glllauben, Wolfi! Ich ersssähl dasss doch nichd einfach ssso rummm. Aber sss ... had mich ssso aufgewühld und ... du wolldesssd ja nichd redn.«

»Okay.« Wolfgang hielt sich bereit, Simon aufzufangen.

»Nein wirglich, Wolfi, sss war der todddale Hammmer fffür mich, dasss du dasss einfach ssso rausss ... dasss du dasss einnnfach ssso gesssagd hassd. Dasss mmmein ich dodaaal positiv.«

»Schon klar«, murmelte Wolfgang befangen.

Simon war total besoffen – dabei hatten sie gleich viel getrunken. Zwar spürte Wolfgang ebenfalls diese gewisse Schwere im Denken, den Bewegungen und der Zunge – aber er war noch klar genug, das zu kaschieren – zumindest vor einem Betrunkenen. Die ersten Biere drängten jedoch darauf, den Körper zu verlassen.

»Du glaubssst mir nichd«, stellte Simon fest und blinzelte Wolfgang mit trägen Lidern herausfordernd an. Ein Widerspruch in der Körpersprache, zu dem nur Alkohol befähigte. »Du denksssd, ich binnn ja nnnur dodaaal besssofffen ... aber nnnur, weil ich besssofffen binnn, heisssd dasss noch lllange nichd, dasss esss nichd schschschdimmmd, wasss ich sssage.«

»Ich glaub dir ja«, sagte Wolfgang. »Aber ... ich muss mal ganz dringend wohin ...«

Simon funkelte ihn prüfend an. »Du gehsssd aber nichd nach Haussse, jaaa?«

»Nein«, versprach Wolfgang. »Ich geh nur aufs Klo.«

Simon grinste begeistert über diesen Einfall. »Gude Ideee ... mussss ich auch.« Er setzte sich sofort in Bewegung und wankte Wolfgang voraus Richtung Toilette.

Na toll, seufzte Wolfgang, *neben dir kann ich nicht pinkeln,* doch dann knipste ihm die Aussicht darauf, vielleicht Simons Schwanz zu sehen, fast das Hirn aus. Der allgemein fortgeschrittene Alkoholpegel im Lokal machte sich nicht nur in der Tendenz bemerkbar, bei jedem Lied noch lauter mitzugrölen, sondern auch im Hygienezustand der Toiletten. Der Rausch und der enorme Druck auf die Blase befähigten Wolfgang dazu, loszulassen – obwohl Simon neben ihm stand. Den Blick in dessen Schritt wagte Wolfgang allerdings nicht – zu viele andere Männer waren anwesend.

Als er mit der Linken ungeschickt die Knöpfe öffnete, wurde Wolfgang bewusst, dass er einen volltrunkenen Simon würde bitten müssen, ihm den Hosenstall wieder zu verschließen. Auch, wenn die meisten Männer, die die Toilette aufsuchten, so betrunken waren, dass sie nur mit eiserner Willenskraft das Pissoir trafen, hatte Wolfgang Bedenken, Simon gleich vor Zuschauern an seinem Schritt herumpfriemeln zu lassen.

Wankend packte Simon seinen Lümmel wieder weg und torkelte zu Wolfgang. Mit einem eindringlichen Blick und einem kleinen Zeichen auf den Hosenstall, deutete Wolfgang an, dass er beim Anziehen Hilfe benötigte.

»Jetsss und hiiier auf der Toileddde, Wolfi?«, lallte Simon und schaute sich verblüfft um. »Willsssu dasss wirklich?«

Wolfgang neigte sich vor und wisperte: »Ich krieg mit nur einer Hand die Hose nicht zu …« Um sein Handicap zu verdeutlichen, winkte Wolfgang mit dem Gips.

Wie ein misslungener Papierflieger segelte die Information endlose Sekunden durch Simons Hirn, dann schien sie endlich anzukommen. »Ohhh … ja klllar.« Simon gluckste. »Jetsss hab ich schschschonnn gedachd du willsst mit mir hier ficken.«

Die Blicke der Anwesenden zuckten zu ihnen herum und Simon prustete los.

Wolfgangs zerrte Simon von der Tür weg halb in die einzige Kabine.

Während Simon an den Knöpfen herumpfriemelte, plapperte er fröhlich weiter. »Nichd, dasss ich wasss dagegen hädde, sssu ficken ... aber am Klllo mach ich dasss nichd ssso gerne, Wolfi, weisssd du?«

»Mhm«, quietschte Wolfgang und versuchte zu ignorieren, dass die Männer mithören konnten.

»Maaal abgesssehen davon, dasss esss schschschdingd, bin ich mehr ssso der kuschschschelige Typ«, erklärte Simon. »Nachm ficken schschschmus ich gern noch ein bissschen und auf'm Klllo gehd dasss nichd ssso gud.«

Jemand prustete los und nun hielten sich auch andere nicht mit dem Kichern zurück.

Wolfgang hatte das Gefühl zu verbrennen, aber Simon schien nicht zu realisieren, dass sie seinetwegen lachten. Seine Finger wurschtelten ewig an den Knöpfen herum. Alkohol, Ekelklo und Peinlichkeit sei Dank, hielt sich Wolfgangs Erregung in Grenzen.

»Ich meine ... wennsss schschschnell gehen musss, dann isss Klllo sssuper sssum ficken, weilsss überalll einsss gibd, aber du bisssd mehr ssso der, mmmid dem ich esss immm Bett trrreiben willl«, erklärte Simon.

Wolfgangs Herz rumste in die Hose. Hatte Simon eben gesagt, er würde mit Wolfgang ... *Sex* haben wollen?

»Hoppplla, willlkommen kllleiner Frrreund!«, rief Simon erfreut aus. »Wolfi, du hasssd eine Errektsssion!«

Jemand brach in schallendes Gelächter aus.

»Bitte, Simon ...«, bat Wolfgang eindringlich.

»Nnngud ...«, nuschelte Simon, schlüpfte mit der Hand durch den offenen Hosenstall und befühlte den Steifen.

Wolfgang keuchte überwältigt auf. »Simon!« Er packte ihn am Handgelenk. »Nicht ... *hier!*«

Das haltlose Lachen der Männer flößte Wolfgang Angst ein und seine Ohren waren kurz davor, zu verbrutzeln. Peinlichkeit, oh ewige Begleiterin!

Wolfgang neigte sich vor und flüsterte: »Bitte, mach einfach nur meine Hose zu und lass uns hier verschwinden. Und bitte – Halt. Die. Klappe!«

»Wolfffi? Strimmmi?«, ertönte plötzlich Christophs Stimme. »Wwwas macht ihr dennn hier?«

»Wolfi had einnne ...«, begann Simon kichernd.

Rasch legte ihm Wolfgang die Hand auf den Mund. »Mit dem Gips krieg ich die Hosenknöpfe nicht richtig zu und Simon hilft mir ...«

Christoph starrte an Wolfgang runter, wo das Zelt der Erektion zwischen den Knopfleisten herauslugte, und grinste breit. »Ja klaaar.« Wieder zerrte er mit dem Zeigefinger an einem Lid.

Simon wand sich unter Wolfgangs Hand hervor. »Ich kümmmer mich schschschooon darum.« Schnaufend ging vor Wolfgang in die Knie.

Christoph kicherte und Simon begann an den Knöpfen herumzuzupfen. Er gluckste und lallte: »Reinnn in den Knassst, du Schlllingel!« Mit einem Finger stupste er gegen die Eichel.

Wolfgang zischte erregt und verdrehte die Augen.

Christoph lachte laut los. »Das ist unnnser Strimmmi wenn er betrunnnken ist ...«

»Ferdddich!«, lallte Simon und krallte sich an Wolfgang fest, um wieder auf die Beine zu kommen. Dabei geriet er schwer ins Trudeln.

Wolfgang packte ihn fest am Arm und stabilisierte ihn mit der gesunden Hand.

»Ich glaub, es ist Zeit, Strimmmi heimzubrinnngen, bevor er nnnoch den Morrralischen kriegt«, schlug

Christoph vor, als sie zu ihrem Tisch kamen, an dem Sonja allein auf die Jungs wartete.

Wolfgang hielt den wankenden Simon noch immer am Arm. Auch wenn ihm klar war, dass es keinen Sinn mehr hatte, länger hierzubleiben, bedauerte er, dass der Abend schon zu Ende ging. Kein Kuss, nicht einmal eine Umarmung – als wäre das jemals wirklich eine Option gewesen.

»Soll ich ein Taxi rufen?«, fragte Wolfgang.

»Sssu Fusss«, lallte Simon.

»Er wohnt nicht weit von hier«, erklärte Sonja und warf Simon einen kritischen Blick zu. »Kannst du überhaupt noch laufen?«

»Ssswei Schschschrasssen ... sssu Fusss!« Simon nickte eifrig.

Probehalber ließ Wolfgang ihn los, packte ihn aber sofort wieder, als er beim bloßen Stehen stolperte und einen gefährlichen Linksdrall bekam.

Verblüfft über den festen Griff, nuschelte Simon: »Danggge.« Als hätte er vergessen, wem die Hand gehörte, die ihn stabilisierte, glitt sein Blick über Wolfgangs Arm, die Schulter hoch bis ins Gesicht. Simon begann zu strahlen. »Wolfiiii!«

»Also der geht zu Fuß nirgennndwo mmmehr hinnn«, meinte Christoph, der selbst bereits mit dem Gleichgewicht kämpfte, als stünde er in einer rasenden U-Bahn.

»Wolfi stützt ihn schon, oder?«, fragte Sonja.

Wolfgang durfte Simon bis nach Hause begleiten? Beinahe hätte er selbst jemanden gebraucht, der ihn auffing – so weich wurden seine Knie. Er nickte begeistert und packte, wie um zu beweisen, dass er diesem Job gewachsen war, Simon fester am Arm.

8| Bleib da Schbeggi!

War es bloß der Alkohol, oder war es draußen tatsächlich deutlich wärmer geworden? Christoph torkelte voran und gab den Fremdenführer. Er fuchtelte in der Luft herum, zeigte zu den Wohnhäusern und erklärte, wer von seinen Freunden und Verwandten hier wohnte oder mal da gewohnt hatte oder wo er selbst mal übernachtet hatte.

Wolfgang hielt Simon noch immer so, als hätte er Angst, zu viel Körperkontakt herzustellen. Wie nur sollte er das hinkriegen, dass er Simon den Arm um den Körper legte, ihn an sich drückte, so wie andere das machten, wenn sie Betrunkene stützten? Wolfgang hatte Angst, mit so viel Nähe alles zu ruinieren, zu dreist zu sein und weggestoßen zu werden.

Sonja lief direkt vor ihnen her und drehte sich immer wieder mit besorgtem Blick um. »Geht es?«

Wolfgang nickte tapfer.

»Wolfi machd dasss sssuper«, bestätigte Simon und stolperte. Wolfgang packte ihn fester. »Wolfi sss der allerbesssste!«, sagte er und kicherte. »Sssonja glllaubt, ssie sss meine Mmmama!« Plötzlich wurde er ernst und schüttelte den Kopf. »Vvvollller Blödsssinnn ... sss viel sssu nett, um mmmeine blllöde Mmmudder sssu sssein.«

»Oje«, sagte Sonja, schaute Simon mit einem tiefen Seufzen an und verzog den Mund.

»Sss verrückt ... vvvöllig plllemplllem!«, lallte Simon und wurde wütend. »Mmmachd alllles kabudd ... Wer binnn ich denn ... nnniemand binnn ich.« Er zischte.

»Pfzssss, sssie schaddded ja nnniemandem, pfzssss ... binnn ich nnniemand, Wolfi?« Simon blieb abrupt stehen und funkelte Wolfgang traurig an. »Binnn ich nnniemand?«

Wolfgangs Herz raste. Simon wirkte so verloren, wie er da stand, so verwundbar und verletzt. »Du bist alles für mich, das weißt du!«, sagte er leise – flüsterte es fast.

Simon wirkte überrascht und mit glasigem Blick versuchte er, auf Wolfgangs Augen zu fokussieren. »Dddu liebsss mich wirgggglich, ha?«

Wolfgang verzog die Mundwinkel, zuckte mit den Schultern und nickte.

»Simon ... komm weiter!«, forderte Sonja, die erst jetzt bemerkt hatte, dass Wolfgang und Simon stehengeblieben waren.

Christoph, der bereits einige Meter vorausgelaufen war, sah dies als Aufforderung, anzuhalten.

»Gllleich!«, rief Simon und wandte sich wieder Wolfgang zu. »Sssoll ich dddich küsssen?«

Wolfgang keuchte erschrocken auf. Vom Hals bis zu den Knien kribbelte alles. Dass Simon das anbot, trieb ihm Tränen in die Augen. Okay, Simon war besoffen und nicht mehr Herr seiner selbst, aber Wolfgang war auch nicht gerade nüchtern. Allein, dass Simon so etwas Nettes in Erwägung zog, entlockte Wolfgang ein Mittelding zwischen Prusten und Schluchzen. War das nur eine rhetorische Frage, oder durfte Wolfgang tatsächlich ja sagen?

»Warum weinsssu jetsssd?«, fragte Simon und schaute so hinreißend besorgt drein, dass Wolfgang trotz Tränen lächeln musste. »Wennssssu nichd aufhörsssd, heul ich auch gllleich«, erklärte Simon, und prompt erschien eine glänzende Perle auf seinen Wimpern.

»Weia, Ssstrimi kriegt den MmmoralischenMmmoralischen«, nuschelte Christoph, der mit Sonja plötzlich neben ihnen stand.

»Es sind nur noch ein paar Meter bis nach Hause«, sagte Sonja beruhigend.

Simon ließ sich gegen Wolfgang kippen und legte den Kopf auf seine Schulter. Zaghaft schlang Wolfgang den Arm um Simons Taille. Shirt und Jacke verrutschten und unter Wolfgangs Hand brannte Simons heiße Haut. Simon zuckte und Wolfgang konnte unter den Fingerkuppen die Knötchen einer Gänsehaut spüren. Aber statt ihn von sich zu stoßen, ließ sich Simon noch weicher gegen ihn fallen.

Wolfgang nickte Sonja zu und sie setzten sich langsam wieder in Bewegung. Simons Gewicht und die Nähe zu diesem festen, warmen Körper, setzten Wolfgang gewaltig unter Strom. Sein Hosenstall platzte fast vor Erregung.

Es war ein mehrstöckiges, modernes Wohnhaus, in dem Simon lebte, mit einem Lift, in den die vier gerade so hineinpassten. Dafür war die Kabine mit Spiegel ausgekleidet, damit sie größer wirkte. Wolfgang hasste seinen Anblick, aber er konnte in der Reflexion sehen, wie seine Hand auf Simons nackter Taille lag, und wie ein Streifen brauner Locken vom Shirt bis in Simons Jeans kletterte. Das war so viel mehr, als Wolfgang je zu erleben gehofft hatte und er versuchte sich den Moment gut einzuprägen. Den Geruch von Bier und Schweiß, das flackernde, kalte Licht, das Gewicht von Simons erhitztem Körper an seiner Seite. Davon würde Wolfgang ein Leben lang zehren. Näher würde er keinem Mann kommen, den er liebte, davon war er überzeugt.

Simons Wohnung war zwar sehr klein, aber nett. Wenn man reinkam, stand man direkt in der Küche mit einem Esstisch. Ein kurzer Flur führte in eine Art Schlaf- und Arbeitsraum. Obwohl die eigenwilligen Möbel recht sorgfältig ausgewählt schienen, steckte keine Mühe in der sonstigen Gestaltung der Wohnung. Es sah ein bisschen aus, als hätte Simon alles nur hier abgestellt und sofort drauflosgelebt, ohne sich um weiteren Firlefanz wie Bilder, Garderobenhaken und Ähnliches zu kümmern.

Sonja marschierte voraus und machte Licht im Zimmer.

Träge riss sich Simon von Wolfgang los, um mitsamt Jacke und Schuhe ins Bett zu plumpsen.

Vom Türrahmen aus schaute Wolfgang zu, wie sich Sonja und Christoph um Simon kümmerten, als wäre er ein kleines Kind. Behutsam zogen sie ihm Jacke, Schuhe und Jeans aus und deckten ihn zu. Dann stellte Sonja ein Glas Wasser und Aspirin auf den Nachttisch. Das alles wirkte so liebevoll und fürsorglich, dass Wolfgang ganz rührselig wurde.

Als sich die Freunde verabschieden wollten, klammerte sich Simon an Sonjas Arm. »Bleib hier!«, quengelte er mit Tränen in den Augen.

Solidarisch kämpfte Wolfgang selbst damit, nicht loszuheulen.

»Ich kann nicht, Strimi«, sagte Sonja bedauernd und streichelte zärtlich durch Simons Haar.

»Biddeee!« Simon streckte sich nach ihr und eine einzelne Träne kullerte vom Augenwinkel zur Schläfe hin. »Biddeee!«

Sonja seufzte tief und warf Christoph einen eindringlichen Blick zu.

Dieser schüttelte den Kopf und hob die Hände. »Kannn auch nnnicht! Wenn ich am Weihnnnachtsmorgen nicht da bin, killen mmmich die Alten.«

Simon wälzte sich mit einem Schniefen herum und drückte das Gesicht ins Kissen.

»Verdammte Kacke!«, fluchte Sonja. »Wir können ihn nicht allein lassen – nicht an diesem Wochenende und nicht, wenn er so drauf ist!«

»Vielleicht kann ja Wolfffi!«, schlug Christoph vor und er sowie Sonja blickten hoffnungsvoll zu Wolfgang.

Eine süße, heiße Blase platzte in Wolfgangs Bauch.

»Geht das?«, fragte Sonja. »Kannst du bei ihm bleiben?«

Wolfgang verbarg die zitternden Finger hinter seinem Rücken, und da er vor Aufregung keinen Ton rausbrachte, nickte er bloß.

»Boah, das ist super, danke!«, rief Sonja erleichtert, beugte sich über Simon und säuselte ihm ins Ohr: »Wolfi wird dableiben, ist das okay?«

In der Befürchtung, Simon würde sofort energisch *Nein* schreien, hielt Wolfgang den Atem an, aber Simon drehte den Kopf und blickte mit glasigen Augen und rotem Gesicht zu ihm hoch und nickte.

»Sehr gut!« Sonja erhob sich und verließ mit Christoph das Zimmer. »Hast du Verpflichtungen, morgen?«, fragte sie Wolfgang.

»Ja ... aber erst am Nachmittag.« Dann kamen Großeltern, Tante, Onkel und Melinda für ein familiäres Weihnachtsfest.

Sonja nickte nachdenklich. »Vielleicht ...«, begann sie und unterbrach sich, als wäre der eben gehegte Gedanke Unsinn. »Sei lieb zu ihm ... und ...«, sie blinzelte und legte den Kopf schief. »... redet miteinander!«

Wolfgangs Bauch kitzelte. »Okay«, sagte er brav und lächelte nervös.

»Gut ... dann ... wünsche ich dir ein frohes Fest und ...«, Sonja wirbelte herum, holte einen Kugelschreiber aus der Küchenschublade und kritzelte eine Telefonnummer auf einen Werbeflyer, der auf dem Tisch lag. »Wenn irgendwas ist – ruf mich an!«

»Was ist denn mit ihm?«, fragte Wolfgang vorsichtig.

Sonja musterte ihn unschlüssig und meinte dann: »Das soll er dir selbst erzählen ... aber ... frag ihn nicht unbedingt Morgen danach.«

»Okay.«

Christoph öffnete die Wohnungstür und rief Wolfgang zum Abschied zu: »Unnnd trrreibt es nnnicht zuuu wild!« Als er Wolfgangs dunkelrote Ohren sah, lachte er.

Kurz darauf fiel die Tür ins Schloss und Wolfgang war mit Simon allein in der Wohnung.

Wie hatte das passieren können?

Ein paar Augenblicke blieb er unschlüssig in der Küche stehen, sein Herz raste und er fragte sich, ob er nun ins Zimmer zu Simon gehen durfte, oder nicht. Er atmet tief durch, schaltete das Licht in der Küche aus und wankte durch den Flur.

»Sssieh dich ausss und kommm ssu mir«, nuschelte Simon und warf die Decke zur Seite.

Wolfgang schnappte nach Luft. Simons athletische Beine einladend gespreizt, zeichnete sich unter dem weißen Slip ein Halbsteifer ab. Das enge Shirt war bis zum Rippenbogen hochgerutscht und gab den Blick auf die Bauchmuskeln, den Nabel und den neckischen Streifen brauner Haare frei, die sich von dort bis unter den Slip ausbreiteten.

»Ich weiß nicht ...«, sagte Wolfgang, obwohl die Erregung wild gegen seinen Hosenstall pochte.

Simon war stockbesoffen, gerade ziemlich sensibel und emotional, und steckte, Sonjas Reaktion nach zu urteilen, in einer Krise. Er wusste nicht, was er da tat und

Wolfgang war (leider) nüchtern genug, sich der Umstände bewusst zu sein. Er biss sich auf die Lippen und zwang sich, diesen geilen Körper nicht allzu begehrlich anzustarren.

Auffordernd blinzelte Simon zu ihm hoch, Sternchen in den Augen, und legte sich eine Hand auf den Bauch. Lasziv schob er die Finger unters Shirt und streichelte sich die Brust. Mit der anderen Hand klopfte er auf die Matratze. »Komm schschschon, Wolfi, sssei nnnicht schschschüchtern!« Ohne ihn aus den Augen zu lassen, glitt er mit der Hand von der Brust abwärts über den flachen Bauch direkt in den Slip.

Wolfgang stöhnte, schluckte heftig und starrte auf Simons Fingerknöchel, die sich unter dem weißen Stoff abzeichneten. Mit halboffenen Augen lächelte Simon ihn an, leckte sich über die Lippen und begann sich hin und her zu winden, während er im Slip wühlte. Wolfgangs Kehle war zu trocken, um etwas zu sagen, also klappte er nur den Mund auf und zu. Die Erregung schwappte in immer heftigeren Wellen durch seinen Körper und mit Hilfe des Alkohols legte sie schließlich den Schalter in Wolfgangs Kopf um.

Rasch ließ er die Jacke auf den Boden fallen, schlüpfte aus den Boots und löste mit der linken Hand die Knöpfe der Jeans.

»Jaaaa!«, raunte Simon und drückte sein Kreuz durch.

Wolfgang atmete schwer, ließ, wie Simon, Shirt und Slip an und setzte sich zaghaft auf den Rand des Bettes. Sein Herz stemmte sich vor Aufregung fast durch den Brustkorb. Der Mut hatte den Höhepunkt in Wolfgangs bisherigen Leben erreicht. Mit zitternden Fingern legte er eine Hand auf Simons Knie. Die Muskeln zuckten kurz, Simon zog die Hand aus dem Slip und kippte mit einem Stoß auffordernd das Becken. Zaghaft ließ Wolfgang die Fingerkuppen über die Innenseiten der Schenkel hochwandern, so sanft, dass er dabei gerade mal die Härchen berührte. Nur dem Alkohol war zu verdanken, dass er dabei nicht sofort abspritzte.

Je näher er Simons Schritt kam, umso heißer strahlte dieser athletische Körper Hitze ab. Vorsichtig streifte Wolfgang mit den Fingern den Besatz des Beinausschnitts.

»Weidder!«, stöhnte Simon, nickte aufmunternd und schubste das Becken gegen Wolfgangs Fingerrücken. Ungeduldig schnappte er Wolfgangs Hand, presste sie sich fest gegen den Schritt und stieß zu.

Wow. Wolfgang wurde vor Erregung schwindelig. Zaghaft begann er, die Härte durch Simons dampfenden Slip hindurch zu streicheln.

Simon streckte das Kreuz durch, spreizte die Beine noch weiter, warf den Kopf in den Nacken und stöhnte. Je mehr er sich räkelte und wand, umso höher rutschte sein Shirt. Schließlich konnte Wolfgang sogar die harten Nippel sehen.

Der Slip spannte unter Simons Erektion, aber Wolfgang wusste nicht, ob er ihn runterziehen durfte, um den Schwanz zu bestaunen. Unbeholfen blieb er am Rand des Bettes sitzen und knetete Simons Schritt. Wie schön es aussah, wenn sich Simon hingab. Unter erregtem Keuchen bewegte sich der Brustkorb heftig, Gänsehaut breitete sich in Wellen aus. Der ganze Körper arbeitete, die Fersen rutschten über die Laken, die Muskeln spannten sich an. Simon wimmerte.

Plötzlich fuhr Simon hoch, blinzelte Wolfgang kurz an und schob sich den Slip gerade so weit runter, dass sein erigierter Schwanz herausspringen konnte und gegen den Bauch schlug. Dann warf er sich wieder ins Laken und drängte sich Wolfgangs Hand entgegen.

Am liebsten hätte sich Wolfgang ebenfalls vom Stoff befreit, so heftig drückte ihn die eigene Erektion. Unruhig wetzte er hin und her und verfluchte, dass die andere Hand in Gips lag – er dürstete nach Berührung.

Simons Schwanz lag gut in der Hand, pulsierend, hart und die samtige Haut über den Adern und Fältchen rutschte immer schneller durch Wolfgangs Finger. Simon stöhnte lauter und stemmte die Fäuste über Kopf gegen die Wand. Die festen Knötchen der Nippel wurden vom Saum des Shirts gereizt. Seine Beine rutschten immer drängender über die Matratze, Adern traten an seiner Stirn hervor, ein Schweißfilm glänzte auf seiner Haut. Er jaulte, als hätte er Schmerzen, wand sich, bäumte sich immer wieder auf – doch er kam nicht. Langsam zwang ihn die Erschöpfung, die Anspannung aus dem Körper zu lassen, während Wolfgang sich immer noch redlich um den Schwanz kümmerte.

Träge berührte Simon Wolfgangs Hand, um ihm klarzumachen, dass er aufhören sollte.

Hatte Wolfgang etwas falsch gemacht? Ekelte er Simon an? Was sollte er jetzt machen? Einfach aufstehen und heimgehen? Verunsichert und frustriert blieb Wolfgang sitzen und ließ den Blick über diesen wunderschönen Körper gleiten, auf dem langsam der Schweiß trocknete. Simon hatte einen Unterarm über den geschlossenen Augen liegen, und als Wolfgang dachte, er wäre eingeschlafen, ging ein Zucken durch den Brustkorb. Es folgt ein Schniefen, ein weiteres Zucken und im nächsten Moment begann Simon, heftig zu schluchzen.

Wolfgang war geschockt. Sein Herz brach. Ihm kamen die Tränen. Er fühlte er sich hilflos eingekeilt zwischen dem unbändigen Bedürfnis, Simon zu umarmen und der Angst vor Abweisung.

»Was ist denn los, Simon?«, fragte er und kletterte aufs Bett. Behutsam legte er sich neben den weinenden Mann, dessen Shirt hochgerutscht und dessen Slip noch immer auf Schenkelhöhe hing.

Simon bebte, hatte einen richtigen Heulkrampf. Es tat unerträglich weh, ihn so zu sehen und ganz vorsichtig legte ihm Wolfgang eine Hand auf die bebende Schulter.

»Simon, was hast du denn?«, flüsterte er und schniefte selbst. Hatte er ihm wehgetan? Er hatte panische Angst, Schuld an Simons Verzweiflung zu sein, dann wurde das Bedürfnis, ihn zu halten, schließlich stärker als die Furcht vor Zurückweisung. Behutsam drückte er Simon an sich, der sich zu seiner Überraschung sofort an ihn drängte und die Arme um ihn schlang. Zärtlich küsste ihm Wolfgang die salzigen Schläfen und streichelte ihm tröstend den Nacken. Dass Simon ihn so annahm, erfüllte Wolfgang mit Wärme und er wurde ganz ruhig, ja, begann, eine seltsame Sicherheit zu spüren, eine Form von Kraft und Zuversicht. Er konnte Simon Gutes tun. Er konnte ihn trösten. Das Gefühl, das über ihn hereinbrach, war um vieles stärker als sexuelle Erregung. Voller Selbstvertrauen schlang Wolfgang die Arme um Simon, atmete ruhig und registrierte, wie dessen Heulkrampf allmählich verebbte. Simon wurde ganz weich und schmiegte sich fester an ihn.

Verklebt von Schweiß, Rotz und Tränen, vom Alkohol ganz weich im Kopf, erregt ohne Erlösung und emotional aufgewühlt, schob sich eine bleierne Trägheit über Wolfgang. Spätestens, als er Simons gleichmäßiges, leises Schnarchen vernahm, driftete er selbst in den Schlaf.

9| Der Verkaterte Maulwurf

Der Raum war ungewohnt hell. Wolfgang brauchte eine Weile, bis er realisierte, wo er war. Dann aber krachte es mit voller Wucht ins Bewusstsein und ihm wurde schlecht vor Aufregung.

Ein nackter, perfekt geformter Rücken schmiegte sich an seinen Bauch. Simons Kopf lag schwer auf seinem mittlerweile tauben Arm. Sein Herz hämmerte, sein Schwanz pochte und seine Lider flatterten vor Erregung. Ein paar Sekunden wagte Wolfgang nicht einmal zu atmen, aus Angst, dieser schöne Traum zerplatze wie eine Seifenblase. Dann wurde er verwegen, hob den Kopf so weit, bis Simons Haar seine Nase kitzelte, und schnupperte daran. Minutenlang war er einfach nur dankbar, hier zu sein, bei Simon, der sich arglos an ihn schmiegte.

Plötzlich kam Leben in den schönen Mann, er drehte sich herum, wetzte den Körper gegen Wolfgangs Bauch, drängte ein Knie zwischen seine Schenkel und schlang einen Arm um ihn. Er lehnte die Stirn gegen Wolfgangs Hals, schmatzte ein paarmal verschlafen und schnarchte leise weiter. Es war einfach zu schön. Warum lag dieser verdammt gutaussehende Kerl in Wolfgangs Armen und fühlte sich ... wohl? Was war gestern Nacht vorgefallen?

Zunächst träge, dann immer schneller strömten die Bilder des Vorabends in Wolfgangs Bewusstsein, die Leidenschaft, die Verzweiflung. Wolfgang wollte zugleich platzen vor Glück, dass er Simon hatte anfassen dürfen, und aufheulen vor Schmerz, dass es diesem so dreckig gegangen war. Ein Jauchzen und Wimmern drang gleichzeitig aus Wolfgangs Kehle, das ein bisschen wie das Quietschen eines Ferkels klang.

Simon zuckte, wälzte sich auf den Bauch, hob den Hintern hoch wie eine Katze, die sich streckte, und plumpste zur Seite. Dann wühlte er sich unter der Decke hervor und blinzelte Wolfgang an wie ein verkaterter Maulwurf.

Stocksteif wappnete sich Wolfgang gegen den Sturm der Entrüstung, der sich zweifellos gleich Bahn brechen würde. Vielleicht trat Simon ihn aus dem Bett, beschimpfte ihn, warf Wolfgang aus der Wohnung, erzürnt darüber, dass er den Rausch so schamlos ausgenutzt hatte. Was für ein jämmerlicher Fettsack, die Hilflosigkeit des besoffenen Kollegen zu missbrauchen, um an ihm herumzufummeln! War das Liebe? Es war hinterhältig und verabscheuenswert!

»Oh!«, war jedoch alles, was Simon dazu einfiel, Wolfgang in seinem Bett vorzufinden. Er schaute sich um, erkannte sein Schlafzimmer wieder und glotzte irritiert zu Wolfgang. Man konnte die Gedanken regelrecht poltern hören. Sein Blick glitt über Wolfgangs nackten Bauch – das Poloshirt war bis zu den Schlüsselbeinen hochgerutscht – abwärts, bis zum Zelt ihm Slip. Simon schluckte schwer, tastete nach seinem eigenen Shirt, das ebenfalls bis über die Brust hochgerutscht war, und zog es runter. Dabei stellte er überrascht fest, dass seine eigene (beachtliche) Morgenlatte nackt in die Luft ragte, und sein Slip auf den Knöcheln hing. Nur noch wenige Augenblicke, bis er eins und eins zusammenzählen und in Panik ausbrechen würde. Flink schob Simon den Slip über den Hintern hoch und verstaute die Erektion, was ihm ein leises Stöhnen entlockte.

»Mir ist schlecht«, nuschelte er, kletterte mit einem großen Schritt über Wolfgang hinweg aus dem Bett und eilte aus dem Zimmer. Ein Würgen drang von der Toilette her und kurz darauf ertönte die Spülung.

Simon wankte wieder herein und schien während des Kotzens vergessen zu haben, dass Wolfgang in seinem Bett lag. Erstaunt hielt er inne und ließ den Blick quälend langsam über Wolfgangs üppigen Körper gleiten.

Vermutlich muss er sich bei meinem Anblick gleich wieder übergeben, dachte Wolfgang traurig, richtete sich auf und verdeckte den Bauch.

»Danke«, murmelte Simon.

Auch wenn er es nachvollziehen konnte, war Wolfgang verletzt, dass sich Simon dafür bedankte, dass er seine Fettmassen bedeckte. Doch dann realisierte er, dass Simon das Wasserglas und die Aspirin meinte, die seine Aufmerksamkeit erregt hatten.

»War Sonja«, sagte Wolfgang.

Simon starrte ihn so verständnislos an, als spräche er Kisuaheli.

»Das Aspirin ... und das Wasser!«, erklärte Wolfgang.

Jetzt fiel der Groschen.

»Achso ...« Simon setzte sich auf den Rand des Bettes.

Rasch rutschte Wolfgang zur Seite, um ihm großräumig Platz zu machen.

In einer nahezu rituellen Handlung entfernte Simon das Papier von der Brausetablette und ließ sie ins Wasser ploppen. Benommen beobachtete den sprudelnden Tanz. »Das meinte ich nicht«, murmelte er schließlich.

Wolfgang starrte auf sein Ohr, die zu Berge stehenden Haare und kämpfte die Enttäuschung nieder. Also war er doch nur dankbar dafür, dass er seinen fetten Bauch versteckt hatte?

Simon leerte das Glas in einem Zug, presste die Lippen zusammen und wartete ein paar Sekunden, ehe er einen beachtlichen Rülpser aus der Kehle entließ. Ohne weiteres Wort erhob er sich und stapfte aus dem Zimmer. Eine Tür schlug zu, wildes Kramen drang aus dem Bad und irgendetwas fiel runter. Simon fluchte leise, Schranktüren klapperten und endlich ertönte das charakteristische *Doing* einer Duschwand, an der jemand sein Knie oder seinen Ellenbogen stieß. Sekunden später toste Wasser. Simon stand nun splitterfasernackt in einem dampfenden Bad und ließ sich heißes Wasser über die Haut perlen.

Wolfgangs Vorstellung davon war mehr als nur plastisch. Mit einem gequälten Stöhnen ließ er sich auf die Matratze fallen, packte das Kopfkissen und drückte es sich aufs Gesicht. Er sollte die Gelegenheit nutzen, um schnellstens von hier abzuhauen. Das wäre das Klügste und Beste und vielleicht erwartete Simon ja auch genau das. Zwar war Wolfgang unerfahren, aber er wusste trotzdem, wie das mit sexuell aufgeladenen, betrunkenen Albernheiten lief. Immerhin lebte er im Medienzeitalter – das ermöglichte auch Jungfrauen die Weisheit verruchter Schlampen.

Trotzig wie ein Kind, dessen Versuch aufgeflogen war, mit dem Thermometer an der Glühbirne Fieber vorzutäuschen, und das nun doch zur Schule musste, erhob er sich. Eigentlich wollte er nicht von hier weg, überhaupt nicht, aber es war *vernünftig*. Simon duschte wahrscheinlich so lange, bis er die Eingangstür knallen hörte.

Der noble Wille, sich sang- und klanglos aus dem Staub zu machen, verpuffte, als Wolfgang wieder vor dem alten Problem stand: Er konnte die Jeans nicht allein schließen. Wie sollte er mit offener Hose abhauen, und in den nächsten Bus steigen? Für den Kauf der Fahrkarte müsste er die Jeans loslassen. Das konnte er jetzt gerade noch brauchen, dass eine Busladung Menschen beim Last-Minute-Weihnachtseinkauf seine nackten Schenkel und wahrscheinlich auch noch seine Angsterektion sah.

Also fügte sich Wolfgang (nur zu gern) dem Schicksal, noch ein wenig hierzubleiben – zumindest so lange, bis ihm Simon den Hosenstall verriegelte.

Das Wasser wurde abgestellt, die Duschwand erhielt wieder ein paar Schläge, dann wurde es so still, als hätte sich Simon in Luft aufgelöst.

Wolfgangs Ohren glühten, sein Herz raste. Ging Simon davon aus, dass er bereits weg war?

Die Badezimmertür öffnete sich und nach herbem Duschgel duftende Dampfschwaden krochen heraus. Simon erschien. Auf seinem perfekten Körper glänzten Wasserperlen. Er war vollkommen nackt, hatte nichts weiter, als ein weißes Handtuch bei sich, mit dem er durchs Haar rubbelte. Dieser Mann war die Versuchung pur.

Gedankenverloren trocknete Simon Brust und Schulter. Als er Wolfgang entdeckte, schob rasch das Handtuch vor seinen Schwanz. Offenbar hatte er damit gerechnet, dass er bereits das Weite gesucht hatte. Dann schien ihm einzufallen, dass das albern war, sich zu bedecken, Wolfgang hatte ihn bereits gesehen, und warf es achtlos zu Boden.

Wolfgangs Slip spannte – wieder einmal.

»Ich hab befürchtet, du wärst schon weg«, sagte Simon und schenkte Wolfgang sein erstes Lächeln des Tages.

Befürchtet? Wolfgangs Herz machte einen Hüpfer. »Nein ... ich ... öhm ...« Verlegen zeigte er auf seinen Hosenstall.

Simon blickte ihm in den Schritt und gluckste. »Handjob oder Blowjob?«

»Scheiße.« Rasch legte Wolfgang die Hand übers Zelt. Da war sie wieder, die Peinlichkeit, pünktlich wie immer. Wolfgangs Ohren begannen zu brennen.

Simon lachte. »Blowjob, nehme ich an ... ist allen lieber.«

Allen? Wer war *alle?* Wie viele Männer hatte Simon denn schon gehabt? Um aus der Masse herauszustechen und auch, um einen verwegenen Scherz zu machen, sagte Wolfgang: »Handjob.« Beides wäre für ihn völlig neu, und wenn es ihm Simon machen würde, der Himmel auf Erden. Aber es war ja ohnehin nur ein dummer Scherz. Niemals würde Simon ...

»Wirklich?«, frage Simon verblüfft und musterte Wolfgang eigenartig.

Einmal den Pfad des Abgebrühten beschritten, musste Wolfgang weitergehen. Außerdem wollte er Simon gegenüber nicht zugeben, dass er keinerlei Erfahrungen besaß – sah man von letzter Nacht ab.

»Um Blowjobs reiß ich mich nicht so ... bringen mir irgendwie nichts«, erklärte er cool und zuckte mit den Schultern. Das Gerede über Sex zog immer mehr Blut von seinem Hirn ab und im Reflex drückte er kurz seine Latte.

Simon schmunzelte. »Du hast aber schon mal einen Blowjob bekommen, oder?«

Wolfgangs spürte rosa Flecken auf seinen Wangen kribbeln und wurde kurzatmig. »Klar ... schon ... oft.«

Belustigt funkelte Simon ihn an und schürzte die Lippen. »Und was – präzise – gefällt dir daran nicht?« Mit geschmeidigen Bewegungen kam er auf Wolfgang zu, setzte sich – so nackt, wie er war – neben ihn aufs Bett und schaute ihn interessiert an. Er duftete betörend und der vom Duschen erhitze Körper, schien regelrecht zu dampfen.

Wolfgangs Herz war ein einziger Trommelwirbel. Er war dabei, zu verglühen. »Ähm«, krächzte er und vor Erregung konnte er kaum die Augen offenhalten. Kein einziger Gedanke weit und breit, nur pochen und ziehen überall. »Ich ... ähm ... das ...«

Plötzlich wurde es kühl neben ihm und jemand schob seine Hand vom Schritt. Wolfgang blinzelte und mit einem entsetzten Schnauben entdeckte er, dass Simon vor ihm kniete und ihm sanft die Hände auf die Knie legte.

»Entspannen und genießen«, forderte er und zwinkerte.

»Was!«, rief Wolfgang entsetzt.

Simon grinste und seine Hände strichen langsam die Schenkel hoch bis zum Bund der Jeans. »Ich werde dich jetzt für allezeit verderben.« Behutsam zupfte er Wolfgangs Hose an den Seiten runter. »Heb deinen Hintern kurz an!«

Simon wollte Wolfgang jetzt und hier blasen? Einfach so? Nur weil Wolfgang behauptet hatte, dass er keine Blowjobs mochte? Simon opferte sich für ... *was?*

»Nein!«, rief Wolfgang panisch, obwohl er im Moment nichts lieber wollte, als Simons Mund an seinem Schwanz ...

Überrascht hob Simon die Augenbrauen. »Du magst *wirklich* keine Blowjobs, hmm?« Mit beiden Händen strich er die Schenkel wieder abwärts bis zu den Knien.

Wolfgang war so erregt, dass er abspritzen würde, wenn Simon noch ein Mal dieses Wort aussprach. Zugleich riss ihm Simons Rückzug ein Loch ins Herz. »Ich hab noch nie ...«, gestand er leise und verfluchte sich im nächsten Moment dafür. Er machte sich komplett zum Idioten. Mutlos ließ er die Schultern hängen und seufzte.

»Noch nie ... *was?*«

»Geküsst!«, platzte es aus Wolfgang heraus.

»Ich wollte dich auch nicht *küssen*, sondern dir einen ... was?«, rief Simon und nahm so flink die Finger von Wolfgang, als wäre giftig.

Na toll! Das konnte wirklich nur Wolfgang passieren. Der Mann, in den er seit Monaten verschossen war, wollte ihm – wider aller Wahrscheinlichkeit – einen blasen und er schaffte es, das zu vermasseln.

»Ich will jetzt heim!«, nuschelte Wolfgang und wollte aufstehen.

»Warte, Wolfi!« Behutsam und legte Simon wieder die Hände auf Wolfgangs Schenkel.

»Nein!« *Ich will weg, ich will mich irgendwo vergraben, ich will sterben!* Wolfgangs Augen begannen zu brennen. *Nicht auch noch heulen – du fettes Kind!* Verzweifelt versuchte er, sich unter Simons Griff hervorzuwinden. Kaum stand er, rutschte die Jeans über die Hüfte runter. Er musste sich aber auch wirklich *immer* demütigen! »Nein, nein, nein.« Panisch zerrte er mit der gesunden Hand an der Hose.

»Ich will dir doch nichts tun, Mann!«, fuhr Simon ihn plötzlich scharf an und hob die Hände.

Resigniert setzte sich Wolfgang wieder aufs Bett, die Jeans auf Kniehöhe, ein peinliches Zelt im Schritt und zu allem Überfluss kamen ihm nun auch noch die Tränen. »Ich hasse mein Leben!«, wimmerte er und würgte ein Schluchzen hervor.

Simon runzelte die Stirn. »Jetzt sei nicht albern, Wolfi!«, sagte er sanft, und legte vorsichtig wieder die Hände auf Wolfgangs Schenkel. Als er ihn nicht wegstieß, begann er ihn zu streicheln. »Du hast doch das Schönste noch vor dir!«

Sechzig Jahre Einsamkeit, Spott und Demütigung! Wolfgang warf Simon einen vernichtenden Blick zu, während Tränen von seinem Kinn tropften. »Ach ja? Was denn?«

Mit glänzenden Augen lächelte Simon ihn an. »Den ersten Kuss, zum Beispiel ... und wie ich annehme, auch das Erste Mal.«

»Willst du mich verarschen?«, fauchte Wolfgang und bereute es, als er Simons verstörten Gesichtsausdruck sah. »Verdammt«, wimmerte er. »Ich tu dir dauernd weh und dabei will ich nur, dass es dir gut geht!« Weitere Tränen stürzten über seine Wimpern.

»Was redest du denn da?«, fragte Simon verwirrt und blickte Wolfgang betroffen an. »Wie kommst du darauf, dass du mir dauernd wehtust?«

»Ich will heim ... ich werde nicht wieder in die Firma kommen ... du musst mich nie wiedersehen!«, brabbelte Wolfgang verzweifelt. Er sah nur noch verschwommen.

»Jetzt dreh doch nicht gleich durch, nur weil ich dir an die Wäsche wollte. Ich hab verstanden, dass du das nicht willst und lass dich in Zukunft auch in Ruhe – da musst du nicht gleich kündigen, Mensch!«

Wolfgangs Wangen begannen zu glühen und die Verzweiflung ließ ihn mutig werden. »Aber ich *will*, dass du mir an die Wäsche gehst! Ich will, dass wir miteinander ficken, dass du mir einen bläst und ich will *dir* einen blasen. Ich will, dass wir uns küssen, dass wir uns umarmen und schmusen. Ich will mit dir kuscheln, mit dir einschlafen und aufwachen. Ich will immer an deiner Seite sein und dich auf Händen tragen. Ich will dafür sorgen, dass du nie, nie, nie wieder so weinen musst, wie letzte Nacht!« Erstaunt über seine eigenen Worte keuchte er auf und glotzte Simon an.

Gänsehaut hatte Simons Körper überzogen. Er klappte den Mund auf und wieder zu, schluckte schwer. »Wolfi ...«, flüsterte er bestürzt. Für den Bruchteil einer Sekunde machte er ein Gesicht, als durchzuckte ihn schrecklicher Schmerz. Seine Augenlider röteten sich. Ergriffen blickte er Wolfgang an.

»Ja ... ich weiß, dass es das nie geben wird!«, nuschelte Wolfgang und wischte sich die Tränen aus dem Gesicht.

»Wieso sagst du das immer wieder?«, wisperte Simon betroffen.

»Weil es so ist!«

»Woher willst du das wissen?«

Plötzlich machte Wolfgang Simons Begriffsstutzigkeit furchtbar wütend. »SIEH MICH AN! SO ETWAS will NIEMAND!« Er griff nach dem Kopfkissen und schleuderte es durch den Raum.

Simon fuhr hoch, packte Wolfgangs noch erhobene Hand und schubste ihn rückwärts auf die Matratze. Mit seinem nackten, heißen Körper warf er sich auf Wolfgangs Bauch und presste sich an ihn. »Bin ich NIEMAND? Bin ICH NIEMAND?« Die Adern auf seiner Stirn traten hervor. Ihre Nasenspitzen waren nur eine Handbreit voneinander entfernt. Simons Atem blies stoßweise über Wolfgangs Gesicht. Sein Blick wechselte zwischen Wut und Überraschung, dann sprang er von Wolfgang runter, flitzte durch den Raum, grapschte nach dem Kissen und schleuderte es Wolfgang auf den Kopf. »Ich bin nicht *Niemand,* verdammt noch mal!«

Schnaufend richtete sich Wolfgang auf und starrte Simon geschockt an. Eben noch alle Muskeln angespannt, rutschte plötzlich die Energie aus Simon, als hätte ihm jemand den Boden unter den Füßen weggezogen. Mit offenem Mund stand er da, seine Lippen zuckten, dann krallte er die Finger in die Haare, als wollte er sie sich ausreißen. »Fuck!« Ein Schauer jagte durch seinen Körper, ließ ihn zittern. Er wirkte, als bräche er langsam auseinander. Seine Augen klappten zu, erst gequält resigniert, dann kniff er sie vor Wut und Schmerz so fest zusammen wie er konnte.

»Simon?«, wisperte Wolfgang. Er wagte kaum zu atmen. Langsam streifte er die Jeans von den Füßen und rutschte vom Bett. »Simon, alles okay?« Verunsichert wankte er zu ihm und legte vorsichtig eine Hand auf seine Schulter.

Mit einem seltsamen Laut, ähnlich wie Schluckauf, ließ sich Simon gegen Wolfgang fallen und schlang die Arme um ihn. Er verbarg das Gesicht in seiner Halsmulde, und bebte unter einem weiteren Schauer.

Vorsichtig legte Wolfgang den Arm um Simon und befühlte die heiße Haut des Rückens. Er meinte, ein Schniefen zu vernehmen, brummte tröstend und küsste ganz sanft Simons Schläfe. Behutsam schob er ihn Richtung Bett, kletterte hinein und breitete die Arme aus.

Ein kleines Lächeln huschte über Simons Gesicht. An seinen Wimpern glitzerten Tränen. Ohne zu zögern krabbelte er zu Wolfgang, schmiegte sich an ihn und hielt sich an ihm fest.

»Das war es, wofür ich dir vorhin danken wollte«, murmelte er an Wolfgangs Brust. »Dass du mich letzte Nacht gehalten hast ... und ... danke, dass du mich *jetzt* hältst.«

»Simon«, sagte Wolfgang und schmunzelte. »Sei nicht albern.«

Simon gluckste und drückte sich noch fester an Wolfgang. Seine Hände gingen auf Wanderschaft, streichelten über Wolfgangs Rücken, die Seiten, den Bauch. Wolfgang befürchtete, dass Simon jederzeit pikiert zurückweichen und seinem Ekel Ausdruck verleihen könnte. Er war auf der Hut und blieb, obwohl diese sanften Berührungen unerträglich schön waren, total verspannt. Es war wesentlich einfacher, Zärtlichkeit zu schenken, als sie zu empfangen. Doch Simon blieb völlig ruhig, grub die Finger in Wolfgangs weichen Körper, knetete ihn gedankenverloren und suchte den Weg unters Shirt.

Als er Simons raue Finger direkt auf der Haut spürte, zuckte Wolfgang und stöhnte leise auf. Was für ein wunderbares Gefühl! Er schloss die Augen, seufzte tief und versuchte, Simons Streicheleinheiten zu genießen. Aber die Angst ließ ihn nicht los, die Furcht, dass sich Simon doch noch angewidert wegdrehen würde, stresste ihn. Als sich Simons Finger dem Stigma näherten, verspannte sich Wolfgang und hielt die Luft an.

»Tut das weh?«, fragte Simon und legte sanft die Hand auf die Narben. Keine Scheu, kein Zurückweisen.

»Nein«, flüsterte Wolfgang. »Ich bin da nur ... sehr sensibel.«

»Ist das gut?« Zärtlich fuhr Simon mit den Fingerkuppen die rosa Erhebungen entlang.

Wolfgang nickte und atmete im Versuch, sich zu entspannen, tief durch. Obwohl es sich gut anfühlte, was Simon da machte, gelang es ihm einfach nicht.

»Wie kam es dazu?«, fragte Simon, schob langsam das Shirt hoch und betrachtete den vernarbten Schriftzug auf Wolfgangs Bauch. »Das wollte ich dich im Krankenhaus schon fragen.«

Seltsamerweise machte es Wolfgang nichts aus, dass sich Simon die Narben ansah, dabei wussten nicht einmal die Eltern davon. Vielleicht lag es daran, dass Simon sie bereits im Spital gesehen hatte, als die Ärzte das Hemd geöffnet hatten, und er nicht blöd reagiert, sondern darüber hinweggesehen hatte, als wären sie nur Muttermale.

»Es ist ... keine besonders schöne Geschichte«, nuschelte Wolfgang.

»Bei Narben erwarte ich für gewöhnlich auch keine schönen Geschichten«, erklärte Simon. »Schon gar nicht bei solchen.« Vorsichtig streichelte er darüber.

Wolfgang schaute zu, wie Simons Daumen zärtlich über die Narben strich. »Die *ganze* Geschichte, oder nur ... den Kern?« Plötzlich begann Wolfgangs Herz wie verrückt zu hämmern. Er würde gleich zum ersten Mal über die peinlichsten Episoden seines Lebens reden, und das ausgerechnet mit dem Mann, den er liebte! Andererseits: Wem gegenüber sollte er sich sonst öffnen?

»Alles, wenn es dir nichts ausmacht«, bat Simon.

Das konnte Wolfgang aber nicht im Liegen. Er musste sich wappnen. Entschlossen wand er sich aus der Umarmung und setzte sich auf.

Im Schneidersitz setzte sich Simon vor ihn hin und blickte ihn aufmerksam an. Er war noch immer nackt und sein Schwanz zog den Blick magisch auf sich.

Wolfgang packte das Kopfkissen und drückte es Simon zwischen die Beine. »Ich kann nicht darüber reden, wenn er mich so anguckt.«

Simon gluckste und umklammerte das Kissen. »Okay.«

Wolfgang war schlecht vor Angst. Beklommen musterte er Simons gespannten Gesichtsausdruck. »Wenn du lachst ... wenn ich auch nur den leisesten Verdacht habe, dass du dich über das lustig machst, was ich sage, hör ich auf und will dich nie wieder sehen!«

»Ich habe nicht den Eindruck, dass es da etwas zu lachen geben wird«, sagte Simon verwundert.

»Und ich will, dass du es für dich behältst, niemals gegen mich verwendest, und es nie, nie, nie irgendwo erwähnst.«

»Wolfi«, sagte Simon bestürzt. »Für wen hältst du mich denn?«

»Versprich es mir ... bitte!«

»Okay.« Simon zuckte mit den Schultern. »Ich versprechs.«

»Du bist der Erste, dem ich das erzähle, nicht einmal meine Eltern wissen davon – niemand.«

»Deine Eltern wissen nichts von diesen Narben?«, fragte Simon erschüttert.

Wolfgang schüttelte den Kopf. »Und sie werden auch niemals davon erfahren!«

Gänsehaut überzog Simons Körper und Wolfgang griff nach der Decke.

»Mir ist nicht kalt«, erklärte Simon, ließ sich aber widerstandslos einwickeln.

Wolfgang seufzte und suchte auf Simons Brust nach den richtigen Worten. Er wollte kein falsches Bild vermitteln, aber er war sich nicht sicher, ob er Simon das ganze Ausmaß jahrelanger Demütigungen zeigen wollte.

»Den Anfang haben sie gemacht, da war ich dreizehn«, erzählte Wolfgang. »Das war nach einer Versammlung mit Eltern, Schülern, Lehrern und dem Direktor, weil ... weil mich ...« Wolfgang wurde rot und senkte den Blick. »Der Hausmeister hat mich nackt in der Besenkammer gefunden.« Beschämt kontrollierte er Simons Reaktion. Eer blickte geduldig auf seinen Lippen.

»Ich war da nicht freiwillig drin«, fuhr Wolfgang fort. »Sie haben sich dauernd solche Sachen einfallen lassen. Die Lehrer haben meistens weggeschaut, aber in diesem Fall hat der Hausmeister einen Riesenkrawall veranstaltet, weil sie dafür das Schloss aufgebrochen haben und er geglaubt hat, *ich* hätte ihm den Streich gespielt. Erst, als ich gestanden habe, dass ich nicht weiß, wo meine Kleidung ist, haben die Lehrer und der Direktor begriffen, dass ich das Opfer dieser Aktion war.« Wolfgang knetete die Finger. Scham stieg in ihm hoch, dieses Gefühl unerträglicher Demütigung, das seit damals wie ein Monster in einer finstern Ecke seines Innersten lauerte und ihn auch Jahre später in Panik versetzte, sobald ihn jemand länger anschaute oder ein paar Kollegen dumme Scherze machten.

»Alle waren sie bei der spontan einberufenen Versammlung, *sie*, deren Eltern, die Lehrer, der Direktor. Alle haben erfahren, dass ich nackt in der Kammer gesessen bin. Manche Eltern haben das komisch gefunden und gekichert. Ich musste ganz vorn sitzen, damit auch jeder sehen konnte, welch dummes, dickes Kind sich von seinen Mitschülern herumschubsen lässt und danach alle verpetzte. Es wurde debattiert, mit Weisheiten um sich geworfen, hundert schöne Worte gefunden und *sie* behaupteten artig vor den Erwachsenen, dass ihnen das alles so leid täte, sie hätten ja gar nicht gewusst, dass ich es nicht mag, nackt in eine Kammer gesperrt zu werden. Die Eltern und Lehrer waren stolz auf diese pädagogische Errungenschaft ihrer Intervention und dass sie mit salbungsvollen Worten und ernsten Blicken ein paar Rowdys zur Besinnung gebracht hatten. Mir war schon an diesem Abend klar, dass das Konsequenzen nach sich ziehen würde ...« Wolfgang räusperte sich und nach einem furchtsamen Blick stellte er fest, dass Simon ihn mit betroffener Miene anstarrte.

»Sie haben mit einem Messer herumgefuchtelt ... mich aufs Klo gezerrt, mich festgehalten und dauernd von *kaltmachen* geredet, weil ich sie verpfiffen hätte und sie meinetwegen nun Fernsehverbot hatten, oder ihnen die Eltern die Spielkonsolen weggenommen oder sie unter Hausarrest gestellt hatten. Das Seltsame war – in dem Moment hatte ich nicht einmal Einwände dagegen, *kaltgemacht* zu werden. Ich hab nur gedaht: ›Redet nicht blöd, macht es einfach.‹ Vielleicht haben sie das gesehen, oder sie waren zu feige, und in einem Anfall kollektiver Kreativität – inspiriert durch diverse Schilderungen über die grausamen Machenschaften rund um den Zweiten Weltkrieg – haben sie plötzlich die Idee gehabt, an mir ein Exempel zu statuieren. Beim E von FETTWANST sind sie unterbrochen worden und haben mir den Rest des Schuljahres bei jeder Gelegenheit damit gedroht, ihr Werk zu vollenden.«

Wolfgang registrierte, dass Simon wieder Gänsehaut hatte. Er war blass, schien richtig betroffen. Wolfgang spürte den Drang, ihn aufzumuntern. Er zwang sich zu einem Grinsen und zuckte mit den Schultern – die ultimative ist-halt-so-kann-man-nix-machen-Geste.

»Du hast gesagt ... *sie* ... sind beim Buchstaben E gestört worden. Aber ... da steht ...«

»Das war Wolfgang-Ritzen-Reloaded«, meinte Wolfgang zynisch. »Das berühmte morphogenetische Feld. Andere Schule, andere Leute, selbe Idee. Zwei Jahre später haben mich ein paar Mitschüler durch die Toiletten geschleift, um meinen Kopf in ... in ... in ... du kannst es dir sicher denken ...«

»Was ...?«, fragte Simon leise.

Wolfgang schnaubte und kniff seinen Nasenrücken. Mit geschlossenen Augen flüsterte er: »Sie haben meinen Kopf – nicht nur einmal – in die noch dampfende Scheiße getunkt!« Da die Finger nun schon in der Nähe waren, drückte er sie auf die geschlossenen Lider und ein paar Tränen klatschten direkt runter aufs Shirt. Wolfgang schniefte und seine Finger zitterten.

»Oh Mann ... Wolfi«, wisperte Simon bestürzt und nahm seine Hand.

Wolfgang atmete ein paar Mal tief durch, um sich wieder zu beruhigen, dann räusperte er sich und fuhr mit ruhiger Stimme fort. »Mein Shirt ist verrutscht und als sie das begonnene Kunstwerk entdeckt haben, haben sie spontan entschieden, es fertigzustellen. Allerdings haben sie die ursprüngliche Idee gekannt und geglaubt, mit FETT wäre das Werk vollendet ... Gottseidank ...« Wolfgang zwang sich zu einem Grinsen, das eher zu einer gequälten Grimasse verkam.

Simon knetete seine Finger und fragte: »Wie lange ist das so gegangen?«

»Bis ich fünfzehn war, war ich nicht nur der Dickste in der Klasse, sondern auch der Kleinste«, erklärte Wolfgang, und schmunzelte. »Kaum zu glauben, was?«

Simon betrachtete ihn mit einem seltsamen Glänzen in den Augen.

»Vor zwei Jahren bin ich endlich richtig in die Höhe geschossen, und als ich dann alle einen halben Kopf überragt habe, hat sich niemand mehr getraut.« Wolfgang grinste schief. »Sie hätten weiterhin gekonnt, aber das haben sie gottseidank nicht gewusst ... Na ja ... Ich habe auch mein Aussehen radikal verändert: Schwarze

Shirts, Totenkopfschmuck, lange Haare, Boots, und ich hab ständig Kopfhörer aufgehabt, die mich mit Deathmetal zugedröhnt haben. So hab ich ihre Spötteleien nicht hören müssen und meine die Angst ein wenig in den Griff bekommen. Da ich so niemanden mehr gehört und mit keinem gesprochen habe, habe ich bald ein ziemlich wüstes Image gehabt. Ich hab ausgesehen wie jemand, der zum Frühstück Kinder isst und nachts den Nachbarn tote Katzen an die Tür nagelt ... aber ... hätten sie mich erwischt, ich hätte mich nicht ein bisschen gewehrt. Ich hab immer Schiss gehabt.« ... *bis heute.* Wolfgang schüttelte traurig den Kopf. »Sie haben mich in Ruhe gelassen ... darauf kommt es an. Leider darf ich mit der Kluft nicht zur Arbeit ... würde mir einiges ersparen ...«

Plötzlich, völlig unerwartet, kippte Simon nach vorn und drückte ihm einen weichen Kuss auf die Lippen. Wolfgang stöhnte überwältigt auf und schloss die Augen. Es war ein kurzer Kuss, kurz aber weich. Simons Atem streifte über Wolfgangs Lippen. Als er sich zurückzog, hielt Wolfgang immer noch die Augen geschlossen. Die Magie dieser Berührung jagte ein Schauer durch seinen Körper. Er atmete flach, als könnte er den Kuss so konservieren. Sein Herz stach von der süßer Qual des ersten Kusses. Mit flatternden Lidern öffnete er die Augen und strahlte Simon glücklich an. »Danke.«

»Wolfi ...«, begann Simon ernst, da zirpte ein Handy und ließ die behagliche Blase platzen, die sie umschlossen hatte. Simon blieb auf dem Bett hocken und krabbelte nur mit den Armen über den Boden, um seine nach seiner Jeans zu fischen. Wolfgang warf einen begehrlichen Blick auf den knackigen Hintern – so nah, dass er ihn hätte anfassen können.

Beim Blick auf das Display sank Simon in sich zusammen. Es war, als rasselte eine dicke Metalltür und sperrte ihn weg – von Wolfgang, von der Welt.

»Ja?«, knurrte er ins Telefon und sprang aus dem Bett.

Vom Kuss war Wolfgang immer noch ganz blöd im Kopf. Versonnen betrachtete er das Spiel der Muskeln und Sehnen auf Simons Körper, der hektisch auf und ab lief.

»Nein ich ... nein ... nein Mama ... ich habe etwas ... ich habe etwas anderes ... Nein, ich will dich nicht ... ist mir egal ... das sind wir schon lange nicht!« Die Knöchel der Hand, mit der Simon das Handy hielt, wurden weiß. »Lass mich in ... ich werde nicht da sein ... es ist mir egal, ob Weihnachten ist!«

Weihnachten! Verdammt! Wolfgang suchte den Raum nach einer Uhr ab – aber fand keine.

»Hör auf mit dem Scheiß ... ich will das nicht ... ich hör mir das nicht mehr ... nein! ... du bist krank! ... nein, es ist nicht meine Pflicht, das anzu... Ich leg gleich auf, wenn du nicht damit ... Das hat damit nichts zu tun! ... nein ... Mama ... Stopp! Stopp! Stopp! Stopp! Stopp!« Auf Simons Stirn traten Adern hervor. Er riss das Handy vom Ohr und legte auf. Einen Moment hielt er inne, dann seufzte er genervt und hielt zwei Tasten gedrückt, bis sich das Gerät mit einem widerwilligen Piepen vollständig abschaltete. Träge schleuderte Simon das Telefon auf den Schreibtisch und setzte sich seufzend aufs Bett.

Wolfgang betrachtete betreten seinen Nacken. Er wollte fragen, was passiert war, aber er erinnerte sich an Sonjas Bitte, ihm heute keine Fragen zu stellen. Ein paar Minuten wartete er ab, ob Simon vielleicht von selbst etwas erzählen wollte, doch er schwieg. Am liebsten wäre Wolfgang zu ihm gekrabbelt und hätte ihn von hinten umarmt, ihm einen Kuss auf den Hals gedrückt – doch er traute sich nicht. Es war unpassend. Simon war sichtlich verärgert.

»Weißt du, wie spät es ist?«, fragte Wolfgang schließlich leise. Jegliches Gefühl für Zeit war ihm abhandengekommen, er konnte nicht sagen, ob es Morgen war oder vielleicht schon später Vormittag.

Wortlos stand Simon auf, griff nach dem Handy und erinnerte sich nach einem Blick auf das Display, dass er es doch eben ganz abgestellt hatte. Mit einem leisen Fluch schleuderte er das Telefon wieder auf den Schreibtisch und stakste aus dem Zimmer.

»Es ist drei ... ungefähr ... zehn nach!«, rief Simon aus der Küche und kramte herum.

Scheiße! Wolfgang müsste schon längst daheim sein. Bestimmt waren schon die Großeltern da und die Mutter hatte eine Furche in die Dielen gelaufen. Vermutlich hatte sie ihn bereits zwanzig Mal angerufen, aber Wolfgangs Handy steckte im Anzug, der im Schlafzimmer auf dem Boden lag. Wahrscheinlich hatte seine Mutter auch den bereits gefunden und malte in schillernden Farben den Teufel an die Wand.

Fluchend rutschte Wolfgang vom Bett und schlüpfte hektisch in Jeans und Boots. Für den Heimweg würde er auch nochmal eine Dreiviertelstunde benötigen. Das würde einen Vorwurfshagel geben. Ausgerechnet zu Weihnachten nicht erreichbar zu sein ... da könnte Wolfgang auch gleich brandschatzend durchs Land ziehen.

Eine Flasche Cola in der einen und die Speisekarte des Pizzaservice in der anderen Hand spazierte Simon herein. Als er Wolfgang angezogen vorfand, schnaubte er enttäuscht. »Du gehst?«

»Weihnachten. Ich *muss!*«

Betrübt setzte sich Simon aufs Bett, Cola und Flyer in der Hand, und nickte.

»Die warten sicher schon alle auf mich«, erklärte Wolfgang. Rechtfertigte er sich etwa gerade dafür, Simon verlassen zu müssen? Das war doch völlig verrückt! Nicht, dass er sich rechtfertigte, sondern, dass ihn ausgerechnet Simon bei sich haben wollte. Genau genommen war seit gestern Abend *alles* verrückt, was passiert war. Ein mächtiges Kribbeln packte Wolfgangs Bauch. Simon hatte ihn geküsst. Simon saß nackt neben ihm und sie hatten eng umschlungen in einem Bett geschlafen! Wann hatte es angefangen, so zu laufen? War das alles die Konsequenz des Zwischenfalls auf der Weihnachtsfeier? Hatte ausgerechnet der Spott der Schlangen dazu geführt, dass Wolfgang gerade einem splitternackten Simon, der ihn geküsst hatte, dessen Schwanz er massiert hatte, erklären musste, dass er gegen ihrer beider Willen heim musste?

»Ich fahr dich«, sagte Simon plötzlich entschlossen, stellte die Cola auf den Nachtkasten und legte den Flyer daneben. Flink sprang er hoch und öffnete den Kleiderschrank.

»Ich kann auch den Bus ...«, begann Wolfgang und verlor sich im Muskelspiel von Simons Rücken, der ein paar Kleidungsstücke aus dem Schrank wühlte. Sein fester Hintern zuckte – diese perfekten Backen zitterten leicht und entlockten Wolfgang ein leises Stöhnen.

»Ich hab sowieso etwas Dringendes zu erledigen ... es liegt auf dem Weg ... also keine Umstände!«, erklärte Simon und versteckte seinen schönen Po unter Pants.

Schade.

Mit einer eleganten Bewegung schlüpfte Simon in ein frisches – wieder sehr enges – Shirt und drehte sich um.

Die harten Nippel zeichneten sich deutlich durch den Stoff ab.

»Okay«, flüsterte Wolfgang. Wie ästhetisch sich Simon anziehen konnte – wie sportlich er in die Jeans hüpfte! Ganz das Gegenteil des Bildes, das Wolfgang abgab. »Es ist mir peinlich ...«, nuschelte Wolfgang.

Simon öffnete eine Schublade und wühlte in einem Berg Socken. Sogar das sah gut aus. »Was denn?«, summte er fröhlich.

»Kannst du mir ... wieder ... die Hose zumachen?«

Simon hatte ein geeignetes Paar gefunden, tapste zu Wolfgang herüber und ließ sich neben ihn aufs Bett plumpsen.

»Aber klar! Steh auf!«

Wolfgang stellte sich vor Simon hin und konnte nichts dagegen tun, dass die Finger an seinem Hosenstall wieder etwas auslösten. Krampfhaft starrte er zur die Zimmerdecke und sog beherrscht Luft durch die Nase.

Eine halbe Ewigkeit pfriemelte Simon mit den Knöpfen herum und ignorierte nun wieder die Erektion. Als er fertig war, sprang er hoch, grinste Wolfgang erwartungsvoll an und klatschte entschlossen in die Hände. »Dann ... lass uns das Auto suchen.« Von spontaner Eile ergriffen, zog einbeinig zur Wohnungstür hüpfend in die Socken an und stopfte die Füße in die Stiefel. Offenbar fand er es auf einmal ziemlich beflügelnd, Wolfgang loszuwerden. Rasch schlang er den Schal um den Hals, schlüpfte in die schwarze Lederjacke und war wieder ganz der Kollege, den Wolfgang kannte. Keine Spur mehr von dem weinerlichen Mann, der sogar so weit gegangen wäre, Wolfgang einen zu blasen, und der ihn – einfach so – geküsst hatte.

Wolfgang seufzte. Die letzten Stunden waren wie ein schöner Traum gewesen – aber nun war er zu Ende. Kein Grund, anzunehmen, dass sich das hier wiederholen könnte ... außer vielleicht zur nächsten Weihnachtsfeier in einem Jahr.

Simon eilte noch flink ins Bad, zupfte an seinem Haar herum und schloss endlich die Wohnungstür auf. Ehe er sie jedoch öffnete, drehte er sich zu Wolfgang um, leckte sich über die Lippen, öffnete ein wenig den Mund und schaute ihn seltsam intensiv an. Aus irgendeinem Grund dachte Wolfgang, Simon wollte ihn vielleicht noch einmal küssen, vor allem, weil er ihm einen kribbeligen Moment lang verlangend auf den Mund schaute. Wolfgangs Herz raste. Er wurde kurzatmig. Doch dann wandte sich Simon ab, seufzte und öffnete die Tür.

Wie jedes Jahr zu Weihnachten fegte ein Föhn übers Land. Die vielen riesigen, elektrisch beleuchteten Schneeflocken schienen die Bemühungen der Natur nicht nur obsolet zu machen – zynische Zungen behaupteten sogar, sie wären Ursache für das Ausbleiben der winterlichen Pracht. Schnee zu Heiligabend hatte es zuletzt gegeben als es noch keine Weihnachtsdekoration Made in Taiwan gegeben hatte.

Als Simon den Wagen in die Gasse lenkte, in der Wolfgang wohnte, wurde diesem richtig schwer ums Herz. In wenigen Minuten musste er aus dem Auto steigen und den Mann verlassen, der ihm den ersten Kuss geschenkt hatte. Wie viele Monate hatte Wolfgang davon geträumt, in Simons Nähe sein zu dürfen und war sich immer sicher gewesen, dass so etwas nie passieren würde. Nun aber wusste er, wie ein Kuss schmeckte, wie es sich anfühlte, wenn sich Simon an ihn schmiegte, ihn streichelte und Wolfgang wusste nun auch, wie dieser vollkommene Mann nackt aussah. Sie hatten viele schöne Stunden zusammen verbracht, geredet, gelacht, im selben Bett geschlafen, in den Armen gelegen, Wolfgang hatte Simon etwas erzählt, von dem er nie gedacht hätte, es ausgerechnet ihm zu erzählen. Es war alles so ... gut und schön gewesen und es sollte nicht vorbeigehen.

Wenn Wolfgang aber gleich ausstieg und Simon wegfuhr, war diese Zweisamkeit vorbei. Bald war das alles nichts weiter als ein unglaublicher Traum, so unwirklich, dass Wolfgang fürchten würde, er wäre nie passiert. Beinahe hätte er Simon angefleht, unauffällig am Haus vorbeizufahren, Gas zu geben und ihn irgendwohin zu bringen, wo sie sich vor einem flackernden Kamin nackt auf einem Bärenfell wälzen konnten.

Simon parkte den Wagen direkt vor dem Gartentor und stellte den Motor aus. »Na ja ...«, krächzte er und räusperte sich. Er grinste Wolfgang an – für ein Lächeln reichte es nicht. »Dann wünsche ich dir ein Frohes Fest.«

»Ich dir auch ...« Wolfgang zwang sich zu einem Grinsen. »... und einen guten Rutsch.«

»Dann werden wir uns nicht mehr wiedersehen ... dieses Jahr?«, fragte Simon.

»Ahm!«, machte Wolfgang und seine Ohren begannen zu glühen. Simon wollte ihn wiedersehen? Noch *diese* Woche? »Dooooch?«, riet er wie in der Schule, wenn er Angst hatte, die falsche Antwort zu geben.

»Ist das eine Frage oder eine Abmachung?«

»Ich weiß nicht. Ich weiß nicht, ob du ... mich ...« Die letzten Worte wagte Wolfgang nicht auszusprechen.

Simon zog die Augenbrauen hoch. »Aber sicher!«

Wolfgangs Herz begann zu wummern. Das konnte nicht wahr sein! Vielleicht war es nur rhetorisch! Simon wollte sicher nur nett sein. Ratlos, wie er mit dieser Wendung umgehen sollte, murmelte er ein leises »Okay«, und wandte Simon den Rücken zu, um mit der linken Hand die Beifahrertür zu öffnen.

»Warte!«, sagte Simon leise.

Wolfgang drehte sich um und blickte ihn gleichermaßen erwartungsvoll wie furchtsam an. Sein Herz raste. Simons Augen glänzten und sein Atem ging schneller. Seine Mundwinkel bebten, seine Lippen zuckten und er wirkte seltsam angespannt. Wolfgang wollte losheulen, so intensiv wünschte er sich jetzt einen Kuss, aber er traute sich nicht. Er begann, vor Aufregung zu zittern. Er müsste sich doch nur ein bisschen zu Simon neigen, stattdessen starrte er ihn mit einem Verlangen an, das ihm in den Augen tränte. Er spürte bereits dieses magische Kribbeln auf den Lippen, einen Anflug von Mut, aber er hatte einfach zu viel Schiss.

»Was ist de...«, begann er, da schnellte Simon vor, legte eine Hand auf seine Wange und küsste ihn weich und sanft auf den Mund.

Wolfgang schloss die Augen, wagte nicht, sich zu bewegen, wagte nicht zu atmen. Der Kuss dauerte länger als der erste – vielleicht fünf Sekunden – und als sich Simon wieder von ihm trennte, klebten die Lippen kurz aneinander fest, als wollten sie sich nicht trennen. Es kitzelte, als sie sich lösten. Wolfgang blinzelte. Simon leckte sich über die Lippen und schmunzelte scheu. An seinen Wangen, ganz leicht nur, konnte Wolfgang rosa Flecken erkennen.

»Bis dann«, flüsterte Simon.

Vor Aufregung kam Wolfgang kaum mit dem Atmen hinterher. Dann? Wann war *dann?* »Bis ... dann«, krächzte er. Vor Nervosität kriegte er kaum die Autotür auf und fiel beim Aussteigen beinahe hin, so weich waren seine Knie. In seinem Hirn war nichts weiter als Watte, rosa, fluffige, süße Watte. Am Gartentor blieb er stehen und winkte Simon nach, der den Motor startete und mit quietschenden Reifen davon brauste.

10| Die unsichtbare Halbgöttin

»Du darfst ab 17:00 Uhr nichts mehr essen und bei der letzten Mahlzeit nur Eiweiß ... Kohlehydrate nur am Morgen – musst du sogar ... und jeden Tag mindestens eine Stunde aufs Laufband ... ich bin immer in der Früh eine Stunde gelaufen und eine am Abend ... aber nicht langsam, das ist Quatsch ... man muss richtig schwitzen ... und dann noch Krafttraining ... ohne Krafttraining kannst du das vergessen, weil die Muskeln kurbeln den Stoffwechsel an und dann verlierst du immer Kalorien ... jetzt zum Beispiel, wenn ich hier mit dir rede ... verbrennen meine Muskeln dauernd Kalorien ... deswegen kann ich mir auch erlauben, heute kräftig zuzulangen ... ich *muss* sogar richtig essen ... wegen dem Stoffwechsel muss man immer dazwischen Refeed-Tage einlegen ...« Melinda hatte im vergangenen Jahr dreißig Kilo abgenommen. Sie war nun der neue Stern in der Milchstraße der Ernährungsexpertinnen und in der Mission unterwegs, Wolfgang fürs Abnehmen zu begeistern.

Während sie unaufhörlich schnatterte, ließ er immer und immer wieder den Kuss – die Küsse – Revue passieren, die letzte Nacht, als er Simons Schwanz hatte anfassen dürfen, das atemberaubende Stöhnen dieses schönen Mannes. Wolfgangs Herz war wie eine Blume, die im Schnelldurchlauf die Blüten öffnete und schloss. Mal zog es sich zusammen, dann dehnte es sich aus – in einem zähen Rhythmus, wie die Wellen eines Meeres. Der Spott auf der Weihnachtsfeier – Simon lief ihm entgegen – Der Filmkuss mit Sonja – Simons Frage, ob er ihn küssen solle – Die Tränen und das Betteln, als Sonja gehen wollte – Die zurückgeschlagene Decke und die heißen Momente die folgten – Simons verzweifeltes Heulen – Das eng umschlungene Einschlafen – Simons schweigender Rückzug, nach dem Erwachen – das Angebot, Wolfgang den Schwanz zu lutschen – Diese plötzliche Wut – Das wunderbare Streicheln – die Schilderung der Vergangenheit – der Kuss und der zweite Kuss!

Offenbar war Wolfgangs Mutter zu sehr mit den Weihnachtsvorbereitungen beschäftigt gewesen, um mitzukriegen, dass ihr Sohn gar nicht daheim geschlafen hatte. Wie hätte sie außerdem auf diese absurde Idee kommen sollen? Wolfgang war immer daheim und hatte – abgesehen von den Ferien bei Oma – noch nie woanders genächtigt.

Wolfgangs Hose wurde eng. Mal wieder. Er hatte die Nacht mit Simon verbracht. Wie das klang. Was man sich darunter alles vorstellen konnte! Und ... es war ja auch wirklich etwas passiert, was die ganze Sache noch viel unglaublicher machte. Der Anzug hatte noch genau da gelegen, wo Wolfgang ihn hatte fallen lassen und das Handy zeigte nicht einen einzigen Anruf in Abwesenheit. Dass er erst um vier Uhr aufkreuzte, erklärte die Mutter allen damit, dass es Wolfgang – seit er in Krankenstand war – mit dem Aufstehen nicht so habe. Die paar Tage, die er Liebeskummer bedingt im Bett verbracht hatte, blähten sich in Mutters Schilderung zu Wochen und Monaten auf.

Obwohl Wolfgang mit seinen neunzehn Jahren der Jüngste in der Familie war, und schon gefühlte zweitausend Jahre nicht mehr an das Christkind glaubte, veranstalteten die Eltern die alljährliche Aufführung des Familienweihnachtsstücks in sechs Akten:

– Du darfst nicht ins Wohnzimmer, weil da das Christkind arbeitet!

– Oh, habe ich da eben ein Glöckchen bimmeln gehört?

– Wolfgang und Melinda, wollt ihr nicht mal nachsehen?

– Wer hat denn diesen Baum hier hingestellt und so schön geschmückt?

– Wo kommen denn all die vielen Geschenke her?

– Wart ihr überhaupt so brav?«

Wolfgang fühlte sich wie ein Vollidiot, dass er sich das hier antat, statt bei Simon zu sein. Natürlich liebte er seine Familie, in all ihrer peinlichen Pracht ... aber Simon ... Ach!

»Willst du nicht auspacken?«, wurde Wolfgang gefragt, weil er seit einer halben Stunde auf eine glitzernde Weihnachtskugel starrte und Simons ekstatisches Räkeln vor dem inneren Auge abspielte.

Während die Verwandten Geschenke vor ihren Ohren schüttelten, um den Inhalt zu erraten, spürte Wolfgang Simons streichelnde Hände auf dem Bauch. Dann wieder fuhr die Erinnerung an den Kuss im Auto mit einem Stich durch seinen Körper und zwang ihn, die Geschenke fest auf seinen Schoß zu drücken. Verträumt seufzend holte er ein warmes Kribbeln nach dem anderen hoch. Er wollte die Erinnerung warmhalten, sie ganz dicht bei sich tragen, sie nicht aus den Augen verlieren. Er wollte nicht abgelenkt werden, herausgerissen aus den Schwelgereien – aus Angst, alles könnte ihm entgleiten und er irgendwann nicht mehr fühlen, was passiert war.

»Wolfgang?« Es war nicht das erste Mal an diesem Abend, dass sie ihn mehrmals ansprechen mussten, ehe er reagierte, und natürlich war man schon auf die Idee gekommen, eine Frau wäre daran schuld.

»Bist du verliebt?« – »Wer ist sie denn?« – »Ist sie hübsch?« – »Warum ist sie nicht hier?«

Wolfgang grinste dümmlich und konnte nicht einmal richtig den Kopf schütteln, um den Vorwurf abzuschmettern. Ja, er war verliebt, so heftig wie nie zuvor. Wie könnte er dieses intensive Gefühl verraten, wenn er es doch am liebsten in die Welt hinausschreien wollte? Wieso sollte er so tun, als wäre sein Herz *nicht* überflutet, wenn er immerfort von Simon schwärmte? Aber Wolfgang konnte darüber nicht reden. Weil sie nicht wussten, dass er schwul war und weil sie ihn dafür auslachen würden, dass er sich in einen Mann verknallt hatte, zu attraktiv, um bei ihm eine Chance zu haben.

Obwohl Simon Andeutungen gemacht hatte – dass es nicht völlig ausgeschlossen war, das zwischen ihnen etwas laufen könnte, glaubte Wolfgang nicht wirklich daran. Auch die beiden sanften Küsse galten noch lange nicht als Indiz, dass Simon ernsthaftes Interesse hatte. Wolfgang betrachtete es eher wie ein Geschenk, einen kleinen Ausflug in die Welt der Normalen, ohne weitere Konsequenz für die Zukunft.

»Nun pack schon endlich deine Geschenke aus, Bub!«, forderte die Mutter und murmelte: »Der Junge ist nicht er selbst.«

Natürlich war Wolfgang nicht er selbst – und vielleicht wollte er es auch nie wieder *er selbst* sein.

»Bist du denn gar nicht neugierig, Kind?«, fragte Oma.

»Nun lasst ihn doch in Ruhe«, forderte Opa. »Wenn er verliebt ist, sind wir die Allerletzten, mit denen er gerade zusammen sein möchte, nicht wahr, Wolfgang?« Auf Opas Empathie war Verlass.

Wolfgang grinste schief und begann, mit der einen Hand umständlich am Geschenkpapier herumzupfriemeln. Träge zog er ein Kochbuch aus der Verpackung, das eher wie ein Kinderbuch aussah, oder ein Ratgeber für ›Hilfe, ich krieg das Grinsen nicht mehr aus dem Gesicht‹. Zumindest gab es in dem Buch mehr Bilder des dauerbegeisterten Kochs, als von Speisen.

»Da sind lauter total leckere Rezepte drinnen, und alle mit weniger als dreihundert Kalorien«, erklärte Melinda.

Von Oma gabs ein Mousepad mit Wolfgangs Konterfei. Das Foto war ein erbärmlicher Schnappschuss, der auf der Feier zur bestandenen Reifeprüfung entstanden war. Wolfgang grinste darauf, wie man eben grinste, wenn man es hasste, im Mittelpunkt zu stehen, und alle anderen das einfach nicht kapieren wollten und einen nicht in Ruhe ließen.

»Du machst doch immer so mit Computer«, erklärte sie und fühlte sich ganz gewaltig am Zahn der Zeit. »Jetzt hast du immer eine schöne Erinnerung an die Schulzeit.«

Abgesehen davon, dass das letzte Motiv, das er sehen wollte, er selbst war, wollte Wolfgang unter keinen Umständen an die Schulzeit erinnert werden. Wenn Oma eine schöne Erinnerung hätte bewahren wollen, hätte sie ein Foto von Simon verarbeiten lassen können, wie er mit gespreizten Beinen vor Wolfgang lag, der Slip auf den Hüften, der Schwanz über dem Bauch wippend, das Kreuz durchgebogen, der Kopf in den Nacken geworfen und die Fäuste gegen die Wand gestemmt. Dann würde Wolfgang sogar den Monitor versteigern und stattdessen das Mousepad vor sich aufbauen ...

Dann der Klassiker. Siebzehnter Geburtstag. Achtzehnter Geburtstag und Weihnachten vor einem Jahr.

Da hatte er es auch schon bekommen, das schwarze Zelt mit dem plakativen Aufdruck: ›Bier formte diesen wunderschönen Körper.‹ Abgesehen davon, dass Amnesie in dieser Familie ein Thema zu sein schien, fand Wolfgang das Geschenk auch beim vierten Mal nicht lustig. Der Onkel – es war *sein* Verbrechen – dafür umso mehr. Er lachte schallend über seinen originellen Geschmack.

»Der ist soooo lustig. Der ist *auch* Lieferfahrer (???), so wie du (und dick, so wie du) und total lustig (und dumm und peinlich und stellt die Dicken, wie immer, als Vollidioten dar) ...« Natürlich durfte die übliche DVD mit einem dicken Komödianten nicht fehlen, der (und das wird dir gefallen, Wolfgang) eine zierliche, hübsche Frau hatte. (Also auch *du* bist nicht verloren). Und weil die Pointen so diffizil waren, mussten Lacher eingespielt werden. Wolfgang hasste Sitcoms. Am liebsten wollte er das Teil, oder am besten gleich alle Geschenke, in irgendeine Ecke pfeffern und den Weihnachtsbaum umstoßen. Warum fanden es bloß alle immer lustig, ihm auf den Schlips zu treten? Simon war der Einzige, der das nicht tat. Ach Simon.

Immerhin, es gab auch Geschenke, die praktisch waren. Weihnachten füllte Mutter immer die Socken- und Unterwäsche-Schublade auf, wenn auch über den Umweg, die Sachen vorher in Geschenkpapier zu wickeln, damit die ganze Verwandtschaft bestaunen konnte, was Wolfgang unterm Jahr darunter trug.

Es reichte!

Wolfgang war kurz vorm Platzen – emotional gesehen, das Essen hatte er kaum angerührt. »Ich muss raus!«, schnaufte er und stürzte aus der elterlichen Wohnung.

Sein Kopf pochte, sein Herz tat weh, und wenn er noch mehr seufzte, würde er hyperventilieren. Noch eine blöde Demütigung und er würde das Haus anzünden und alle mit einer Axt köpfen. Oder – logistisch betrachtet – war es umgekehrt sinnvoller. Er rannte im Garten auf und ab laufen und redete sich mantraartig ein, dass sie es nicht böse meinten. Keiner von ihnen meinte es böse, er zog so etwas eben einfach auf sich. Er könnte ja auch etwas dagegen sagen, oder abnehmen, ihnen keine Angriffsfläche bieten oder anderweitig Respekt einflößen. Die schwarze Kluft hatte bei seinen Verwandten allerdings nie funktioniert. Sie nannten es ›die rebellische Phase, macht jeder Teenie durch, ich hab damals Pott geraucht, aber untersteh dich‹.

Wolfgang vermisste Simon. Er wollte vor Schmerz heulen und zugleich vor Glück platzen. Er wollte wieder bei ihm sein, ihn in den Armen halten, gestreichelt werden, geküsst, er wollte wieder Simons Schwanz anfassen und ... vielleicht ... sich von ihm einen blasen lassen, und er wollte wissen, warum Simon so verzweifelt war.

Vor dem Gartentor wartete Chuck und als er Wolfgang sah, peitschte er mit dem Schwanz. Der heutige Waldspaziergang war ausgefallen und er hoffte wohl, der würde jetzt nachgeholt. Er bellte und winselte zur Begrüßung, als Wolfgang zu ihm raus auf den Gehweg kam, um ihm den Schädel zu kraulen. Chuck grunzte genießerisch und hechelte Wolfgang mit seinem gewöhnungsbedürftig riechenden Atem an. Unter der liebevollen Hand zerfloss er regelrecht. Noch einer, der in Wolfgang keine Witzfigur sah. Chuck blinzelte und Speichel tropfte ihm von den Lefzen.

»Na? Schon den Christbaum markiert? Bist du *deswegen* hier draußen?«, fragte Wolfgang und erntete als Antwort ein heiseres Schnauben. »Es ist eh viel schöner, hier draußen, nicht war?«

Wolfgang seufzte und sog die laue Nachtluft ein, die das Christkind gebracht hatte. Wäre nicht Weihnachten, könnte das hier eine wirklich schöne Nacht sein. Eigentlich hatte Wolfgang nichts gegen Heiligabend, auf eine schräge Weise mochte er das kindische Spektakel sogar. Allerdings lag das an den Erinnerungen an Zeiten, als er noch den ganzen Scheiß geglaubt und tatsächlich am Fenster gehangen hatte, um nach dem Christkind Ausschau zu halten. Hoffen und Träumen war damals einfacher gewesen und Geschenke waren noch etwas, weswegen man wochenlang aufgeregt wachlag. Irgendwie tat man das zwar heute auch noch, aber aus anderen Gründen.

Vielleicht war es die Enttäuschung, dass es nie wieder diese kindliche Erregung geben würde, die Wolfgang so frustrierte. Er blickte die Straße rauf und runter. In jedem dieser einfallslosen Häuser fand gerade eine einfallslose Bescherung statt, hatte schon stattgefunden oder würde gleich stattfinden. Jeder plagte sich mit Verwandten herum, denen er das ganze Jahr aus dem Weg ging und wenn man sich ansah, wie vollgeparkt hier alles war, musste es irgendwo verwaiste Stadtviertel geben. Vermutlich war das der Abend, an dem allen Erwachsenen irgendwie das Herz brach und daher gingen sie einander so auf den Wecker. Es war diese Sehnsucht nach damals, sich alljährlich aufs Neue auf dieses Weihnachtsding einzulassen.

»Ich glaub, da war eine Katze, Chuck!«, flüsterte Wolfgang. Da hatte sich etwas zwischen den parkenden Autos bewegt. Vielleicht war es auch ein Marder. Das musste für die ein richtiges Festbankett sein, heute, so viele fremde Wagen, Kabel aus aller Welt. Neugierig und mit leisen Sohlen schlich Wolfgang dahin, wo er das Tier oder dessen Schatten gesehen zu haben glaubte, um es nicht zu verschrecken.

Plötzlich trällerte das Handy in seiner Hosentasche und eine schwarze Katze stürmte panisch davon.

Chuck kläffte einmal, bewegte sich aber nicht. Offenbar hatte er schon die Erfahrung gemacht, dass Katzen keine guten Spielgefährten waren.

Wolfgang kramte das Telefon hervor und blickte aufs Display. Die Nummer kannte er nicht, aber er ahnte, wer es war, so wie er immer ahnte, wenn Simon auf dem Weg ins Büro war. Wolfgang wurde vor Aufregung schlecht. Sein Herz wummerte und er hielt Ausschau nach einer Sitzgelegenheit.

»Woher hast du meine Nummer?«, fragte er schroff vor Nervosität und hätte sich dafür am liebsten den Gips gegen die Stirn geschlagen.

Stille.

»Ist es gerade ungünstig?«, fragte Simon.

»Nein ... nein ... ich ... ahm ...« Oh Gott, Wolfgang wusste nicht, was er sagen sollte, schob Panik, dass er das Falsche sagte und Simon auflegte. »Ich bin gerade hier draußen ... äh ... Luft schnappen ... mit Chuck ...«

Der Köter hechelte gegen Wolfgangs Bein.

»Chuck?« Simons Stimme klang leise.

»Mit ihm geh ich immer spazieren ... im Wald ... Ah ... er ist der Hund von unseren Nachbarn, nicht was *du* denkst«, brabbelte Wolfgang nervös und lachte komisch.

»So? Was *denk* ich denn?«, fragte Simon und gluckste.

Am liebsten hätte sich Wolfgang bäuchlings auf die Straße gelegt und einen Panzer gebeten, mal eben ein paarmal über ihn drüberzurollen ... »Ahm ... eh ...«, machte er, dann fielen ihm keine Wörter mehr ein.

Simon lachte.

Warum lachte er? Hatte Wolfgang was Blödes gesagt? Was noch Blöderes, als ihm bewusst war? »Und du so?«

»Ich?«

»Hast du einen schönen Abend?«, wollte Wolfgang wissen.

Stille. Große Stille. Monströse, alles verschluckende Stille.

»Simon?«

Stille.

»Bist du noch dran?«

Stille.

»Die Verbindung ist schlecht, ich hör dich nicht«, rief Wolfgang ins Telefon.

»Die Verbindung ist okay«, nuschelte Simon so leise, dass Wolfgang ihn kaum verstehen konnte. »Aber *ich* bin es nicht.«

Wie eine Abrissbirne rammten die Worte Wolfgangs Bauch. Er setzte sich langsam auf den Randstein zwischen zwei parkende Autos und Chuck nutzte die Gelegenheit, Wolfgang übers Ohr zu schlabbern. Ein Schniefen drang durchs Telefon. Wieder war Simons Verzweiflung so ansteckend, dass Wolfgang sofort selbst zum Heulen war. »Was ist denn passiert?«, fragte er leise.

Längere Pause.

»Ich brauche jemanden«, nuschelte Simon schwach.

Wolfgang wusste nicht, was er sagen sollte.

Schließlich murmelte Simon: »Ich will dich nicht stören.«

»Du störst mich nicht ... überhaupt nicht ... was ist denn los?« Wolfgang wehrte Chuck ab, der offenbar Geschmack an ihm und seinem Handy gefunden hatte.

»Kann ich ...«, begann Simon und unterbrach sich.

»... Ja?«

Wieder folgte langes Schweigen.

»Simon?«

»Nein, es ist eine blöde Idee ...«, meinte Simon. »Geh wieder rein zu deinen Leuten.«

»Komm schon, was wolltest du fragen?«

»Vergiss es. Es war nicht so wichtig.«

»Dann kannst du es ja sagen.«

»Nein ... es wäre unverschämt und ich treib dich nur in die Enge. Tut mir leid, ich hätte nicht anrufen sollen.« Simon legte auf.

Verdammt. Wolfgang starrte auf das Display seines Handys. Der Bauch spielte Schleudergang. Ein paar Minuten saß er da und sah immer wieder Simon vor sich, wie er gestern Nacht geheult hatte. Ging es ihm jetzt etwa wieder so schlecht? Und niemand war bei ihm, der ihn halten konnte? Meinte Simon eine Umarmung, als er sagte, er brauche jemanden?

Eine glitschige Zunge leckte über Wolfgangs Nase.

»Chuck!«

Der Köter war mit seiner Liebe wirklich aufdringlich. Erwartungsvoll hockte er sich vor Wolfgang hin und hechelte ihm den grässlichen Atem ins Gesicht.

»Soll ich zurückrufen?«, fragte Wolfgang den Hund und augenblicklich schlabberte wieder eine nasse Zunge über seine Nase. Wolfgang drängte Chuck mit dem Gipsarm zur Seite und wählte die Rückruftaste.

Simon hob nicht ab.

Auch nach zehnmal läuten nicht.

Wolfgang plante bei jedem Piepton, nach dem nächsten aufzulegen, wartete jedoch noch einen ab, noch einen und noch einen. Endlich klickte es in der Leitung. Simon nahm zwar ab, sagte aber nichts. Stattdessen drang ein Schniefen aus dem Telefon.

»Ich will dich nicht nerven ...«, sagte Wolfgang. »Aber ich mach mir Sorgen ... du klingst nicht gut.« Und das war noch untertrieben.

Nach einer Pause ertönte wieder ein Schniefen. Diesmal lauter, deutlicher als vorhin. »Kann ich zu dir kommen?«, heulte Simon und nun hielt sich auch Wolfgang nicht mehr zurück. Er ließ sich anstecken. Es tat so weh, Simon so zu hören. »Aber klar«, schluchzte er.

»Warum heulst du?«, heulte Simon.

»Weil *du* heulst«, gestand Wolfgang schniefend.

Simon gluckste verschnupft. »Wolfi ... du bist ...«

»Du bists«, konterte Wolfgang im Reflex und schmunzelte trotz kullernder Tränen.

»Ich bin in einer halben Stunde da, ist das okay für dich?«

»Gott, ja, verdammt!«, brach sich Wolfgangs Sehnsucht bahn.

Wieder gluckste Simon und legte auf.

Wolfgang musste erst einmal ordentlich durchatmen. Er wischte sich die Tränen aus den Augen und dann wurde ihm erst so richtig bewusst, dass er Simon gleich sehen würde. Heute. Hier. Bei sich zu Hause!

Chuck trottete geknickt von dannen, als er realisierte, dass der Gefährte heute keine Wanderung mit ihm unternehmen würde.

Wolfgang stürmte in seine Wohnung, zog sich um, ein schöneres Shirt, eine bessere Hose, prüfte das Haar im Spiegel, wusch den Hundesabber aus dem Gesicht, putzte die Zähne und trug Deo auf. Nervös lief er von einer Ecke der Wohnung zur anderen, ehe er sich bereit fühlte, wieder zu seinen Verwandten zu stoßen.

Die optische Veränderung fiel sofort auf. Es dauerte etwa fünfzehn Sekunden, bis sie von Wolfgangs neuem

Outfit über sein geistesabwesendes Verhalten die zwanzigspurige Autobahn ins Offensichtliche fanden:

»Kommt sie denn hierher?«

Wolfgangs Versuch, ein Pokerface aufzusetzen, misslang gründlich. Die Freude, Simon gleich wiederzusehen, war einfach zu groß. Er grinste wie ein Vollidiot und fragte sich, wie er erklären sollte, dass er wegen eines Arbeitskollegen grinste, wie ein verliebter Trottel. Okay, er *war* ein verliebter Trottel, aber die Familie musste nicht unbedingt heute herausfinden, dass er schwul war.

Die Idee, dass er Simon ungesehen in seine Wohnung würde schleusen können, verwarf er gleich wieder. Gegen die Neugier seiner Verwandten hatte er keine Chance. Schon jetzt saßen sie da wie Großwildjäger, die fest entschlossen waren, nicht ohne Trophäe heimzukehren. Vielleicht musste es Wolfgang einfach auf sich zukommen lassen. Wahrscheinlich käme – verknalltes Grinsen hin oder her – ohnehin keiner auf die Idee, dass zwischen Simon und Wolfgang eine Verbindung bestehen könnte, die über dieselbe Firmenadresse auf dem Gehaltscheck hinausging.

Endlich piepste Wolfgangs Handy und alle Blicke richteten sich auf ihn. Schäbiges Grinsen, selbst von Oma.

Wolfgang hob ab und eilte zur Tür. »Bleib draußen, ich komm zu dir raus!«, zischte er und versuchte, schneller zu sein als seine Verwandten.

Sie stürmten auf die Veranda, tummelte sich am Fenster und starrten Wolfgang Löcher in den Rücken, der eilig zum Gartentor lief.

Wenigstens war Simon nicht auf die Idee gekommen, direkt davor zu warten. Erst als sich Wolfgang dem giftgrünen Auto näherte, stieg Simon aus dem Wagen, und dank der üppigen Hecke, die das Grundstück umschloss, konnten sie die lieben Verwandten nicht sehen. Aber wie lange würde sich die Horde auf diese Weise aufhalten lassen? Dass man durch das Gartentor gehen konnte, war ihr bekannt.

Simon wirkte verlegen. Die Schultern hochgezogen, die Hände in die Hosentaschen vergraben trat er von einem Bein aufs andere. »Es tut mir leid! Mein Auftritt vorhin ... Ich wollte dir keine Sorgen machen ...«

»Jetzt sei nicht albern, Simon.«, sagte Wolfgang und schloss ihn fest in die Arme. Was für ein schönes Gefühl! Wie nach Hause kommen. Simon schlang die Arme um ihn und zitterte leicht. Als wollte er das kaschieren, presste er sich noch fester an Wolfgang. Die Augen geschlossen schnupperte Wolfgang an Simons Haar und drückte ihm einen Kuss auf die Schläfe. »Was ist los mit dir?«, flüsterte er an Simons Ohr.

»Können wir ein andermal darüber reden?«, bat Simon und löste sich aus der Umarmung. Geknickt schaute er Wolfgang an. »Ich will heute keinen Gedanken mehr daran verschwenden.«

»Ist in Ordnung.« Wolfgang strahlte Simon verliebt an. Am liebsten wollte er ihn sofort küssen.

»Ist es überhaupt okay für deine Leute, wenn jemand Fremdes kommt?«, fragte Simon. Seine Augen funkelten unsicher.

»Ehrlich gesagt ...«, begann Wolfgang und grinste schief. »Sie sind ziemlich versessen darauf, dich kennenzulernen.«

»Wirklich? Was hast du ihnen denn erzählt?«

»Das ist jetzt etwas ... kompliziert«, gestand Wolfgang und seufzte. »Sie denken, du bist meine Freundin.«

Simon gluckste. »Ernsthaft?«

»Sie haben sich das irgendwie zusammengereimt und ich hab noch keinen Weg gefunden, wie ich das ... aufklären soll.«

»Hast du ihnen denn nicht gesagt, dass dein Kollege kommt?«, fragte Simon.

Wolfgang zuckte. Kollege? Warum tat es plötzlich so weh, dass Simon ihn einen *Kollegen* nannte – es war doch ... ein Fakt?

»Ich sagte doch, dass es kompliziert ist«, knurrte Wolfgang. Sollte er seinem *Kollegen* gestehen, dass er sich die ganze Zeit verhielt, wie ein liebeskranker Trottel?

»Das war nicht böse gemeint«, sagte Simon leise und fuhr ein paar Gedanken später fort: »Sie wissen nicht, dass du schwul bist, oder?«

Den Blick aufs Autodach gerichtet schüttelte Wolfgang Kopf.

»Und ... denkst du denn ... wir sind zusammen ...?«, fragte Simon und sah sich selbst dabei zu, wie er mit dem Daumen in den Dichtungsgummi der Tür drückte.

Ein Stich fuhr durch Wolfgangs Bauch. Ertappt glotzte er Simon an. War das eine Frage oder eine Unterstellung? Wollte Simon nur prüfen, ob er naiv genug war, einen Kuss für den Beginn einer Beziehung zu halten? »Ich bin dick aber nicht dumm.«

»Was?«

»Ich weiß, dass das alles nichts zu bedeuten hat, auch wenn ich es ...«, Wolfgang flüsterte es fast: »... schön finde.«

»Nichts zu ...?«

»Es macht nichts ... du hast da einen anderen Zugang als ich, das ist mir bewusst.« Wolfgang zwang sich zu einem zuversichtlichen Lächeln.

Simons Kinnlade klappte runter. »Was soll denn *das* jetzt wieder heißen?«

»Na ja ... du kannst andere Leute küssen und mit ihnen ficken, ohne mit ihnen zusammen oder in sie verliebt zu sein ...«, erklärte Wolfgang. »Es wäre idiotisch, anzunehmen, dass ... na ja ...« Er seufzte und blickte auf Simons Daumen, der weiterhin den Gummi bearbeitete.

Simon schnaubte aufgebracht. »Wie oft willst du mir das vorhalten? Ha? Vielleicht ist es ja so, dass das eine wegen dem anderen ...« Er unterbrach sich und legte sich eine Hand auf die Stirn als hätte er Kopfschmerzen.

Was sollte das bedeuten – *das eine, wegen dem anderen?* Wollte Simon damit sagen, dass er mit Martin fickte und Sonja küsste, weil ... ja was? »Ich versteh es nicht ...«, gestand Wolfgang.

»Vergiss es!« Simon verdrehte die Augen. »Du hast recht ... sieht so aus, als wäre ich ein herzloses Stück Scheiße.«

»Nein!« Wolfgangs Magen zog sich schmerzhaft zusammen. Wie konnte Simon nur so etwas sagen? »Du hast mich geküsst ... das war ... das hätte sonst niemand getan ... das ist ... du hast ein großes Herz!«

Simon zog die Stirn kraus. »Sag mal ... Wolfi ... denkst du, das war meine gute Tat zu Weihnachten? Ein karitatives Engagement, um mein Karma zu frisieren, oder so etwas?«

»Nein. Ich glaube nicht, dass du das wegen Weihnachten oder deinem Karma gemacht hast ... sondern weil du eben ... *gut* bist.«

Simon schloss die Augen und seufzte. »Nochmal, Wolfi, denkst du, ich bin ein Samariter?«

Worauf wollte Simon hinaus? War das eine Fangfrage? Wolfgang versuchte krampfhaft, aus Simons Gesichtsausdruck schlau zu werden. Simon wirkte – auf eine liebevolle Weise – enttäuscht. »Das ist doch nichts Schlechtes«, sagte Wolfgang.

Simon stöhnte frustriert. »Denkst du, ich habe Martin auch nur gefickt, weil ich ein großes Herz habe?«

Wolfgang zuckte. »Nein.«

»Warum dann?«, fragte Simon genervt.

»Ich weiß nicht.« Darüber wollte Wolfgang eigentlich nicht nachdenken. »Weil du ... geil auf ihn warst?« Wobei ... Simon hatte keine Erektion gehabt.

»Du hältst es also für möglich, dass ich mit Martin ficke, weil ich es will, aber nicht, dass ich dich küsse, weil ich das will?«

Wolfgang senkte den Blick und nickte kaum merklich.

»Würdest du mir glauben, wenn ich ...«, begann Simon. »Hast du eine Schwester?«

Verwirrt glotzte Wolfgang ihn an. »Was?«

Simon hob die Augenbrauen und bewegte beim Sprechen nur noch die Unterlippe. »Ein Mädchen mit einem geblümten Kleid ... und das ... könnte deine Oma sein ... ein Mann mit einem Mario-Schnauzbart ... ist das dein Vater?«

Wolfgang brauchte ein wenig, bis er begriff. Ohne sich umzudrehen, fragte er: »Sie stehen alle da herum und glotzen her?«

Simons Augen funkelten belustigt. »Und es werden immer mehr.«

»Scheiße.«

»Deine Mutter kommt zu uns«, sagte Simon ohne die Lippen zu bewegen und nahm eine förmliche Haltung ein.

»Sie kenne ich doch, Sie sind der Kollege, der Wolfgang gestern zur Firmenweihnachtsfeier abgeholt hat!«, rief Wolfgangs Mutter, packte Simons Hand und schüttelte sie eifrig. »Was für eine Überraschung. Wir haben ja eigentlich mit der geheimnisvollen jungen Dame gerechnet, die Wolfgang den Kopf verdreht hat.«

Simon lächelte Wolfgang erheitert an und ließ sich von der Mutter Richtung Haus schieben. »Kommen Sie doch rein. Kennen Sie sie? Ist sie bei euch in der Firma?«

Die Enttäuschung, dass die Verwandten nun doch nicht Wolfgangs große Liebe – wie sie sie mittlerweile nannten – kennenlernen würden, sublimierte sie in ein Bombardement von Fragen an Simon. Ob er sie kenne, wie sie sei, *der Bub* erzähle ja nichts, hülle sich in Schweigen.

Simon behauptete zwar zunächst, dass er sie kenne, aber versprochen hätte, nichts über sie zu verraten, irgendwie zogen sie ihm aber dann doch Informationen aus der Nase. Nach und nach kristallisierte sich Wolfgangs Freundin als ein Fabelwesen zwischen Cameron Diaz, Mutter Theresa und Marie Curie heraus. Vermutlich hätte Simon sogar behaupten können, Wolfgang liebe ein unsichtbares, rosafarbenes Einhorn, und sie hätte ihm geglaubt. Offenbar war die Sehnsucht, dass *der Bub* endlich mal jemanden hatte, groß genug, alles zu glauben. Alles, nur nicht, dass Simon es war, der ihm das Herz geraubt hatte. Interessierte eigentlich niemanden, warum Wolfgangs Arbeitskollege ausgerechnet zu Heiligabend zu Besuch war?

»Warum ist er hier?«

Doch. Melinda. Ihrem Blick nach zu urteilen waren ihr Simons körperliche Vorzüge nicht entgangen.

»Frag mich etwas anderes«, murmelte Wolfgang.

»Okay ... hat er eine Freundin?«

Empört glotzte Wolfgang sie an. »Ich wüsste nicht, was dich das angeht!«

Melinda zog die Augenbrauen hoch und schmunzelte. »Geht es *dich* denn etwas an?«

»Was?«

»Was soll der Quatsch mit dieser Halbgöttin, die angeblich deine Freundin sein soll? Warum lügt er für dich?«

Wolfgang zuckte betont lässig mit den Schultern.

»Du bist aus dem Alter, eine Freundin zu erfinden, definitiv schon ein paar Jahre raus! Was bezweckt ihr mit diesem kindischen Schwachsinn?«

»Jux und Tollerei?«, schlug Wolfgang vor und grinste blöd.

»Dein Kollege kommt an Weihnachten hierher, um deiner Familie einen Streich zu spielen? Hältst du mich für bescheuert?«

»Ich glaube, meine präzise Meinung, unsere Familie betreffend, dürfte auch dir nicht gerade schmeicheln«, erklärte Wolfgang.

Melinda ließ sich nicht abschrecken. Sie musterte Wolfgang von Kopf bis Fuß und meinte: »Aber verknallt bist du. Und zwar bis über beide Ohren.«

Wolfgang bemühte sich, sie zu ignorieren und sich auf das zu konzentrieren, was Simon erzählte.

»Wie hast du das hingekriegt?«, fragte Melinda.

»Was denn?«

»Ich meine ... sieh *dich* an und ... sieh *ihn* an!«

Wolfgangs Ohren begannen zu glühen. Er fing Simons Blick auf. »Ich weiß nicht, was du meinst!« Sein Herz stolperte über Simons Lächeln. Offenbar hatte Simon die roten Ohren bemerkt und fand sie ... *amüsant?*

»Die Raumtemperatur ist gerade um drei Grad gestiegen«, behauptete Melinda und kicherte.

»Ha?« Wolfgang kam kaum mit dem Atmen hinterher, so heftig trommelte sein Herz.

»Du kannst den Alten etwas vormachen, aber nicht mir. Ich weiß schon lange, dass wir denselben Männergeschmack haben.«

Wolfgang fuhr zu Melinda herum. »Was? ... Nein ... ich ... woher ...«

Melinda lachte laut auf und zog alle Blicke auf sich.

Wolfgang sank tiefer in den Stuhl.

Als sich die Familie wieder abwandte, erklärte sie: »Den ersten Verdacht hatte ich, als wir diese Serie geschaut haben und du jedes Mal rosa im Gesicht geworden bist, wenn diese beiden Jungs sich näher gekommen sind. Dann bist du der einzige Kerl, den ich kenne, der mehr Argumente als ich dafür hat, einen bestimmten Typen geil zu finden, und die klingen nicht etwa so: ›Öh, guter Musiker, Rennfahrer oder Skateboarder!‹ Sondern: ›Hast du dir mal diese Augen angesehen? Voll sinnliche Lippen hat der! Mit dem würde ich es auch auf einer einsamen Insel aushalten!‹«

»Das hab ich nie gesagt!«

»Doch«, behauptete Melinda und kicherte. »Ebenso, wie ich genau weiß, dass du nicht wegen dem Eis dauernd zum Italiener wolltest. Ich glaub, du hast fünf Kilo zugenommen, nur damit du Mario anhimmeln kannst!«

»Das ist nicht wahr!«

»Und du hast dir *Die fabelhafte Welt der Amélie* nur deswegen fünfzig Mal angesehen, weil du in Mathieu Kassovitz verknallt warst.«

»Mathieu Kassovitz ist *zufällig* ein sehr guter Schauspieler und Regisseur.«

»... und er sieht gut aus.« Melinda lachte.

»Das hat damit *nichts* zu tun!«

»Womit?«, fragte Melinda und grinste. »Keine Sorge, ich sag den Alten nichts. Aber spielt ihnen nicht zu lange ein Theater vor.«

Spielt? Die Wir-Form kribbelte in Wolfgangs Bauch.

»Nichtsdestotrotz! Wow! Wenn ich gewusst hätte, dass man als Specki so einen Kerl abkriegt, hätte ich mir die Diät erspart.«

»Wir sind nicht zusammen«, stellte Wolfgang klar.

»Echt jetzt?« Verblüfft blickte Melinda ihn an. »Du bringst dein Sexspielzeug mit zur Familienweihnachtsfeier?«

Wolfgang prustete empört. »Rede *nie wieder* so über ihn!« Wieder fing er über den Tisch hinweg Simons intensiven Blick auf. Sein Herz schlug so laut, dass er befürchtete, die anderen bei Tisch könnten es hören.

»Wenn ihr noch nicht zusammen seid, dann solltet ihr das schnellstmöglich tun. Da bricht einem ja das Herz, wenn man euch so zuschaut!« Melinda seufzte verträumt.

»Wieso?«

»Der ist mindestens so verknallt in dich, wie du in ihn!«

»Unsinn!«

»Ich würde mir das linke Ohr abschneiden dafür, so angeschaut zu werden.«

Wieder blickte Wolfgang zu Simon, der sich gerade mit der Mutter unterhielt – vermutlich über den Harvard-Abschluss der Traumfrau. »Meinst du?«, fragte er leise. Er war so aufgeregt, dass er sich fast übergeben musste. Das konnte nicht wahr sein. Das war völlig verrückt! Warum sollte einer wie Simon in Wolfgang ... ver-liebt ... sein? Wolfgang setzte sich auf die zitternde Hand.

»De-fi-ni-tiv!«, meinte Melinda.

Bisher schon hatte Wolfgang neben sich gestanden, nun war er geistig auf einem anderen Kontinent. Er war so nervös, dass er sich nicht einmal traute, das Glas zu heben, aus Angst, er würde alles verschütten.

Als die Eltern die Verwandten später am Abend in einer schier endlosen Verabschiedungszeremonie von der Veranda bis zum Gartentor begleiteten, blieben Wolfgang und Simon im Wohnzimmer zurück. Die plötzliche Stille flog ihnen regelrecht um die Ohren. Simon hatte die Fäuste übereinander auf den Tisch geschichtet und stützte das Kinn darauf ab, den Blick auf den Weihnachtsbaum gerichtet. Die Lichterkette reflektierte glitzernd in seinen Augen und der Adamsapfel rutschte über den Hals, als er schluckte.

Wolfgang wurde das Herz schwer. Wie verloren Simon plötzlich wirkte. Die heitere Gelassenheit, mit der er eben noch die Verwandten verzückt hatte, war einer bedrückenden Sentimentalität gewichen.

Wolfgang erhob sich, wankte zu ihm und setzte sich neben ihn. Er ließ den Blick über Simons schönen Rücken gleiten, von den Schulterblättern zur Taille – das enge Shirt verbarg wenig. Durch Simons Körperhaltung war das Shirt hochgerutscht und Wolfgang konnte einen schwindelerregend tiefen Einblick in die Jeans gewinnen.

»Wie geht es dir?«, fragte er im Flüsterton, als hätte er Angst, Simon zu erschrecken.

»Wenn du nicht mehr weiter weißt ... zu wem gehst du dann?«, fragte Simon, ohne die Position zu verändern.

»Ähm ... inwiefern nicht weiterwissen?« Wolfgang rang das Bedürfnis nieder, eine Hand auf Simons Rücken zu legen.

»Egal. Womit auch immer. Wenn du krank bist, mit Behörden klarkommen sollst, oder dir jemand blöd kommt ... solche Sachen, an wen wendest du dich dann?« Simon setzte sich auf und schaute Wolfgang über die Schulter hinweg an.

»Ich regle das mit mir selbst«, sagte Wolfgang. »Ich bin erwachsen.«

Simon schüttelte belustigt den Kopf und lehnte sich zurück, beinahe berührte er ihn mit der Schulter. »Ja. Nein. Klar. Ich meine ... auch wenn du alles alleine regelst ... dann weißt du doch, dass im Falle des Falles jemand da ist, oder? Ich meine ... nimm die Sache mit deiner Hand, zum Beispiel.«

»*Du* warst da!«, erinnerte Wolfgang.

»Nein.« Simon ließ die Hände mit einer hilflosen Geste in den Schoß fallen. »Angenommen ... ich wäre *nicht* da gewesen ... du hättest doch deine Eltern gerufen, oder nicht? Du weißt, wenn irgendetwas ist, dann stehen sie zu dir. Du kannst sie fragen, wenn du dir wegen einer Sache nicht sicher bist ... solche Sachen meine ich.«

»Worauf willst du hinaus?«

Simon seufzte, lehnte sich sanft gehen Wolfgang und legte den Kopf auf seine Schulter. »Ach, ich weiß nicht« Das klang, als meinte er das genaue Gegenteil.

Wolfgang schloss die Augen, die Brust zog sich zusammen und er ließ sich von Simons Haar Lippen und Nase kitzeln. Die Sehnsucht loderte in seinem Herzen, flüsterte ihm zu, doch einfach den Arm um Simon zu legen, aber Wolfgang traute sich nicht.

»Es tut mir leid ...«, sagte Simon schließlich, den Kopf unverändert auf Wolfgangs Schulter gebettet. »... das mit Martin ...«

Überrascht hielt Wolfgangs den Atem an.

»... dass du das mitansehen musstest ...« Simon setzte sich wieder aufrecht hin und wandte sich Wolfgang zu. »Würdest du mir glauben, wenn ich sagen würde, dass es nichts ... Sexuelles war?« Seine Hand kletterte zu Wolfgangs Fingern, hielt sie, begann, mit ihnen zu spielen.

»Ich verstehe nicht ... ich meine ...« Wolfgang versuchte sich an die Situation zu erinnern – wozu es nicht viel Anstrengung bedurfte, die Szene quälte ihn seit Wochen. »Ich hab doch gesehen, wie ... er ... also ... er war doch *in* dir.«

»Okay ...«, räumte Simon ein. »Es war ... technisch gesehen ... ein Fick, aber es war kein Sex.« Er drehte Wolfgangs Handfläche nach oben und streichelte mit einem Finger von den Fingerwurzeln bis über das Handgelenk und wieder zurück. Es kitzelte.

»Was ist der Unterschied?«, fragte Wolfgang.

»Na ja ... bei Sex will man eben ... Sex. Geilheit und ... Befriedigung durch einen Orgasmus.«

Worte, die frivole Bilder in Wolfgangs Gehirn brannten. Er hörte das Blut in den Ohren rauschen. Es war irgendwie schräg, dass ihm Simon an der Tafel im elterlichen Wohnzimmer in aller Ruhe den Unterschied zwischen einem technischen Fick und Sex zu erklären versuchte.

»Und das war nicht ... ähm ... *Ziel* der Aktion?«, fragte Wolfgang.

»Nein.« Simon konzentrierte sich darauf, Wolfgangs Handteller zu massieren.

»Aber was ... dann? Es wollte dir kaum mit dem Schwanz das Prinzip des Ottomotors demonstrieren.«

Simon gluckste. »Nein ...« Er schaute Wolfgang in die Augen. »Kennst du das, dass man sich selbst ... bestrafen will?«

Wolfgang dachte an die vielen Male, an denen er sich vor lauter Selbsthass vollgestopft hatte, um sich darin zu bestätigen, dass er schlecht war und nicht verdient hatte, glücklich zu werden. »Mehr, als mir lieb ist.« Ließ sich Simon etwa ficken, um ... »Du vergewaltigst dich selbst?«, fragte Wolfgang fassungslos.

Simon schüttelte energisch den Kopf und drückte Wolfgangs Hand fester. »Nein ... Oh Gott, nein! Vergewaltigung wäre es, wenn ich gegen meinen Willen ... Aber ich *wollte* ja gefickt werden und ich bekam auch genau das, was ich wollte, nur geht es eben nicht um einen Orgasmus, sondern um ... seelische Befriedigung.«

Wolfgangs Kinnlade klappte runter. »Das klingt ziemlich ... krank!«

Verunsichert blinzelte Simon ihn an. »Du darfst nicht glauben, dass ich es grundsätzlich so mache. Ich mag Sex ... ich *liebe* Sex und finde ihn geil und ... na ja ... alles, was dazugehört. Aber es gibt Situationen ...«

»Welche?«, fragte Wolfgang rasch.

»Welche Situationen?«

»Ja, was bringt dich dazu, so etwas zu tun? ... dich zu bestrafen?«

Simon bekam rosa Flecken auf den Wangen und seine Hände begannen zu schwitzen. Seine Finger drückten immer fester zu. »Weißt du, warum sie mich Strimi nennen?«

In diesem Moment kamen die Eltern herein. Rasch ließ Simon Wolfgangs Hand los und straffte die Schultern.

»Sie sind noch da? Ich dachte, Sie wären auch schon gefahren!«, sagte die Mutter.

»Wolfgang hat mir angeboten, bei ihm zu übernachten, ich habe schon etwas zu viel getrunken«, behauptete Simon, gähnte und wirkte auf einmal tatsächlich schläfrig und leicht angetrunken.

11| Samariter mit Dreitagebart

Wolfgang öffnete Simon die Tür zu seiner Kellerwohnung. Wenn es stimmte, was Melinda sagte, und Simon wirklich in ihn verliebt war und er wollte die Nacht hier verbringen ... dann ... Andererseits kämpfte Wolfgang noch immer mit dem Geständnis, das Simon ihm vorhin gemacht hatte. Sich zur Strafe ficken lassen, um Seelenfrieden zu erlangen? Wolfgang begriff das nicht. Ging es um ... *Schmerz?* Er konnte sich einfach nicht vorstellen, dass jemand das, was er so sehr ersehnte, als Instrument benutzte, sich selbst zu quälen. Sex (mit anderen Menschen) und Liebe bildeten für Wolfgang eine Einheit. Andererseits – manche konnten auch nicht verstehen, wie man sich mit Vollstopfen bestrafen konnte. Für sie bildeten Essen und Genuss eine Einheit.

Simon war bepackt mit Wolfgangs peinlichen Geschenken, die ihm die Mutter in die Arme gedrückt hatte. Der arme, derzeit einhändige Bub vergesse sonst (wie immer) die Sachen tagelang in der elterlichen Wohnung. Simon legte die Geschenke auf den Küchentisch und entfaltete neugierig das halbe Zelt mit dem *lustigen* Bierspruch. Wie peinlich.

»Scheint so, als hätten sie die eine oder andere Erwartung an dich«, meinte er und gluckste.

»Du kannst es haben ... du kannst alles haben, wenn du willst.« Wolfgang und bahnte sich an ihm vorbei den Weg zum Kühlschrank, klappte ihn auf und wieder zu, ohne etwas herauszuholen.

Mit gerunzelter Stirn besah sich Simon auch die anderen Sachen, das Diät-Kochbuch, das Mousepad mit

Wolfgangs Konterfei, die DVD vom dicken Komödianten, einige Socken, Unterhosen, Handschuhe, Schal, Mütze und einen Pullover, dessen Design im Altenheim gewiss der letzte Schrei war. Wie ein Jäger das Wildbret breitete Simon die Sachen auf den Küchentisch aus und blickte Wolfgang entschlossen an. »Lass uns ausgehen.«
»Jetzt?«
»Nächste Woche.«
Wolfgangs Glück machte einen Purzelbaum. »Okay«, rief er aufgeregt aus, dann zuckte er mit den Schultern, um irgendwie cool zu wirken.

Über Simons Gesicht huschte ein erfreutes Lächeln, dann machte er ein paar Schritte auf Wolfgang zu und funkelte ihn scheu an. Wolfgang schluckte. Was hatte er vor? Simon leckte sich über die Lippen und kam so nah, dass sich sein Bauch an Wolfgangs Bauch schmiegte.

Wolfgang stöhnte leise auf, fasste Mut und neigte Simon den Kopf Entgegen. Ihre Nasen berührten sich, umkreisten sich sanft – Simon streiften über den Nasenrücken hoch und runter. Das zärtliche Spiel mit der Nähe machte Wolfgang fast verrückt. Warmer Atem strich über seine Lippen, raue Hände legten sich sanft auf seine Wangen. Simon zögerte die Berührung mit den Lippen so unerträglich hinaus, dass Wolfgang ein verlangendes Ächzen von sich gab. Doch statt ihn endlich zu küssen, legte Simon die Stirn gegen Wolfgangs und lachte leise.

Warum lachst du? Was ist so lustig?, dachte Wolfgang verstört, da schnappte Simon zu. Weiche Lippen drängten fordernd gegen seinen Mund, immer wieder und wieder, bis Wolfgang sich traute, den Kuss zu erwidern, die Lippen entspannte und seinerseits nach Simons Lippen schnappte. Wow. Wolfgang brummte, Simon stöhnte, und mit jeder Kollision öffneten sie den

Mund ein bisschen weiter, bis sie ihre Zungen zaghaft in den Mund des anderen tauchten. Verhalten stupsten sie einander an und schauderten von dem Feedback, dass diese nasse Berührung auslöste.

Das ist ein richtig, echter Zungenkuss, dachte Wolfgang, ehe er in die flaumigen Kissen der Sinnlichkeit sank. Gründlich erforschte er Simons Mundraum, ließ seinen erobern, naschte von diesem wunderbaren Mann, ließ von sich kosten, ergab sich ganz dem Fühlen. Keine Angst, nur bebende Knie und flatternde Lider. Sie hatten Zeit. All ihre Aufmerksamkeit galt dem Hier und Jetzt, dem Kuss, dem Geschmack, dem zärtlichen Tanz der Zungen, dem wunderbaren Spiel der Lippen. Dass sie sich aneinander festhielten und ihre Leiber aneinanderpressten, merkten sie nicht einmal.

Als sich Simon von ihm löste, taumelte Wolfgang ein wenig. Noch ein paar Minuten länger, und er wäre alleine durch den Kuss gekommen.

Simon strahlte ihn an und flüsterte: »Glaubst du immer noch, dass ich das aus reiner Nächstenliebe mache?«

Wolfgangs Herz raste. Wenn er jetzt zugab ... wenn er aussprach, dass er glaubte, dass Simon ihn ... *es* ... wollte, würde es ... wahr werden? Die ganze Welt stünde Kopf, kein Stein läge mehr auf dem anderen, alles wäre möglich. Es wäre so ... unglaublich, so ... beängstigend schön. Wolfgang würde herausgerissen aus der Zukunft, die er kannte, hineingestoßen in etwas völlig Fremdes, in dem er sich womöglich nicht zurechtfand, sich dumm anstellte und zum Idioten machte, Spott provozierte, so nahe seinem Innersten, dass er daran zerbrechen würde.

Auf Simons Gesicht machte sich Enttäuschung breit. Er wich einen Schritt zurück und frage: »Wo kann ich schlafen?«

Der ihm so wohlbekannten Selbsthass stieg in Wolfgang hoch. Warum nur konnte er sich nicht einlassen? Von genau dieser Situation hatte er immer geträumt, dass sich ihm Simon offenbarte und er vor Glück überschäumte. In keiner der Fantasien hatte er solche Angst gehabt, dass er verletzt werden könnte. Er hatte nie etwas zu verlieren gehabt – jetzt schon, auch wenn sein verschlossenes Verhalten genau den Verlust provozierte, den er fürchtete. Es war leichter gewesen, Simon die Liebe zu gestehen, als jetzt anzunehmen, dass dieser womöglich dieselben Gefühle für ihn hegte.

Vor Schmerz wollte Wolfgang am liebsten aufschreien, aber er seufzte bloß, führte Simon ins Wohnzimmer und zeigte ihm das Sofa. Wie betäubt brachte er ihm Laken und Decke und sah ihm dabei zu, wie er die Schlafstätte selbst bezog.

»Schlaf gut«, murmelte Wolfgang, dem Heulen nahe, ließ Simon allein und schlurfte ins Schlafzimmer.

Wenige Minuten später war es totenstill in der finsteren Kellerwohnung. Wolfgang lag im Bett und starrte an die Decke. Simon lag nur eine Tür entfernt. Der Schlaf wollte nicht kommen. Wie sollte Wolfgang nach diesem Kuss auch nur ein Auge zudrücken – noch dazu, wenn Simon da draußen lag und vermutlich schon leise vor sich hinschnarchte?

Immer wieder polterte durch sein Hirn, was Melinda gesagt hatte, dass Simon ihn verliebt anschaute. Wieso konnte Wolfgang das nicht glauben? Waren die Küsse nicht Beweis genug? Neigte Simon vielleicht dazu, sich mit Küssen fetter Männer zu betrafen? Warum war die Liebe so kompliziert – sofern es sich um Liebe handelte. Warum gab es keinen großen blinkenden Pfeil, der einem anzeigte, wo man langgehen musste?

Plötzlich knarrten Dielen und ein Schatten stand im Türrahmen.

»Wolfi?«, flüsterte Simon. »Kann ich zu dir kommen?«

Wolfgang fuhr hoch und machte die Nachttischlampe an. Wow. Simon trug nur Pants. Er stützte sich mit einem Arm am Türrahmen ab und das Spiel der Muskeln und Sehnen unter der glatten Haut ließ ihn schwer schlucken. Vor lauter Erregung brachte er keinen Ton raus, starrte nur.

»Darf ich nun? Es wird allmählich kalt hier!«, fragte Simon. Seine Nippel hatten sich zu Knötchen zusammengezogen und eine Gänsehaut überzog seinen Körper.

Einladend hob Wolfgang die Decke. Mit wenigen Schritten trippelte Simon herbei und sprang zu ihm ins Bett. Brrrr, er war eiskalt und drängte sich fest gegen Wolfgangs erhitzten Leib. Behutsam schlang Wolfgang die Arme um Simon.

»Warum?«, flüsterte er, als sich Simon etwas erwärmt hatte.

»Ich kuschle gern.«, nuschelte Simon an Wolfgangs Hals.

»Ich meine ... die Strafe.«

»Ach so.« Simons Atem streifte dicht über Wolfgangs Haut. »Ich will mich dafür hassen, mich von einem Arschloch ficken zu lassen.«

»Das hat eine gewisse ... Poesie«, bemerkte Wolfgang.

Simon gluckste und küsste seinen Hals.

»Warum willst du dich hassen?«, fragte Wolfgang.

»Ich will mich nicht hassen«, hauchte Simon zwischen den Küssen. »Ich will mich nur nicht für etwas anderes hassen.«

Wolfgang hob das Kinn, um Simons Lippen den Zugang zum Hals zu erleichtern. »Ist dir klar, wie neurotisch das klingt?«

»Ja.« Simon drückte weitere Küsse auf Wolfgangs Schlüsselbein. »Das liegt daran, dass es neurotisch *ist*.«

Wolfgangs Erektion drängte gegen den Slip. Die kosenden Lippen machten ihn ganz weich im Kopf. Wie beiläufig begann Simon, seinen Bauch zu streicheln.

»Was ist es denn, was du nicht hassen willst?« Wolfgang stöhnte auf, als sich Simon über ihn neigte und einen Nippel leckte. Zäh umspielte die Zunge den festen Knoten. Wolfgang zitterte, war nur Momente davon entfernt, abzuspritzen. Bisher war ihm verborgen geblieben, wie empfindsam er an dieser Stelle war. Er hasste seinen Körper und hatte nur den Schwanz als erogene Zone akzeptiert. Simon war gerade dabei, ihm diesen Irrtum klarzumachen. Während er an einem Nippel saugte, zupfte er spielerisch am anderen. Wolfgang zuckte und bäumte sich immer wieder auf, überrascht von der Intensität seiner Empfindungen.

Plötzlich schob Simon eine Hand über Wolfgangs Bauch abwärts, schlüpfte mit den Fingern in den Slip und schaffte es gerade noch, eine Faust um den Schwanz zu bilden, da kam es Wolfgang schon. Überwältigt schrie er auf, presste den Scheitel ins Kissen und krallte sich ins Laken. Wellen der Erregung schwappten von den Füßen bis ins Hirn, immer wieder und ließen ihn krampfen. Dann sank er schnaufend und unter Nachbeben zuckend ins Hier und Jetzt zurück.

»Wow, das war wohl dringend nötig«, sagte Simon und legte die Wange an Wolfgangs Brust. Träge half er Wolfgang, den verklebten Slip auszuziehen, und schlief bald halb auf ihm liegend ein.

Die Antwort, was er nicht hassen wollte, blieb er schuldig.

12| Himmelblaue Schaumstoffgiraffen

Wolfgang erwachte, als ihn etwas Raues an der Wange streifte. Er blinzelte und blickte direkt in Simons freundliches Gesicht. Sein Herz machte einen Freudensprung, dann bemerkte er, dass Simon vollständig angezogen war, sogar den Schal hatte er um den Hals gewickelt. Die schwarze Lederjacke verströmte ihren charakteristischen Geruch. Blitzartig war Wolfgang hellwach und setzte sich auf. Im ersten Augenblick wusste er gar nicht, was ihn stutziger machte – dass Simon in seinem Schlafzimmer war, oder dass er gerade abhauen wollte.

»Ich muss fahren«, erklärte Simon sanft. »Schlaf weiter.«

Wo musst du hin? Warum bleibst du nicht da? Willst du mich doch nicht? Auch wenn Wolfgang wusste, dass er weder das Recht noch einen Grund dazu hatte, spürte er Panik hochkommen, Simon nicht wiederzusehen. Es war idiotisch, denn spätestens in der Arbeit würde er ihm ja doch wieder begegnen. Nein, vielmehr war es Angst, dass alles vorbei war, dass die Zweisamkeit vielleicht nur ein Weihnachtswunder gewesen war und nun die kalte Realität wieder zuschnappen und ihm Simon wegnehmen würde.

Wolfgang schluckte die tobenden Gefühle runter. »Okay.«

Mit einem Schmunzeln setzte sich Simon an den Rand des Bettes und strich über Wolfgangs Wange.

»Was ist mit dir? Du siehst mich an, als wäre ich ein Monster.«

»Nein ... ich ... hab nur an etwas ... gedacht.« Wolfgang schloss die Augen und schmiegte sich an Simons Hand.

»Und was?«

»Nichts!«

»Das ist in der Tat schauderhaft.«

»Ich vermisse dich«, murmelte Wolfgang und blicke Simon traurig an.

»Nicht so voreilig, Wolfi. Ich bin noch hier.«

»Ja.«

»Komm her.« Simon schlang die Arme um Wolfgang und quetschte ihn so fest er konnte.

Wolfgang grub die Nase in Simons Schal und verdammte, dass er bloß das Leder der Jacke zu fassen kriegte. Verlangend tastete er hoch, um zumindest die Finger durch Simons Haar fahren zu lassen.

»Ich ruf dich an«, versprach Simon, löste sich von Wolfgang und hauchte ihm einen weichen Kuss auf den Mund. Wolfgang kam ihm entgegen und schnappte gierig nach seinen Lippen, als sich Simon zurückzog. Er wollte mehr – einen leidenschaftlichen Kuss, so wie gestern. Doch Simon war bereits aufgestanden, stiefelte durch den Flur und kurz darauf fiel die Tür ins Schloss.

Seufzend ließ sich Wolfgang ins Kissen fallen und starrte an die Decke. Er war so glücklich, dass es sich traurig anfühlte. Tausend Fragen trieben durch sein Hirn. Waren sie zusammen? Wo musste Simon hin? Wann rief er an? Was wollte er nicht hassen? Mochte er Wolfgang? War er verliebt in ihn? Warum war er manchmal so traurig? Woran merkte man, wenn man zusammen war? Bestimmte man das konkret oder passierte es schleichend und wurde einem erst bewusst, wenn einem der andere beim Abendkrimi auf die Schulter sabberte? Wenn Simon nicht sein Freund war, wer war er dann? War er jetzt nicht mehr als nur ein Kollege? Warum ekelte er sich nicht davor, Wolfgang anzufassen? Konnte er ihn wirklich gut finden? War Wolfgang nur eine Art Buße? Warum nannte er Sonja Liebe seines Lebens? Würde er sie so nennen, wenn er in Wolfgang verliebt wäre? *Wolfgang* wollte die Liebe seines Lebens sein.

Erstaunt hielt er inne. Er hatte es gedacht! Er hatte es geradeheraus gedacht! Nicht als hoffnungslosen Traum oder schöne Fantasie oder unstillbare Sehnsucht. Er hatte es genau so gemeint. Er wollte Simons Liebe sein, ja, er forderte es sogar – von der Welt, dem Leben, der Zukunft. Das war das erste Mal, dass er darauf bestand, dass ihm etwas Gutes zu widerfahren hatte, ja, dass er ein *Recht* darauf hatte, glücklich zu sein.

Verblüfft setzte sich Wolfgang auf. Konnte er es aussprechen? Es war eine Sache, es zu denken, eine andere, diesen Wunsch in die Welt zu entlassen. War es nicht zu unverschämt, zu vermessen, sich Simons Liebe zu wünschen? Nein! Der Gedanke, dass er sich von dieser Hoffnung würde verabschieden müssen, tat zu weh. Sie gehörte plötzlich zu ihm – die Hoffnung. Wann war das passiert?

Wolfgang begann zu lachen und zugleich kamen ihm die Tränen. Er wollte Simon nicht theoretisch, nicht rhetorisch, nicht hypothetisch, sondern ganz real ... und ... er hielt es für möglich, dass er ihn bekommen konnte. Minutenlang wechselte er zwischen Schluchzen und Lachen, dann erhob er sich und lief ins Bad. Er musste diesen neuen Mann, diesen hoffnungsvollen Mann sehen, musste wissen, ob man es ihm ansah, ob es ihn veränderte.

Der Blick in den Spiegel war wie immer ernüchternd. Das alte ungeliebte Bild prangte über dem Waschbecken und Wolfgang schnaubte frustriert. Was sah Simon in ihm? Vielleicht war alles nur eine Einbildung?

»Nein!«, herrschte sich Wolfgang an. »Er mag mich und ich habe ein Recht darauf, das zu genießen!« Er stapfte aus dem Bad. Dann eben ohne Spiegelbild. Das Gefühl und die Hoffnung würde er sich nicht kaputtmachen lassen. Vielleicht war es ja nicht das Aussehen, das Simon gefiel, sondern ... kuscheln. Immerhin, Kuschelmasse hatte Wolfgang genug, aber hoffentlich (hoffentlich!) wollte Simon auch Sex mit ihm.

Wolfgang wartete vor dem Gartentor auf Simon. Er öffnete die Jacke, dann schloss er sie wieder. Weihnachten war vorüber und der Winter traute sich mit seinen frostigen Temperaturen zurück ins Land. Wolfgang konnte sich nicht entscheiden, ob im heiß oder kalt war. Er hatte sich bereits eine halbe Stunde vor dem vereinbarten Zeitpunkt rausgestellt, da er es vor Nervosität nicht mehr in der Kellerwohnung ausgehalten hatte. Nicht einmal das Training, die Jeans selbst mit Links auf und zuknöpfen zu können, hatte ihn beruhigt. Der eisige Wind tat an den Beinen weh, aber am Oberkörper war Wolfgang warm.

Vor drei Stunden hatte Simon ihn angerufen und vorgeschlagen, zusammen ins Kino zu gehen. Wolfgang war völlig überrumpelt. Kino – das war etwas, das er bisher nur alleine besucht hatte und jetzt würde er zusammen mit *einem?* Freund hingehen, so wie andere Menschen. Normalerweise besuchte Wolfgang die Spätvorstellung im Kino. Zu Fuß hingehen, Karte und Popcorn kaufen, außerdem Cola und Schokolinsen, dann die freie Platzwahl nutzen, um sich so weit wie möglich von den anderen Besuchern wegzusetzen, den Film ansehen, knabbern, danach warten, bis alle draußen waren, um selbst den Saal zu verlassen, zu Fuß heimgehen – meist mit einem Umweg, um noch etwas in der Handlung zu schwelgen oder darüber nachzudenken.

Dass er nun mit jemand zusammen das Kino besuchen würde, noch dazu mit Simon, stresste ihn ungemein. Da sie das Auto nahmen, würde es keine Zeit geben, sich auf den Film einzustimmen. Essen oder Trinken würde Wolfgang in Simons Beisein ohnehin nicht können. Schweigend nebeneinandersitzen, die Nähe des anderen so spüren, wissen, dass er dieselben Eindrücke gewann – was für ein prickelnder Gedanke. Und danach? Vielleicht würden sie ja noch – wie normale Menschen – auf ein Bier gehen und über den Film diskutieren. Das wäre schön. War das jetzt ein Date? Oder waren sie einfach nur ... Kumpels, die zusammen einen Film ansahen? Welchen überhaupt? Simon hatte ihn erwähnt – genau genommen hatte er einige Minuten darüber gesprochen, aber Wolfgangs Herz hatte zu laut geschlagen, um alles mitzukriegen.

Endlich bog das giftgrüne Auto in die Straße ein. Wolfgang sackten beinahe die Beine weg. Unauffällig lehnte er sich gegen das Gartentor. Sein Herz raste, die Eingeweide verknoteten sich, er bekam kaum Luft. Jeder Atemzug kitzelte, jagte noch mehr Nervosität durch den Körper.

Mit weichen Knien marschierte Wolfgang zum Auto und ließ sich auf den Beifahrersitz sinken. Im Innenraum des Wagens war es warm und es roch wunderbar nach Simon.

»Hei«, begrüßte Simon ihn vergnügt und drückte kurz Wolfgangs Schenkel.

»Hei«, keuchte Wolfgang, als wäre er hierher gesprintet.

»Bereit für den Kinohit des Jahres?«, fragte Simon und zwinkerte Wolfgang zu.

Wolfgang nickte und schnallte sich an.

Unterwegs erzählte Simon, was er über den Film gelesen hatte, von den Kritiken, welche Schauspieler mitspielten und ein paar interessante Hintergrundinformationen, die er im Internet recherchiert hatte. Das war alles sicher sehr interessant, aber Wolfgang konnte sich auf nichts konzentrieren.

Als er aus dem Auto ausstieg, fragte er: »Welchen Film sehen wir uns an?«

Simon gluckste. »Lass dich einfach überraschen, Wolfi, ich verrate nichts!«

Mit glühenden Ohren und den Kopf in fluffigen Wolken, stand Wolfgang neben Simon in der Reihe vor der Kartenausgabe. Vor ihnen Pärchen, hinter ihnen Pärchen und im Foyer ein paar Cliquen. Jemand ziepte an seinem Ärmel.

»Wolfi ... ich hab dich gerade gefragt, ob du einen bestimmten Platz bevorzugst.« Belustigt funkelte Simon ihn an.

»Okay, passt«, brabbelte Wolfgang.

Simon kicherte. »Nimmst du die hellblaue Schaumstoffgiraffe?«

»Mhm ...«, murmelte Wolfgang, stutzte und blickte Simon verblüfft an. »Was?«

»Reihe acht okay?«, fragte Simon lachend und zeigte zum Display über dem Schalter, der im Wechsel Infos über die Filme, die Beginnzeiten und die Sitzplatzbelegung anzeigte.

Wolfgang nickte und verlor sich dabei, Simons Wimpern zu zählen. Wer hatte die so schön gemacht, so wunderbar geschwungen und so dicht? Am liebsten wäre Wolfgang klein genug, um sie umarmen und küssen zu können. Wie klein er dafür sein müsste? So groß wie eine Träne. Aber er wollte eine Freudenträne sein.

Die Karten wie eine Trophäe schwenkend, schob Simon Wolfgang vom Schalter weg.

»Was?«, fragte Wolfgang.

»Ich habe nichts gesagt« Simon grinste.

»Ja, nein danke, ich will nichts«, brabbelte Wolfgang.

»Willst du etwas vom Buffet?«, reichte Simon die Frage nach und kicherte.

»Was?«

»Wolfi, weißt du, wo du hier bist?«

»Kino?«, antwortete Wolfgang.

»Bist du dir *ganz* sicher?«

Irritiert über die Frage blickte sich Wolfgang um und nickte. Das Foyer füllte sich, einige Cliquen schienen sehr ausgelassen und machten Scherze. Als eine Gruppe laut auflachte, verkrampfte sich Wolfgang. Er hasste es, wenn Leute synchron zu lachen begannen. Sofort dachte er, sie würden sich über ihn lustig machen. Deswegen bevorzugte er auch Spätvorstellungen – da kam kaum jemand und wer kam, wollte allein sein. Die verliebte Nervosität bekam einen Dämpfer. Reflexartig zog Wolfgang die Schultern hoch und senkte den Blick, erst dann traute er sich, nach der lachenden Meute Ausschau zu halten. Sie beachtete ihn gar nicht. Vermutlich hatten sie ihn noch nicht einmal gesehen.

Erleichtert atmete er auf und fing Simons besorgten Blick auf. Verdammt. Wolfgang kam sich vor wie ein Waschlappen. Mit einem gequälten Grinsen wandte er sich ab und betrachtete den Pappaufsteller eines Comic-Superhelden. Plötzlich streifte ihn etwas am Handrücken. Erstaunt stellte Wolfgang fest, dass das Simons

Finger waren. Er wollte seine Hand halten? Hier? Vor allen Leuten? Wolfgang war es nicht peinlich, weil die Umstehenden entdecken könnten, dass er schwul war. Er begriff nicht, warum Simon sich antun wollte, als jemand zu gelten, der zu diesem Fettsack gehörte. Hatte Simon denn keine Angst, dass ihm daraus Nachteile entstehen könnten? Auf der Weihnachtsfeier hatte er doch selbst miterlebt, dass Spott und Hohn ansteckend waren.

Um Simon zu schützen, zog Wolfgang die Hand weg. Sich gegen das Bedürfnis nach Nähe zu stellen tat weh, noch mehr jedoch schmerzte ihn Simons Blick. Verletzt. Verwundert.

»Sie gehen sonst auf dich los«, erklärte Wolfgang.

Simon runzelte die Stirn. »*Wer* geht auf mich los?« Alarmiert schaute er sich um.

»Du hast das ja mitgekriegt ... auf der Firmenfeier.« Prompt bedauerte Wolfgang, dass er Simon an die Unterstellung erinnerte, ein Fettfetischist zu sein.

Simon schnaubte. »Sind sie dir *sehr* wichtig?«

»Wer?«

»Die anderen. Die Kolleginnen zum Beispiel – oder irgendwelche Leute hier?«

Was war das für eine komische Frage? »Nein ... eigentlich nicht«, sagte Wolfgang.

»Bist *du* dir wichtig?«

»Nein ... ich weiß nicht ... nein, ich glaub nicht.«

Simon seufzte. »Bin *ich* dir wichtig?«

»Ja«, sagte Wolfgang wie aus der Pistole geschossen und strahlte Simon an.

»Okay ... und jetzt frag *mich!*«, bat Simon.

»Was?«

»Frag mich, was ich *dich* gerade gefragt habe!«

Wolfgangs Mundwinkel zuckten. Er kam sich ein

bisschen blöd vor und grinste schief. »Na gut ... Sind dir die anderen hier wichtig?«

Simon schüttelte den Kopf. »*Eigentlich* nicht.«

»Bist *du* dir wichtig?«

Simon nickte. »Ja.«

Wolfgangs Knie wurden weich. »Bin ... *ich* ... dir wichtig?«

Simon strahlte übers ganze Gesicht. »Sehr!«

Wolfgang glühte und sein Herz begann wie verrückt zu poltern.

»Also ...«, sagte Simon. »Wenn wir uns wichtig sind und die anderen uns eigentlich nicht, denkst du, wir können es riskieren, uns zu zeigen, dass wir uns mögen?«

Betroffen starrte Wolfgang ihn an – und nickte.

»Gut!«, stieß Simon erleichtert aus und schlang die Arme um ihn.

Wolfgang seufzte und vor Glück entkam ihm ein peinliches Quietschen. Sie umarmten sich fester und standen eng umschlungen da, bis Einlass war. Als sich Simon löste und Wolfgangs Hand nahm, waren seine Lider leicht gerötet. Hatte er etwa geweint?

Im Rudel mit den anderen Kinobesuchern schlenderten sie über den Teppich zum Kinosaal. Wolfgang quetschte Simons Hand.

Als Simon beim Hinsetzen Jacke und Schal ablegte, stockte Wolfgang der Atem. Nicht einmal nackt war er ihm so verlockend erschienen wie in diesem Moment in diesem schwarzen Shirt. Es schmiegte sich nicht nur elegant an den Körper, sondern reizte durch die dreiviertellangen Ärmel und den etwas größeren Halsausschnitt. Außerdem war es so kurz, dass zwischen Jeans und Saum ein paar Härchen hervorblitzten. Simon war nicht bloß heiß – er war ... Kernschmelze. Der Film würde spurlos an Wolfgang vorübergehen. Er konnte an nichts anderes mehr denken, als an Sex. Es war sinnlos dagegen anzukämpfen, der Kopfporno ratterte mit einer Kompromisslosigkeit durch Wolfgangs Hirn, wie eine hundertjährige Dampflok.

Unruhig wetzte Wolfgang hin und her. Die Hose spannte, die Muskeln vibrierten. Vielleicht sollte er sich vor dem Filmstart auf dem Klo einen runterholen. Sonst wurde das hier ein einziges Martyrium. Seit wann war sein Hirn außerdem zu einem derart massiven Output schmutziger Gedanken fähig? Noch nie war er so auf Touren gewesen wie jetzt, so besessen davon, Erlösung zu finden. Er wollte nicht einfach abspritzen, er wollte in ein sinnliches Meer eintauchen, er wollte stundenlangen Sex. So frivol hatte er noch nie gedacht, sich nie zu denken erlaubt. Wo waren die bösen Zensoren, die ihm auf die Finger klopften, um ihm klar zu machen, dass er an so etwas wie einen sexuellen Rausch gar nicht erst zu denken brauchte? Sie schliefen oder besoffen sich im Hinterzimmer bei Black Jack und Nutten. Auf jeden Fall waren sie nicht hier, um das obszöne Treiben in seinem Kopf zu beenden.

Plötzlich lief ein Film auf der Leinwand und arbeitete sich durch eine fortgeschrittene, (wahrscheinlich) spannende Handlung. Ratlos über diese plötzliche Entdeckung, blickte Wolfgang zu Simon und verging vor Sehnsucht. Was für ein Profil! Was für sinnliche Lippen! Was für ein trotziges Kinn! Was für ein sehniger Hals! Was für ein geiler Körper! Wie könnte irgendjemand von Wolfgang erwarten, *nicht* in diesen Mann verliebt zu sein, der obendrein so verdammt nett war?

Als Simon im Augenwinkel registrierte, dass er angestarrt wurde, wandte er sich zu Wolfgang herum und blickte ihn fragend an. Wen interessierte schon, was auf der Leinwand lief? Selbstvergessen betrachtete

Wolfgang Simons leicht zuckende Mundwinkel und sonnte sich in seinem Blick – einem warmen Bad aus Zuneigung.

Plötzlich rückte Simon näher zu Wolfgang, reckte den Kopf und küsste ihn. Ein kurzer Kuss mit weichen Lippen, heißem Atem und Nasen, die zärtlich aneinander streiften. Dann legte er die Stirn an Wolfgangs Stirn und schenkte ihm aus dieser Nähe einen intensiver Blick. Er traf direkt ins Herz. Wolfgang schauderte. Eine warme Hand schmiegte sich in seine und drückte kurz zu, als wollte sie zeigen: Alles ist gut. Simon lächelte. Er schien glücklich. Wolfgang fühlte sich aufregend sinnlich, gemeint. Was passierte hier bloß? Alles war auf einmal so intensiv, so ... schön und ... *richtig*.

Der Film ackerte sich durch sein Geschehen, fern und unbeachtet. Die meiste Zeit hatte Simon der Leinwand nur ein Ohr zugewandt. Schläfe an Lehne und Stirn an Stirn mit Wolfgang hockte er da und hatte die Augen geschlossen. Immer wieder überkam ihn ein so zuckersüßes Lächeln, dann blinzelte er, schielte Wolfgang aus dieser Nähe glücklich an und stupste Nase an Nase, oder presste ein Knie gegen Wolfgangs Knie.

Irgendwann holte der Film mit einem Schrei die Aufmerksamkeit zurück. Simon fuhr zur Leinwand herum und Wolfgang tat es ihm, wenn auch widerwillig, gleich. Was, zum Henker, war das für ein Film? Simon schien sofort in die Handlung zu finden. Nebenbei spielte er mit Wolfgangs Fingern und rieb sein Knie an Wolfgangs Knie.

Als die Lichter angingen, glaubte Wolfgang zunächst, ein technisches Gebrechen hätte die Vorstellung unterbrochen. Doch die Leute erhoben sich ohne zu murren und strömten auf die Ausgänge zu. Zudem war es unüblich, dass Störungen mit einem Abspann überbrückt wurden.

Als wäre er aus dem Tiefschlaf erwacht, blinzelte Simon und lächelte Wolfgang verschmitzt an. Er ließ die Hand los, hob die Arme über den Kopf und streckte sich bis die Muskeln vibrierten. Dabei rutschte sein Shirt hoch und gab den Blick auf den Bauchnabel frei. Darunter, Wolfgang entging es nicht, wölbte sich verdächtig der Hosenstall.

Wie die anderen wollte Wolfgang aufstehen, um den Saal zu verlassen, doch Simon hielt ihn an der Schulter zurück. Nur zu gern ließ er sich wieder in den Sitz sinken und blickte Simon fragend an.

Simons Körper war raubtierhaft angespannt, seine Bewegungen kraftvoll und geschmeidig. Er lehnte sich zu Wolfgang, der Blick dunkel und feurig. Noch während sich Wolfgang fragte, ob sie gleich küssen würden, schnappte Simon nach seinen Lippen. Er hielt sich nicht lange mit zaghafter Zärtlichkeit auf, sondern zwang Wolfgang mit sanftem Druck, den Mund zu öffnen. Gierig glitt er in ihn und forderte ihn heraus. Sie sperrten die Kiefer weit auf, um ihren Zungen mehr Raum für ihr stürmisches Spiel zu bieten. Simon stöhnte, schob Wolfgang die Finger in den Nacken und packte seinen Kopf so, dass er ihn noch tiefer küssen konnte.

Sie waren auf dem besten Weg, sich den Gipfel hochzujagen und trennten sich erst widerwillig, als die Ansage empfahl, den Kinosaal zu verlassen. Mit ausgebeulten Hosen und knieweich stiegen sie die flache Treppe zwischen den Sitzreihen hinab und taumelten wie nicht von dieser Welt über den Teppich durchs Foyer. In stillem Einverständnis und Hand in Hand verließen sie das Kino auf direktem Weg.

Der eisige Wind schlug ihnen ins Gesicht und kühlte die Glut in ihren Lenden etwas ab.

Simon suchte in der Nähe seines Wohnhauses einen Parkplatz. Ein fröhliches *Plip* verriegelte den Wagen, der Lift surrte leise aufwärts, bremste schnaufend ab. Ihre Sohlen quietschten auf dem Weg bis zur Wohnung, dann endlich war die Welt ausgesperrt. Simon schlüpfte aus den Stiefeln, wickelte den Schal vom Hals, entledigte sich der Jacke und ließ alles an Ort und Stelle zu Boden gleiten. Er packte Wolfgang an der Hand und zog ihn mit sich ins Zimmer.

Der Raum war in gemütlich warmes Licht getränkt. Es sah richtig behaglich aus, kuschelig. Als Wolfgangs Blick auf den Nachtkasten fiel, zog ein erregender Stich vom Bauch in den Schwanz. Wo letztes Mal ein Glas Wasser gestanden und Aspirin gelegen hatten, lagen nun Kondome und Gleitmittel bereit.

Rasch schüttelte sich Wolfgang aus der Jacke und stieg aus den Boots. Simon packte sein Shirt am Saum und Wolfgang bückte sich ein bisschen, damit er es ihm über den Kopf ziehen konnte. Eine elegante, geschmeidige Bewegung und auch Simons Oberkörper war nackt. Er machte einen letzten Schritt auf Wolfgang zu und schmiegte den heißen, flachen Bauch gegen Wolfgangs weichen Körper. Verlangend streichelte er über Wolfgangs kräftigen Rücken und hauchte ihm zärtliche Küsse auf den Hals.

Wolfgang stöhnte, zitterte und traute sich nur zaghaft, die Hand auf Simons heiße Haut zu legen und den muskulösen Körper abwärts zu streicheln.

Simon küsste Wolfgangs Kiefer entlang bis zum Kinn, sanfte Berührungen mit weichen Lippen. Die Lider halb geschlossen fokussierte er nur auf die Stelle, die er als Nächstes mit seinem Mund anvisierte. Simons Hände glitten höher, fuhren in Wolfgangs Nacken, zogen ihn heran für einen Kuss, unendlich träge, Zunge an Zunge.

Wie im Rausch erforschten sie den Mundraum des anderen, ein zähes Gleiten und Tasten, immer tiefer, immer fordernder.

Wolfgang fand sich auf dem Bett liegend wieder, Simons rosa Zunge kreiste mal um den einen, dann um den anderen Nippel, immer nur herum, nie darauf, ein quälendes Versprechen, bis Wolfgang schreien wollte, weil er es nicht mehr ertrug. Ein sanfter Biss, der harte Knoten ausgeliefert zwischen Zähnen, ein geiler Schmerz, dann wildes Saugen. Simon warf Wolfgang prüfende Blicke zu, ergötzte sich an der verzweifelten Lust, dem Zittern und Wimmern, und wie Wolfgang sich im Ringen um Erlösung verzehrte, wie erstaunt, ja entsetzt er jeden neuen sinnlichen Schauer entgegennahm. Die Narben waren so empfänglich, nahmen Simons Küsse und die feuchte Spur der Zunge viel sensibler auf als der Rest des Bauches.

Mit einem Rutsch zog Simon Wolfgang die Hosen von den Beinen, und während er die Knöpfe seiner eigenen Jeans nach und nach öffnete, kreiste er lasziv mit den Hüften. Er leckte sich über die Lippen, ließ Wolfgang nicht aus den Augen und schob sich den Stoff Zentimeter für Zentimeter langsam von den Hüften, bis seine gewaltige Erektion vor dem Bauch hochwippte. Er genoss Wolfgangs begehrliche Blicke, bot ihm eine geile Show, ließ ihn die Hose den letzten Ruck von den Füßen ziehen. Dann kletterte er über Wolfgang, küsste ihn tief und innig und schmiegte seinen heißen, festen Körper an ihn. Schließlich löste er sich von den Lippen, kletterte abwärts und kniete sich zwischen Wolfgangs Schenkel. Zärtlich massierte er Wolfgangs Brust und Bauch abwärts, packte die Schenkel, streichelte sie bis zu den Knien und wieder hoch zu den Leisten.

Wolfgang keuchte, suchte immer wieder mit furchtsamem Blick einen Ausdruck von Ekel oder Abscheu in Simons Gesicht – vergebens. Simon genoss jeden Zentimeter. Er lächelte, und auf der Suche nach erogenen Zonen, biss und saugte er immer wieder in und an Wolfgangs Fleisch.

Irgendwann kletterte er weiter abwärts, schob die Hände in Wolfgangs Kniekehlen und winkelte ihm die Beine ab. Vor Aufregung kitzelte Wolfgangs Bauch. Alles war möglich und er war zu allem bereit. Simon hauchte über seine Hoden und leckte mit seiner nassen Zunge darüber.

Wolfgang wand sich, krallte die gesunde Hand mal ins Laken, dann ins Kopfkissen, schlug sich auf die Stirn oder langte zwischen die Beine, um die Finger in Simons Haar zu graben. Er schrie heiser auf, als Simon die Eichel mit den Lippen umschloss und mit der Zunge ihre Beschaffenheit erforschte. Langsam schob sich Simon den Schwanz tiefer in den Rachen und drückte die Eichel zwischen Gaumen und Zunge. Quälend träge entließ Simon ihn wieder aus dem Mund, nur um ihn dann umso tiefer wieder einzusaugen, so tief, dass seine Nasenspitze das Schamhaar berührte.

Wolfgang spürte es kommen, gewaltig, eruptiv, sämtliche Muskeln krampften, er schrie auf und pumpte den Saft direkt in Simons Kehle. Ihm war, als kippte er den Scheitel voran in einen flauschigen Abgrund, ewig, unendlich, und landete sanft wieder in Simons Bett.

»Ich glaube ...«, sagte Simon mit einem breiten Grinsen, »... du kannst einem Blowjob *doch* einiges abgewinnen.« Dann neigte er sich über Wolfgang und gab ihm mit einem innigen Kuss den eigenen Geschmack zum Kosten.

»Ja«, stöhnte Wolfgang überwältigt.

Geschmeidig kletterte Simon höher, setzte sich mit gespreizten Beinen auf Wolfgangs Brust und stemmte die Knie neben dessen Ohren in die Matratze. Der große, schön geäderte, pralle Schwanz wippte vor Wolfgangs Gesicht. Sachte drückte Simon ihn gegen Wolfgangs herausgestreckte Zunge und sah mit halboffenen Lidern zu, wie er ihn kostete. Dieser schöne Mann bäumte sich über Wolfgang auf, keuchte erregte, sein Brustkorb ging heftig und ein feiner Schweißfilm überzog seine glatte Haut.

Wolfgang packte Simons Hüften und trotz Gips legte er den geilen Kerl mit einer einzigen, energischen Drehung aufs Kreuz. Er musste ihn kosten, nicht nur am Schwanz, kroch über ihn und leckte über die verschwitzte Haut. Simons Körper wurde von einem Schauer erfasst, Gänsehaut breitete sich aus und Wolfgang setzte erneut an, leckte in einem Zug vom Schambein bis hoch zum Kinn. Simon stöhnte so gnadenlos schön, dass Wolfgang es wiederholte, von den Leisten hoch, einmal um die Nippel herum und hin zu den Achseln, über den Ellenbogen weiter zu den Handgelenken. Er knabberte an Simons Finger, den harten Kiesel, den Ohrläppchen und dem Kinn. Er wollte mehr, so viel mehr, wollte den ganzen Mann schmecken. Gierig packte er Simons Schenkel, biss hinein, die Lust entfesselte ihn und endlich, endlich lutschte er den Schwanz. Mit der Zunge suchte er die Furche zwischen Eichel und Schaft, das Bändchen, den Schlitz und bald spürte er das Vibrieren an seinen Lippen und der feine Strahl der Lust spritzte ihm gegen den Gaumen und füllte den Mund mit würzigem Geschmack.

Simon gluckste, als er wieder zu sich kam, strahlte Wolfgang an und meinte: »Auch aus dieser Perspektive scheint dir ein Blowjob etwas zu bieten, hm?« Er sah so schön aus, gerötet, verschwitzt, die Haare zu Berge stehend, dieses Glänzen in den Augen, das pure Glück. Er schaute Wolfgang mit einem Blick an, der direkt in den Magen griff, darin herumwühlte und sich warm bis zu den Knien ausbreitete. War das Begehren?

»Bereit für mehr?«, fragte Simon.

Drei Worte, die Wolfgang sofort in Wallung versetzten, ihn unruhig hin und her wetzen ließen und hart machten. Er war so sehr bereit für mehr, wie man es nur sein konnte. Er nickte rasch und verfolgte mit rasendem Herzen, wie sich Simon aufsetzte, zum Nachtkästchen langte, die Tube ergriff und etwas Gel auf den Handteller kleckste. Oh, er war bereit, so unendlich bereit. Willig spreizte er die Beine, noch ehe Simon es forderte, und stellte sie steil abgewinkelt ab. Sein Schwanz wippte in freudiger Erwartung hoch und mit großen Augen schaute Wolfgang abwärts, wo Simon zwischen seinen Knie hockte und seinen Blick auffing. Er war so bereit, so unendlich bereit.

Warme Nässe lief über seinen Damm hinab, Finger folgten, fuhren zwischen die Backen, massierten gefühlvoll den Eingang. Ein sanfter Druck gegen den Muskel und Simon drang langsam in ihn. Wolfgang keuchte auf, sein ganzer Körper zitterte. Simons Finger drang tiefer, immer tiefer, begann behutsam in ihm zu wühlen. Wolfgang wollte fast heulen vor Geilheit. Immer wieder flutschten Simons Finger raus und nach und dann fickten ihn mit mehrere gleichzeitig. Simon zog die Hand zurück und hinterließ empörende Leere. Wolfgang blinzelte und verfolgte gespannt, wie sich Simon den Gummi überzog.

Wolfgang schwitzte, sein Muskel zuckte und pulsierte in ungeduldiger Erwartung. Behutsam drängte Simon die Eichel zwischen die Backen, suchte Wolfgangs Blick und endlich, endlich drang er in ihn. Zentimeter für Zentimeter schob er sich in Wolfgangs Hintern, füllte ihn aus, drang immer tiefer. Wolfgang ächzte, seine Schenkel bebten, Reflexe stemmten sich gegen die schwere Härte, die ihn Stück um Stück eroberte. Es brannte ein wenig, aber es war so geil, so unendlich geil. Mit einem letzten Ruck klatschte Simons Leiste gegen Wolfgangs Hintern. Nun war er so tief in ihm wie möglich, war ihm so nah, wie er nur sein konnte. Das Becken in Position kletterte Simon mit den Fäusten über die Matratze hoch, neigte sich über Wolfgang und verlangte einen Kuss. Ohne sich zu bewegen, tief vereinigt, spielte er mit Wolfgangs Zunge.

Endlich holte er zum ersten Stoß aus. Die Härte zerrte am Muskel, als sie sich zurückzog, und trieb sich dann in einem zügigen Ruck wieder hin. Vor Wonne jaulte Wolfgang auf. Genau das hatte er sich gewünscht, genau das so lange gewollt. Dankbar blickte er zu Simon hoch, ergeben, voller Hingabe, wollte nichts so sehnlich, wie immer und immer wieder zu fühlen, wie er erobert wurde.

Simons Augen funkelten, er lächelte und drückte Wolfgang in wilder Zuneigung Küsse auf Mund, Kinn und Hals. Allmählich begann er sich schneller zu bewegen. Er variierte das Tempo, ließ mal langsam die ganze Länge hinaus und hineingleiten, mal bumste er Wolfgang mit kleinen, schnellen Stößen, dann wieder hielt er sekundenlang inne oder kreiste das Becken.

Er entschied, wann er Wolfgang kommen lassen wollte. Kontrolliert streifte er mit der Eichel über die richtige Stelle, um Wolfgang zum Zucken und Wimmern zu bringen. Schließlich bäumte er sich vor Lust so heftig auf, und schlug mit dem Gips gegen die Wand, dass dieser zerbrach. Egal. Während der Einband von der Hand bröselte, raste er durch Raum und Zeit, wirbelte durch das grelle Glück und kam gerade zurecht, um mitzuerleben, wie sich Simon aufbäumte.

Behutsam zog sich Simon heraus, schlang die Arme um Wolfgang und küsste ihn träge. Wolfgang schüttelte, die Reste von Gips und Verband von der Hand, damit er Simon besser halten konnte.

Eng umschlungen dösten sie ein und erwachten Stunden später mitten in der Nacht. Sie blinzelten einander an, schmunzelten verliebt, rieben die Nasen aneinander und schnappten zärtlich nach den Lippen. Das zähe Spiel mit den Zungen machte sich bald in ihren Schwänzen bemerkbar und noch etwas schlaftrunken massierten sie einander mit den Händen. Simon küsste Wolfgangs Wange bis zum Ohr und flüsterte: »Nimm mich.«

Bamm. Mit einem Schlag war Wolfgang hellwach. Simon drehte sich auf den Bauch und wackelte einladend mit den Hintern. Was für vollendete, wunderschöne, runde Backen. Wolfgang stöhnte. Nun, da die verletzte Hand vom Gips befreit war, ging alles einfacher. Wolfgang knetete ausgiebig Simons knackigen Po, massierte bis in die Spalte. Simon stöhnte, spreizte die Beine, stemmte die Ellenbogen in die Matratze und bog das Kreuz durch. Jeder Muskel und jede Sehne an seinem Rücken trat hervor. Schultern und Taille bildeten eine wunderschöne V-Form. Wolfgang konnte sich kaum sattsehen, musste innehalten, um die schönen Schultern zu küssen. Simon ließ den Kopf nach vorn fallen und Wolfgang knabberte an seinem duftenden Nacken, leckte und küsste die Wirbelsäule abwärts. Zärtlich biss er in die Backen, zog sie auseinander, senkte das Kinn zwischen sie und bohrte die Zunge durch den Muskel.

Simon stöhnte laut auf, zog die Beine an, kniete sich hin und bald war sein Hintern die höchste Erhebung.

Wolfgang widmete sich mit aller Hingabe dem kleinen Loch, benetzte es mit Gel, versenkte nach und nach die Finger, erst abwechselnd, dann mehrere zugleich. Irgendwann schnippte Simon, als kleinen Hinweis, ein Kondom über die Schulter, das treffsicher auf einer seiner Backen landete. Nun war es also so weit. Wolfgang verpackte seinen Schwanz, positionierte sich hinter Simon und drückte sich in den Anus. Der Muskel packte ihn fest, ließ ihn aber ohne Probleme hindurch. Stöhnend trieb sich Simon Wolfgang entgegen. Es war irre, wie heiß und eng er Wolfgang empfing.

Auf Simons Drängen hin setzte sich Wolfgang in Bewegung und folgte bald einem instinktiven Rhythmus. Irgendwann wechselten sie die Position, legten sich seitlich, Simons Kopf auf Wolfgangs Arm gebettet. Wolfgang schloss die Faust um Simons Schwanz und trieb ihn mit festen Stößen von hinten hinein, bis ein Schauer Simon erfasste. Mit einem anhaltend jammernden Schrei kam er und ergoss sich aufs Laken. Die Kontraktionen seines Muskels versetzten Wolfgang den letzten Kick und er folgte Simon in die Ekstase.

Träge zog sich Wolfgang heraus, streifte das Kondom ab und schlang die Arme um Simon. Ehe er einschlief, säuselte er ihm »Ich liebe dich« in den Nacken.

13| Glotz nicht so blöd!

Wolfgang erwachte mit einem schmerzenden Pochen in seinem rechten Handgelenk. Teile des zerbrochenen Gipsverbands piksten ihm unangenehm in die Haut. Er blinzelte und erkannte den hellen Raum wieder. Dann spulte sich in seinem Kopf ein expliziter Film der letzten Nacht im Schnelldurchlauf ab. Am Hintern kitzelten die Reste des Gleitmittels und eine leere Kondomverpackung klebte an seiner Wade. Wolfgang rollte sich auf den Bauch und suchte den Boden vor dem Bett ab. Da lagen sie, die Beweise. Es war also wirklich passiert!

Simon war nicht da. Auf dem Boden lag nur Wolfgangs Kleidung verstreut. Wolfgang lauschte. Vielleicht duschte Simon ja wieder. Die Zimmertür war geschlossen und Wolfgang konnte von der Küche her Stimmen vernehmen. Simon sprach mit jemandem. Einer Frau. Sonja? Die *Liebe seines Lebens?* Was machte sie hier? Warum störte sie die traute Zweisamkeit?

Seufzend drehte sich Wolfgang auf den Rücken und starrte an die Decke. Ein weiteres Mal schwelgte er in den Erinnerungen an letzte Nacht. Von dem Moment an, als Wolfgang in Simons Auto eingestiegen war, war alles anders gewesen. Wolfgang hatte Simons Zuneigung nicht ein einziges Mal in Frage gestellt, war wie selbstverständlich durch die heißen Stunden geglitten. Offenbar hatte Simon schon im Vorfeld geplant, Wolfgang zu verführen, zumindest hatte er in weiser Voraussicht und Kondome und Gleitmittel vorbereitet. War das Kino nur ein Vorwand gewesen, Wolfgang ins Bett zu kriegen? Mit einem Glücksstich in der Brust erinnerte sich Wolfgang daran, dass Simon ihm klar gemacht hatte, dass er ihm *sehr wichtig* war. Bedeutete *sehr wichtig* Verliebtsein? Zumindest hatte Simon den Sex genossen, das war nicht zu übersehen gewesen – aber – das musste ja noch nicht bedeuten, dass er Wolfgang liebte. Und selbst wenn (es hörte sich absurd an), dann war das immer noch kein Grund, zusammen zu sein, oder? Vielleicht war es nichts weiter als eine sinnliche Eskalation unter Freunden gewesen, die sich wichtig waren.

Die Schmerzen im Handgelenk drängten sich immer vehementer in Wolfgangs Bewusstsein. Seltsam, nachts, als sie es getrieben hatten, hatte es überhaupt nicht wehgetan. Vorsichtig drückte Wolfgang an der schmerzenden Stelle herum. Er würde sich einen neuen Gips anlegen lassen müssen. Am Ende verzögerte sich die Heilung und er konnte noch etwas länger im Krankenstand bleiben. Kein übler Gedanke ... es sei denn, die Arbeit wäre künftig der einzige Weg, Simon weiterhin zu sehen.

Anscheinend hatte es keinen Sinn zu warten, bis Sonja wieder verschwand. Obwohl Wolfgang gerne darauf verzichten konnte, weiteren Filmküssen beizuwohnen, zog er sich an, um sie zu begrüßen.

Die Stimmen verstummten sofort, als Wolfgang die Küche betrat. Es war nicht Sonja, die Wolfgang gehört hatte, sondern eine zierliche Frau mit einer blonden, üppigen Mähne, die bis zu den Hüften reichte. Als sie sich zu ihm herumdrehte, war er überrascht – sie war deutlich älter als Haare und Figur versprachen. Kritisch musterte sie Wolfgang von Kopf bis Fuß und warf Simon einen tadelnden Blick zu.

Simon trug dasselbe wie gestern im Kino. Sein Haar war zerzaust und er vergrub die geballten Fäuste in den

Hosentaschen. Als er Wolfgang erblickte, huschte ein kleines, unsicheres Lächeln über sein Gesicht, dann fixierte er die Frau und drohte ihr mit einem zähen Kopfschütteln. Sie reagierte darauf mit einem provokanten Funkeln in den Augen, machte einen Schritt auf Wolfgang zu und reichte ihm die Hand. Wow, was für ein fester Griff für eine so zierliche Person.

»Na, was sind denn *Sie* für eine Verzweiflungstat?«

Ein heißer Blitz fuhr durch Wolfgangs Körper und statt des geplanten Grußes, klappte er nur den Mund auf und zu. Mit aufkeimender Panik blickte er zu Simon, der frustriert die Augen schloss und schnaubte.

»Ich bin die Mutter, na ja, man kann es sich nicht aussuchen – *ich* konnte es mir nicht aussuchen!« Sie ließ Wolfgangs Hand los und wischte sie an ihrer Hose ab. »Können Sie nicht sprechen?«

»Wolfgang ... ein Kollege«, sagte er mechanisch. Er fühlte sich wie ein Idiot. *Verzweiflungstat?* Was sollte das bedeuten?

»Ach, *da* fischt er neuerdings«, meinte sie, hob die Augenbrauen und musterte Wolfgang noch einmal von Kopf bis Fuß. »Wenn man impotent ist, darf man wohl nicht so wählerisch sein.«

»Mama!«, fauchte Simon und warf Wolfgang einen beschämten Blick zu.

»Stimmt es etwa nicht?«, fragte die Mutter und glotzte auf Wolfgangs Bauch.

»Bitte lass das!«, bat Simon eindringlich. Er wirkte seltsam verloren, fast eingeschüchtert, nicht wie der Mann, den Wolfgang kannte, sondern eher wie ein ... Kind, das vor seinen Freunden bloßgestellt wurde.

»Antworte auf meine Frage, Simon, lüge ich?«, forderte die Mutter.

»Ja«, knurrte Simon und machte einen raschen Schritt zurück, als sie sich zu ihm umdrehte.

»Was gibt *dir* – ausgerechnet *dir* – das Recht, mir so etwas zu unterstellen? Hast du vergessen, was du bist? Was du mir angetan hast?«, plärrte sie ihn unvermittelt an.

»Hör auf damit, sofort!«, erwiderte Simon eindringlich, aber viel zu devot.

»Ist dir etwa vor deinem ... *Kollegen* ... peinlich, was du bist?«

»HÖR AUF!«

»Oh nein, Simon, komm mir nicht mit *hör auf!* Ich sag bloß die Wahrheit, und die sollte dein ... *feiner* Herr Kollege ... auch kennen. Du wirst dir also schön anhören, was ich zu sagen habe. Nach allem, was du mir angetan hast – was du meiner *Familie* angetan hast – ist das wohl das Mindeste, was ich verlangen kann!« Die Mutter zischte abfällig. »Du undankbares, selbstgefälliges ... grah, du bist genau wie dein Vater! Hätte ich dich bloß abgetrieben!«

Wolfgang schnappte nach Luft.

Mit hochrotem Kopf, den Blick gesenkt, machte Simon einen weiteren Schritt rückwärts.

Triumphierend wandte sich seine Mutter an Wolfgang. »Sie denken, das ist hart? Wusste Sie, dass er das Produkt einer Vergewaltigung ist? Ganz recht! Und ich habe ihn *trotzdem* ausgetragen, habe ihm *trotz allem* meine Liebe geschenkt. Und was ist mein Lohn dafür?« Theatralisch drehte sich sich zu Simon um? »Na? Simon, willst du nichts dazu sagen?«

Den Blick auf den Boden gerichtet schüttelte Simon den Kopf.

»Natürlich nicht«, knurrte die Mutter, und musterte Wolfgang herausfordernd. »Na? Was sagen Sie dazu? Hätten Sie geahnt, *womit* sie sich da einlassen?«

Wolfgang fühlte sich wie gelähmt. Eiskalte Nadeln piksten seine Haut. Die Szene war so unwirklich. Tausend Gedanken polterten durch seinen Schädel. »Es ist mir egal«, sagte er leise. Vor lauter Aufregung bekam er kaum Luft.

Entgeistert starrte ihn die Mutter an.

»Ich liebe ihn«, erklärte Wolfgang.

Die Mutter schnaubte verächtlich, dann begann sie laut zu lachen – ein seltsam künstliches, fast hysterisches Gackern. Sie lachte Wolfgang aus. Sie verspottete seine Gefühle.

Wolfgang presste die Lippen zusammen. Panik schäumte hoch, kratzte seinen Magen, brannte in der Speiseröhre – er war kurz davor, sich zu übergeben.

Betroffen blickte Simon ihn an, aber er rührte sich keinen Millimeter.

»Da hast du dir ja einen schönen Trottel an Land gezogen«, rief die Mutter. »Was hast du ihm erzählt, ha? Oder besser, was hast du ihm *nicht* erzählt?«

An Simons Stirn traten Adern hervor. Er mahlte mit dem Kiefer.

Stocksteif stand Wolfgang da und rang mit sich, nicht auf die Fliesen zu kotzen. Er war im Panikmodus, sein ganzer Körper, sein ganzes Selbst schrie nur noch nach Flucht.

»Dann werden wir ja sehen, wie egal Ihnen *das* ist!«, murmelte die Mutter, eilte ins Bad und kramte dort wild herum. Dinge fielen runter, Schranktüren wurden geschlagen.

Simons Augen waren gerötet und feucht. Er bebte.

Im Bad polterte die Mutter weiter eifrig herum. »Er hats versteckt, hätt ich mir denken können ...«

»Simon«, sagte Wolfgang und wankte auf ihn zu, doch Simon wich energisch zurück. Er schüttelte den Kopf. Seine verkrampfte Körperhaltung machte deutlich, dass er nicht wünschte, angefasst zu werden.

Wolfgang taumelte, fühlte nichts. Tagelang war er aufwärts getrudelt, jetzt bremste er abrupt ab, begann zu fallen und raste in den Abgrund, schneller, als jemals zuvor.

Mit einem selbstgefälligen Grinsen stolzierte die Mutter herein und streckte Wolfgang eine Tablettenpackung hin.

Aus Reflex griff Wolfgang zu.

Simon schnaubte resigniert.

»Falls Sie wirklich geglaubt haben sollten, dass er scharf auf Sie ist, tun Sie mir leid!«, sagte die Mutter

Wolfgang begriff nicht, worauf sie hinauswollte. Ratlos drehte er die Packung hin und her. »Bist du krank?«, fragte er Simon bestürzt.

Die Mutter begann, schallend zu lachen. »Krank?«, prustete sie und schüttelte den Kopf. »Simon ... wie tief bist du gesunken? Nicht nur fett, sondern auch noch blöd wie Brot!« Ihr Lachen war grell und tat in den Ohren weh. »Da würde sogar ein *richtiger* Mann schlappmachen!«

»Geh!«, knurrte Simon.

Wolfgangs Herz rumste in den Bauch. Rasch legte er die Tablettenpackung auf den Küchentisch und setzte sich in Bewegung.

»Nicht du!«, zischte Simon und packte Wolfgang rasch am Unterarm. Vor Wut verzerrte er die Lippen zu einer hässlichen Grimasse. Er schnaufte und bebte am ganzen Körper. Die Hände zu Fäusten geballt, schrie er: »RAUS!«

»Was denn?« Die Mutter lachte.»Verkraftest du etwa die Wahrheit nicht?«

Simon zischte und schlug so wüst gegen die Lehne eines Stuhls, dass er zu Boden krachte. »RAUS!«

Nicht nur die Mutter, auch Wolfgang zuckte zusammen. Obwohl sie noch komisch kicherte, trat sie widerstrebend den Rückzug an. »Na, da kommt ja das wahre Gesicht zum Vorschein«, murmelte sie und griff nach ihrem Mantel. »Überlegen Sie sich gut, ob Sie das brauchen«, sagte sie zu Wolfgang.

»HALT DEN MUND!«, schrie Simon und gab dem Tisch einen so kräftigen Stoß, dass er geräuschvoll über den Boden radierten und gegen die Wand stieß. Wütend stapfte er auf seine Mutter zu. Und hielt die vor Wut zitternde Hand auf. »SCHLÜSSEL!«

Allmählich schien sie zu begreifen, dass es ihr Sohn ernst meinte. Mit flinken Fingern kramte sie in ihrer Handtasche, fischte einen Schlüsselbund hervor und pfriemelte daran herum. Statt Simon den Wohnungsschlüssel zu reichen, schleuderte sie ihn ihm vor die Füße, sodass er klirrend über den Boden schlitterte.

»So, und nun lass dich NIE WIEDER HIER BLICKEN!«, schrie Simon.

Rückwärts stolperte die Mutter zur Tür. »Gregor hätte mich nie ...«

»VERSCHWINDE ENDLICH!«, brüllte Simon und machte einen Satz auf sie zu.

Rasch schlüpfte sie aus der Wohnung und Simon trat gegen die Tür. Er presste die Stirn gegen das Türblatt und ballte die Fäuste. Als er absperren wollte, zitterten seine Hände so heftig, dass er den Schlüssel nicht richtig zu fassen kriegte.

Wolfgang eilte ihm zur Hilfe, schob sachte seine Hand weg und schloss ab. Beruhigend legte er Simon eine Hand auf die Schulter.

»Lass das!«, fauchte Simon und schüttelte sie ab.

»Simon ...«

»Geh weg!« Simon fuhr herum, schubste Wolfgang zur Seite, stürzte in sein Zimmer und schlug die Tür mit einem solchen Wums hinter sich zu, dass die ganze Wohnung erzitterte.

Wolfgang zuckte. Sein Kinn begann zu beben. Tränen sprangen aus seinen Augen. Alles aus? Alles vorbei?

Plötzlich erschreckte ihn ein schlimmes Poltern.

Wolfgang stürmte durch den Flur und stieß die Tür auf. Das Bild, das sich ihm bot, erinnerte ihn an sich selbst vor einigen Wochen. Der Nachtkasten lag zerschmettert im anderen Ende des Zimmers und Simon war gerade dabei, mit einem einzigen Wisch das Bücherregal zu räumen.

»Simon!«

Noch ehe Wolfgang ihn erreichen konnte, traf ihn ein Buch so heftig am Kopf, dass er Sternchen sah.

Simon hielt kurz inne und starrte Wolfgang entsetzt an, dann drosch er mit der Faust gegen die Schranktür und schrie: »Verschwinde hier, lass mich in Ruhe! Lasst mich alle in Ruhe!«

Betroffen wankte Wolfgang rückwärts aus dem Zimmer.

Simon stampfte ihm hinterher und knallte die Tür zu. »Ich will dich nie wieder sehen!«, schrie er, begann laut zu heulen und trommelte ein paar Mal heftig gegen das Türblatt.

Tränen stürzten über Wolfgangs Wimpern. Weinend schlurfte er in die Küche hob den Stuhl auf, schob den Tisch zurecht, klaubte den Schlüssel vom Boden und legte ihn zu den Tabletten. Verzweifelt setzte er sich hin, vergrub das Gesicht in den verschränkten Armen und schluchzte.

Simon wollte ihn nie wieder sehen? Wolfgang war egal, unter welchen grausamen Umständen Simon am Leben war, er *wollte* ihn. Für Wolfgang hatte sich durch das, was die Mutter gesagt hatte, nichts geändert. Er wollte nicht weg hier. Abgesehen davon, dass Wolfgangs Schuhe und Jacke noch im Zimmer waren.

Kraftlos stand er auf und wankte durch den Flur Richtung Zimmer. Vorsichtig legte er die Stirn an die Tür, wartete und horchte. Es war still. »Ich liebe dich!«, sagte er und malte mit dem Finger ein Herz aufs Holz. »Darf ich ... reinkommen?«

»Nein!«, sagte Simon mit gepresster Stimme.

Wolfgang schluchzte auf und schlurfte wieder in die Küche. Sein Blick fiel auf den Werbeflyer mit Sonjas Telefonnummer. Auch wenn es ihn widerstrebte, zückte er sein Handy und rief an.

Mit von der Kälte roten Wangen kam Sonja hereingestiefelt und überforderte Wolfgang, indem sie ihn an den Schultern zu sich zog, und ihm einen Kuss auf den Mund drückte. Geschäftig wie eine Krankenschwester auf Hausbesuch schlüpfte sie aus dem Mantel und nickte zur geschlossenen Zimmertür. »Wie geht's ihm?«

»Er ist auf dem Boden eingeschlafen ... ich hab ihn ins Bett gelegt.« Unauffällig wischte sich Wolfgang Sonjas Kuss von den Lippen.

»Was war denn los?«, fragte sie und schlich durch den Flur Richtung Zimmer. Als sie die Tür öffnete und das Chaos sah, hob sie beeindruckt die Augenbrauen. »Wow!«

Wolfgang warf einen besorgten Blick auf Simon, der zusammengerollt auf dem Bett lag und leise schnarchte. Seine Augen waren verquollen, seine Haut bleich und er umklammerte ein Kissen.

»Seine Mutter ...«, begann Wolfgang und Sonja rollte mit den Augen.

»Alles klar.«

Leise bugsierte sie Wolfgang aus dem Zimmer und schloss leise die Tür. In der Küche setzte sich Wolfgang wieder auf seinen Stuhl. Sonja holte eine Cola aus dem Kühlschrank und pflückte zwei Gläser aus einem Hängeschrank.

»Ist Simon ... *krank?*«, fragte Wolfgang und griff zur Tablettenpackung.

»Was?« Sonja stellte die Gläser und die Flasche auf den Tisch. »Soviel ich weiß, nicht, wie kommst du darauf?«

Wortlos schob ihr Wolfgang die Schachtel hin.

Sonja warf einen kritischen Blick darauf und musterte Wolfgang streng. »Woher hast du die? Hast du herumgeschnüffelt?«

»Seine Mutter ... Sie hat gesagt, dass er mich *deswegen* nicht ... wollen könne.«

Sonja seufzte tief und schüttelte den Kopf. »Diese Fotze!«

Wolfgang legte die Ohren an. »Was ist los? Was hat er?«

Die Lippen zu einem Strich gepresst musterte ihn Sonja nachdenklich. »Ihr habt also noch nicht miteinander geredet. Richtig?«

»Na ja ... zu Weihnachten wollte er nicht ... und du hast ja auch gesagt, ich soll ihn nicht fragen ... und gestern sind wir irgendwie nicht ... zum Reden gekommen«, erklärte Wolfgang verlegen.

Sonja begann zu strahlen. »Ach ja ... ihr wart ja zusammen im Kino. Wie war es denn?«

Wolfgang wurde rot. »Schön ... interessanter Film ... sehr ... interessant ...« Verwundert runzelte er die Stirn. »Er hat dir erzählt, dass wir ins Kino gehen?«

»Er erzählt mir *alles!*«, erklärte sie und schmunzelte. »Du hast hier übernachtet?«

»*Alles?*« Verdammt, war es auf einmal heiß hier drin.

»Nicht *detailliert* alles«, beruhigte ihn Sonja und grinste. »Wie liefs?«

»Das Kino?«, fragte Wolfgang.

Sonja zuckte mit den Schultern und musterte ihn neugierig. »Habt ihr denn *sonst* noch was ... *unternommen?*«

»Nein ... ähm ... ja, nein, gut«, antwortete Wolfgang und schob verlegen die Hände unter den Tisch.

»Mhmmm«, machte Sonja und lächelte wissend, dann schnappte sie die Tablettenverpackung. »Was hat seine Mutter *genau* gesagt?«

»Ich weiß nicht mehr. Sie hat ziemlich gemeine Dinge gesagt ... irgendwie konnte ich gar nicht richtig ...« Nervös holte Wolfgang Luft. Der Gedanke an die Auseinandersetzung jagte seinen Puls hoch. »Dass sie wünschte, sie hätte ihn abgetrieben ... und dass er ... na ja ... dass er unter nicht so günstigen Umständen entstanden ist ... aber das ist doch nicht *seine* Schuld!«

»Sonst nichts?«

»Das ist doch ... genug!«, meinte Wolfgang. »Wer ist Georg?«

»Gregor«, verbesserte ihn Sonja. »Strimis Bruder.« Leicht ungehalten schüttelte sie den Kopf. »Ihr habt noch *überhaupt nicht* miteinander geredet!«

»Nicht *darüber*«, gestand Wolfgang. »Nur so etwas Komisches ... dass er sich hassen will, aber eigentlich nicht hassen will und dafür das Richtige hassen will. Irgendwie verstehe ich das nicht.«

Sonja schnaubte ungläubig. »*Das* erzählt er dir, aber nicht *warum?*«

Verlegen senkte Wolfgang den Blick.

»Ich denke, das war wohl zu erwarten«, sagte Sonja und seufzte ergeben. »Okay, Wolfi, ich erzähl dir die Kurzfassung. Genaueres soll er dir aber selbst erklären.«

»Er will mich nie wieder sehen.« Wolfgangs Blick wurde verschwommen.

»Das ist völliger Quatsch! Lass das bloß nicht zu, verstanden?«

Verwundert schaute Wolfgang sie an.

»Verstanden?«, wiederholte Sonja streng.

Wolfgang nickte.

»Und du wirst bleiben!«, befahl sie.

Wolfgangs Bauch kitzelte. Wie seltsam, wenn jemand etwas forderte, was man selbst am liebsten wollte. »Versprochen«, flüsterte er.

Sonja schaute ihm erst auf den Mund, dann in die Augen und grinste. »Verstehe!«

»Was denn?«

»Das soll er dir selbst sagen«, meinte sie und zwinkerte vielversprechend. »Und nun zur Sache.« Sonja wurde ernst. »Vor zwei Jahren zu Weihnachten sind sein Bruder und sein Vater bei einem Verkehrsunfall ums Leben gekommen!«

Wolfgangs Kinnlade klappte runter. »Direkt am ...«

»Ja, am Vierundzwanzigsten. Strimis Mutter gibt *ihm* die Schuld, und da er selbst auch dieser Ansicht ist, hat sie ziemlich freie Hand, ihn fertigzumachen.«

Wolfgang erinnerte sich, wie Simon vor seiner Mutter zurückgewichen war. »Stimmt ... er hat so gut wie nicht reagiert. Am Anfang zumindest.«

»Man kann es kaum glauben, wenn man es nicht selbst sieht, oder? Sonst immer fröhlich und stark, aber wenn sie loslegt, wird er zum verängstigten Kind.«

»Warum denkt er, dass er schuld ist?«, fragte Wolfgang.

»Es ist völlig idiotisch« Sonja musterte Wolfgang prüfend. »Er denkt, er hätte an Gregors Stelle sein müssen. Wieso er den Unsinn glaubt, soll er dir selbst erzählen. Jedenfalls hat sich die Mutter am nächsten Tag in eine Klinik zurückgezogen und Strimi monatelang mit allem alleingelassen. Er hat zwei Beerdigungen organisieren und das verschuldete Elternhaus verkaufen müssen. Kaum war alles erledigt, ist sie einfach bei ihm eingezogen und hat begonnen, ihm das Leben zur Hölle zu machen. Da sie nicht ausziehen wollte, hat er sich eine neue Wohnung gesucht – statt ihr in den Arsch zu treten. Kurz darauf ist sie plötzlich mit dieser Story angekommen.«

»Welche? Die ... mit der ...?«

»Ja.« Sonja nickte. »Nach zweiundzwanzig Jahren. Von einem Tag auf den anderen rennt sie herum und erzählt plötzlich allen, dass Strimi das Produkt einer Vergewaltigung durch einen Kunden wäre, der ihr nach Geschäftsschluss im Laden aufgelauert sein soll.«

»Du denkst, das stimmt nicht?«

»Ich glaube, sie will ihn damit nur fertigmachen. Ich hab ein bisschen recherchiert – sie war damals noch wegen Gregor in Karenz. Als Strimi sie damit konfrontiert hat, ist sie mit den abenteuerlichsten Ausflüchten dahergekommen. Meiner Meinung nach sind die alle an den Haaren herbeigezogen. Sie widerspricht sich ständig.«

»Aber Simon glaubt ihr?«

»Ja und nein. Er hat einen Vaterschaftstest machen lassen. Wir haben sein Auto auf den Kopf gestellt – nach eineinhalb Jahren war es fast aussichtslos, noch irgendwas zu finden, um den Test machen zu lassen. Seine Schludrigkeit hat zumindest auch mal etwas Gutes gehabt«, Sonja grinste. »Wir haben tatsächlich ein Haar von seinem Bruder gefunden.«

»Und?«, fragte Wolfgang neugierig. »Was kam raus?«

»Das wiederum ist Strimi in Reinkultur«, meinte Sonja. »Er öffnet das Kuvert nicht.«

»Was? Wieso?«

»Er sagt, er fürchtet, dass seine Mutter vielleicht doch recht hat – und dann will er es nicht wissen. Ich glaube aber, dass er Angst hat, dann etwas unternehmen zu müssen.«

»Was denn unternehmen?«

»Seine Mutter zum Beispiel endlich mal in die Schranken weisen.«

Wolfgang nickte zum Wohnungsschlüssel. »Er hat sie rausgeworfen.«

»Was? Echt?«

»Er hat den Schlüssel verlangt und gesagt, sie soll sich nie wieder blicken lassen. Ich hab sogar kurz geglaubt, dass er sie gleich schlagen wird«, schilderte Wolfgang.

Sonjas Miene hellte sich auf. »Vielleicht hat er ja *doch* nachgesehen!« Sie sprang hoch und kramte in einer Schublade. Mit einem Bild in der Hand, an dessen Rückseite ein Kuvert klebte, kam sie wieder.

Neugierig warf Wolfgang einen Blick auf das Foto, auf dem Simon mit seinem Bruder und seinem Vater abgebildet war. Simon musste darauf ungefähr fünfzehn sein – damals schon verdammt hübsch.

»Und?«, fragte Sonja, als sie Wolfgangs neugierigen Blick bemerkte.

»Ich kenne das Ergebnis. Dieselben schönen Wimpern, alle drei ... und das trotzige Kinn mit dem Grübchen ...« Schlagartig machte sich Sehnsucht nach dem Mann breit, der im Zimmer nebenan schlummerte.

Sonja schmunzelte. »Hab ich ihm auch gesagt. Na ja, nicht das mit den Wimpern und so, aber dass die Ähnlichkeit mehr als nur augenfällig ist.« Sie drehte das Bild um und überprüfte das Kuvert. »Er hat nicht nachgesehen. Hm. Vielleicht ist ihm ja klar geworden, dass das Ergebnis unerheblich ist. So oder so kann er sich ein derartiges Verhalten nicht bieten lassen, Mutter hin oder her.«

»Was macht ihr hier?«, krächzte Simons.

Erschrocken fuhren Wolfgang und Sonja hoch.

Simons Haare standen zu Berge. Seine Augen waren nur Schlitze.

Wolfgang wollte hochspringen und ihn in die Arme nehmen, doch Sonja war schneller. Mit einem enttäuschten Schnauben beobachtete er, wie sie Simon um den Hals fiel. Würde gleich wieder die Küsserei losgehen? *Liebe meines Lebens!*

»Du hast sie rausgeworfen – ich bin ja so stolz auf dich!«, jubelte Sonja und drängte sich – für Wolfgangs Geschmack viel zu dicht – an Simons Körper. Gerade hatte er begonnen, sie nett zu finden, aber nun kochte er vor Eifersucht.

»Schon gut.« Simon schob Sonja sachte von sich weg und blickte missbilligend auf das Bild mit dem Kuvert auf dem Tisch. »Ihr schnüffelt in meinen Sachen herum?«

»Ich hab ihm alles erzählt«, gestand Sonja und straffte die Schultern. »Das wäre eigentlich *deine* Aufgabe gewesen. Du kannst Wolfi nicht dieser Situation aussetzen, ohne ihm irgendetwas zu erklären!«

Wolfgang wurde heiß, als ihn Simons scheuer Blick streifte. »Alles?«, fragte er Sonja ungehalten.

»Er macht sich Sorgen!«, erklärte sie.

Simons Schultern sackten runter. Er drehte sich um und stakste wieder wortlos ins Zimmer zurück. Die Tür knallte.

Wolfgangs Magen verkrampfte.

»Scheiße«, murmelte Sonja und ließ sich auf den Stuhl plumpsen.

»Ich geh besser«, nuschelte Wolfgang und erhob sich. »Danke, dass du mir alles erzählt hast.«

Als er die Wohnungstür öffnete, bemerkte er, dass er weder Schuhe noch Jacke anhatte. Mutlos schleppte er sich durch den Flur, atmete tief durch und öffnete die Tür.

Simon saß auf dem Bett, den Rücken gegen die Wand gelehnt. Als er Wolfgang erblickte, drehte er den Kopf zur Seite und starrte aus dem Fenster.

»Ich hol nur meine ... Sachen ...«, murmelte Wolfgang.

Eine Herausforderung – Schuhe und Jacke lagen unter einem Berg an Büchern und Kleidung vergraben. Wolfgang ging in die Hocke und wühlte in dem Haufen, um sein Zeug hervorzukramen. Sein Blick war verschwommen und er musste sich voll und ganz auf den Tastsinn seiner Finger verlassen.

Simon schniefte.

Rasch wischte sich Wolfgang die Tränen aus den Augen und schaute ihn gequält an.

»Was glotzt du so blöd?«, fauchte ihn Simon an.

Die Worte trafen bis ins Mark. Wie oft hatten Mitschüler Wolfgang auf diese Weise gedemütigt, wenn er es gewagt hatte, den Blick zu heben? Dass ihn ausgerechnet Simon so anfuhr, brach Wolfgang das Herz. Rasch fischte er Schuhe und Jacke unter Simons Sachen hervor und eilte aus dem Zimmer, schlüpfte so schnell er konnte in Boots und Jacke und stürmte aus der Wohnung.

Sonja rief ihm etwas nach, aber er hörte es nicht mehr. Es war auch unerheblich. Sollten die beiden doch bis ans Ende ihres Lebens Filmküsse austauschen. Sollte Simon mit der *Liebe seines Lebens* glücklich werden!

Wolfgang schluchzte und zu allem Überfluss begann nun auch wieder das Handgelenk schmerzhaft zu pochen. Warum war Simon plötzlich so gemein zu ihm? Hatten ihm die Worte seiner Mutter die Augen geöffnet? Einen dicken, dummen Trottel kann niemand um sich haben wollen.

14| Kontaminiert

Wolfgang hockte auf dem Bett und malte mit einem Filzstift den neuen Gips an. Die Hälfte war bereits schwarz und dem Stift ging allmählich die Farbe aus. Immerhin hatte Wolfgang zwei weitere Wochen Krankenstand verordnet bekommen. Vielleicht kam er auch gar nicht mehr in die Firma, kam *nirgendwo* mehr hin ... machte einfach Schluss. Im Vergleich zu dem, was Simon ihm angetan hatte, erschienen Wolfgang alle anderen Demütigungen seines Lebens lächerlich – inklusive Narben.

»Willst du nicht ein bisschen frische Luft schnappen?« Wolfgangs Mutter konnte einfach keine Ruhe geben und schnüffelte dauernd hier unten herum. Sie warf einen Blick auf den Teller, den Wolfgang nicht angerührt hatte. »Das ist nicht gut, die ganze Zeit nur hier drin herumzusitzen. Genieß doch den letzten Tag im alten Jahr!«

Unbeeindruckt malte Wolfgang weiter, obwohl der Stift keine Farbe mehr abgab.

»Chuck sitzt vor dem Gartentor und wartet darauf, dass du mit ihm in den Wald gehst!«

»Ich geh zu Silvester nicht raus!«, knurrte Wolfgang. Er hasste die Böllerei, die schon gestern losgegangen war. In der Schulzeit hatten ihm Mitschüler Knallkörper unter die Jacke gesteckt und sich darüber schlappgelacht, wie er panisch wurde. Bis auf ein paar Löcher in der Kleidung und kleinere Wunden war gottseidank nichts passiert. Dennoch bekam Wolfgang panische Angst, wenn in der Nähe ein Böller losging. Feuerwerk hasste er aus demselben Grund, obwohl es schön anzusehen war.

»Wie du meinst«, murmelte die Mutter und schlurfte davon.

»Lass Chuck rein!«, rief ihr Wolfgang nach.

»Du willst den Hund hier unten haben? Der macht doch alles nur dreckig!«

»Das ist mir egal!«

»*Ich* mach den Schmutz *nicht* weg – auch wenn du eine Gipshand hast!«

Kurz darauf ertönte das vertraute Hecheln und die Krallen des Hundes klapperten auf dem Fußboden. Als Chuck Wolfgang im Schlafzimmer fand, peitschte er begeistert mit dem Schwanz, winselte zur Begrüßung und sprang mit den dreckigen Pfoten aufs Bett, um Wolfgang übers Gesicht zu schlabbern.

Wolfgang kicherte – die erste fröhliche Regung seit Tagen.

Chuck war unerzogen, stürmisch und unkompliziert. Niemals würde er Probleme, die er mit jemandem hatte, auf einen anderen übertragen. Er stieß Wolfgang niemals weg, und freute sich immer, ihn zu sehen.

Wolfgang kraulte Chuck, klopfte ihn überall ab und genoss es, so bedingungslos angenommen zu werden. Vor kurzem hatte er geglaubt, Simon würde ihn ebenfalls bedingungslos akzeptieren, aber das war ein Irrtum gewesen, eine Lüge.

Mittlerweile – Internet sei Dank – hatte Wolfgang herausgefunden, was für Tabletten Simon nehmen musste, um einen Fettsack vögeln zu können. Die derben Anspielungen von Simons Mutter hatte er zunächst gar nicht ernst genommen. Frauen liebten es, Männern, denen sie wehtun wollten, Impotenz zu unterstellen. Das war, wie *Schwanzlutscher* oder *Wichser*, nur eine Metapher für Enttäuschung, Hass und Überheblichkeit.

In diesem Fall jedoch ...

Hatte Wolfgang allen Ernstes geglaubt, er könnte bei einem anderen Mann Lust erwecken? Wie naiv! Er hätte es besser wissen müssen – ein Blick in den Spiegel genügte. Diese gemeinsame heiße Nacht war nichts weiter als ein nüchterner Plan gewesen. Spätestens die Kondome und das Gleitmittel auf dem Nachtkasten hätte Wolfgang klar machen müssen, dass der unerwartet sinnliche Rausch mit Lust überhaupt nichts zu tun hatte.

Aber warum machte Simon das? War Wolfgang auch bloß ein Objekt, an dem er seinen Selbsthass ausleben konnte? Er ließ sich sogar von einem Schönling wie Martin ficken, nur um sich zu bestrafen – wie wahrscheinlich war es also, dass Wolfgang ebenfalls nichts weiter war als eine Geißel? Simon hatte Wolfgang nach dem Sex genauso rüde angefaucht wie einst Martin. Aber auch die nettere Überlegung, was Simon dazu veranlassen könnte, sich trotz Ekel mit einem dicken Mann im Bett zu wälzen, war schmerzhaft: Wolfgang hatte ihm leidgetan, weil er noch Jungfrau war und aufgrund seines Äußeren niemals Sex haben würde. Vielleicht hatte Simon Schuldgefühle entwickelt, weil Wolfgang ihm die Liebe gestanden hatte. Ein Trostfick. Wahrscheinlich war es von allem ein bisschen etwas. Wie Wolfgang es auch drehte und wendete: Am Ende hatte sich Simon mit Tabletten dazu genötigt, mit Wolfgang Sex zu haben – und hasste ihn jetzt für diese selbstauferlegte Schändung.

Wolfgangs Herz lag in Trümmern. Das würde nie wieder heilen. Selbst wenn es jemals jemanden geben würde, der ihn wirklich wollte, würde er es ihm nicht mehr glauben. Jedem, der in Zukunft nett zu ihm sein würde und sich interessiert zeigte, würde er unterstellen, ihn nur für irgendwelche kranke Spielchen benutzen zu wollen. Jemanden wie Wolfgang liebte man nicht, man *gebrauchte* ihn höchstens wie einen Gegenstand. Das war ihm dank Simon jetzt klar geworden – dem Mann, den er liebte, dem Mann, dem er von den Narben erzählt hatte, dem er sich geöffnet hatte, auf den er sich tatsächlich eingelassen hatte. Verdammte Scheiße, Wolfgang hatte seinetwegen erstmals in seinem Leben so etwas wie Hoffnung gespürt, Selbstachtung und Glück. War das alles ein tragischer Irrtum gewesen?

Wolfgang war aus dem Schneckenhaus gekrochen und jemand hatte es wüst zertreten. Alles tat weh, Splitter überall, es gab kein Zurück mehr in das alte Leben und es gab kein Weiterkommen. Wolfgang streichelte Chuck und heulte Rotz und Wasser. Den Hund würde er vermissen – falls es *dort* so etwas wie Erinnerung und Vermissen gab. Hoffentlich nicht, sonst wäre es sinnlos zu sterben. Ob Chuck ihn vermissen würde? Wahrscheinlich wäre er der Einzige. Die Eltern? Kaum. Wolfgang war für sie bloß eine peinliche Bürde. Wenn er endlich weg wäre, könnten sie aufatmen und den Keller für ihre eigenen Zwecke nutzen. Sie müssten sich nicht mehr vor den Nachbarn und Freunden schämen, weil sie einen dicken Buben hatten, dessen traurige Zukunft bereits feststand. Eines Tages würde er sein trostloses Leben zur Unterhaltung anderer in einer Trash-TV-Reportage präsentieren. Ein Fettwanst, der mit verzweifeltem Stolz – sonst hatte er nichts vorzuweisen – seine Narben in die Kamera hielt.

Wolfgang heulte auf. Er würde es *heute* tun. Wäre es nicht tragisch poetisch? Silvester, während alle Welt feierte, Vorsätze fasste, auf die Zukunft anstieß, Wünsche, Träume und Hoffnungen hochleben ließ, würde Wolfgang, neunzehn, einsam in seiner Wohnung verrecken. Keine Schlangen mehr, kein Spott mehr, keine Demütigungen mehr, kein ... Simon mehr. Wolfgang umarmte Chuck so fest der Hund es zuließ und schluchzte ihm ins streng riechende Fell. Ob er ihn in den letzten Stunden bei sich behalten sollte? Es wäre schön, wenn er nicht alleine wäre, wenn er ... Aber das war dem Hund gegenüber unfair. Er würde ihn später ein letztes Mal wegschicken und morgen ... würde der Hund am Gartentor stehen und zusehen, wie man einen XL-Sarg hier raustrug.

»Es tut mir leid, Chuck!«, schluchzte Wolfgang.

Der Hund hechelte fröhlich und schlabberte ihm übers Gesicht. Plötzlich horchte Chuck auf und sprang vom Bett. Die Krallen klapperten über den Fußboden, während er begeisternd hechelnd zur Tür rannte, um jemanden zu begrüßen. Vermutlich die Mutter. Wolfgang würde nachher absperren müssen, sonst sabotierte sie noch seine Pläne.

Eine Männerstimme beschwichtigte Chuck und Wolfgang dachte, dass ihn sein Vater besuchen käme – aber der hatte eine wesentlich tiefere Stimme. Rasch wischte er die Tränen in die Bettdecke, zupfte das Shirt zurecht und setzte sich auf. Allem Schmerz zum Trotze hoffte er, dass es Simon war.

Chucks Hecheln kam wieder näher, er trottete auf Wolfgang zu und wies damit dem Besucher den Weg.

Verdutzt glotzte Wolfgang den fröhlichen Blondschopf an.

»Ist das deiner?«, fragte Christoph und zeigte auf Chuck.

Wolfgang klappte den Mund auf und zu. Was machte *der* denn hier? Ließ seine Mutter *jeden* Wildfremden rein, der an der Tür läutete?

»Wie heißt er denn?«

»Chuck«, nuschelte Wolfgang und beobachtete, wie sich der Hund ausgiebig von Christoph kraulen ließ und vor Wonne Speichelfäden auf den Boden sabberte.

»Zieh dich an – it's Partytime!«, rief Christoph und machte alberne Tanzbewegungen.

»Welche P...? Ich geh auf keine Party!«, stellte Wolfgang klar und spürte ein nervöses Kribbeln im Magen.

»Ja klar!«, blökte Christoph und zog mit dem Finger ein Augenlid runter.

»Wirklich ... ich geh zu Silvester nicht raus!«

Christophs Präsenz war irgendwie ... animierend. Er hatte so etwas Unbekümmertes an sich, war so intensiv lebendig. Die Selbstverständlichkeit, mit der er davon ausging, dass Wolfgang ein normaler Mensch war, der Partys besuchte, war ansteckend.

Christoph lachte schallend. »Der war gut. Zu Silvester nicht rausgehen ...«

Entweder war er ein gefühlloser Klotz oder er sah beflissen darüber hinweg, wie fertig Wolfgang aussah.

»Das war kein Witz ... außerdem ... hab ich schon etwas anderes vor.«

»Was Wichtigeres als Party? Zu Silvester? *Hier?*« Christoph zog die Augenbrauen hoch und schaute sich um. »Was denn?«

Sterben, dachte Wolfgang, aber es war wahrscheinlich keine gute Idee, einem Wirbelwind wie Christoph so etwas an die Nase zu binden. Wahrscheinlich würde der es nur für einen weiteren Witz halten.

»Das geht dich nichts an.«

»Nichts kann toller sein, als eine Party bei Karachoooo«, schmetterte Christoph und trommelte sich auf die Brust.

»Das mag sein, aber ...«

»Mag sein? MAG sein? Das IST so!«, tat Christoph empört. »Anziehen – mitkommen – feiern – keine Widerrede!«

»Kann ja nicht so toll sein, wenn du deine Gäste zwingen musst!«, knurrte Wolfgang. »... oder brauchst du einen Clown!«

Christoph prustete los. »Hältst du dich etwa für einen Clown?«

»Die anderen ...«

»Also ernsthaft! Partys, auf denen *du* – in *dieser* Verfassung – der Clown bist ... die würde ich auch glatt sausen lassen. Wo trittst du denn auf? Im Suizidantenheim?« Christoph kicherte blöd.

»Ja!«, stieß Wolfgang aufgebracht hervor. »Ja ... vielleicht spiele ich ja *wirklich* im Suizidantenheim den Clown! Gleich heute Abend!«

Christoph verzog das Gesicht. »Was soll *das* denn Bitteschön heißen?«

»Nichts!«

»Nein, nein ... das erklärst du mir jetzt mal schön«, forderte Christoph und setzte sich zu Wolfgang aufs Bett. »Willst du dich umbringen, oder was?«

Wolfgang schnaubte. »Ich wüsste nicht, was dich das angeht!«

»Du willst dich *echt* umbringen?«

»Und wenn es so wäre? Ein Dicker weniger ... wen kümmerts ... wieder ein erfolgreicher Schritt in Sachen Welthunger.«

»Also, wenn das jetzt ein Witz sein soll, kapier ich ihn nicht«, gestand Christoph.

»Die Party wird auch sehr gut ohne mich auskommen. Also bitte – du weißt, wo die Tür ist!«

»Solltest du die Nummer durchziehen wollen, weil auf dieser Welt kein Platz für euch beide ist ... warte noch ein bisschen!«

Wolfgangs Herz machte einen Hüpfer. *Euch beide?* Wolfgang schnappte nach Luft. Sein Gesicht begann zu kribbeln.

»Strimi wird in absehbarer Zeit nicht mehr unter uns weilen«, erklärte Christoph ernst.

»Was?« Panik ergriff Wolfgang.

»Es ist zu unser aller Besten ... also was Sonja und mich betrifft. Wir müssen da in erster Linie an uns und unsere Zukunft denken. Bester Kumpel in Ehren, aber Nachtschlaf ist echt wichtig für die Gesundheit, und deshalb sind wir zur Übereinkunft gekommen ...« Christoph seufzte tief, »... mit zweiundzwanzig Jahren und ein bisschen angeditscht ist er ja so gut wie nicht vermittelbar ...« Christoph legte Wolfgang eine Hand auf die Schulter und sagte feierlich: »Wir lassen ihn einschläfern.«

»Du Arschloch!«, fuhr Wolfgang ihn an und schlug die Hand weg. »Ich hab geglaubt, er muss sterben!«

»Ich sag dir das nur ungern, Wolfi, aber einschläfern heißt, dass Strimi in den Homohimmel kommt, und ganz, ganz viele schnuckelige Heteros ficken darf.«

»Findest du das lustig?«

Christoph grinste breit. »*Du* hast doch mit dem Quatsch angefangen! Vielleicht solltet ihr einfach mal miteinander vögeln, anstatt anderen auf den Nerv zu gehen!«

»Haben wir sch...« Wolfgangs Ohren begannen zu glühen.

Christoph lachte. »Dann war es vielleicht nicht genug!«

»Du hast gut lachen, du hast keine Ahnung ...«

»Richtig! Ich hab *keine* Ahnung, was ihr für ein Problem habt. *Du* stehst auf *ihn. Er* steht auf *dich.* Was ist los? War der Sex soooo schlecht?«

Wolfgangs Herz rumpelte. »Er steht auf mich?«

Überrascht hob Christoph die Augenbrauen. »Jetzt sag nicht, dass dir das nicht klar ist!«

Wolfgang wurde heiß. In seinem Bauch platzten kleine Glücksbläschen. »Hat *er* das ... gesagt?«

Christoph verdrehte die Augen. »Komm einfach mit auf die Party und frag ihn selbst!«

Mit einem Schlag war Wolfgang schwer nervös. Allein die Vorstellung, vielleicht in Kürze Simon zu sehen, kribbelte im Schritt und im Herz und im Bauch ... und dann? Vielleicht irrte sich Christoph ja auch. Wolfgang konnte ihn doch unmöglich einfach fragen! *Stehst du auf mich?* Das lud ja geradezu ein, ihn zu demütigen, und das vielleicht auch noch vor der versammelten Partygesellschaft.

»Nein.«

Christoph verdrehte die Augen. »Mann! Das ist jetzt ein Witz oder?« Er seufzte und schüttelte den Kopf. »Also dann Plan B!«

»Plan ... B?«

Christoph zückte sein Handy, wählte eine Kurzwahltaste und grinste Wolfgang an, während er darauf wartete, dass jemand abhob.

Nervös kratzte Wolfgang am Gips. Was hatte Christoph vor? Was war *Plan B?* Wollte er Verstärkung rufen? Wollten sie ihn etwa zur Party *schleifen?*

»Heee!«, rief Christoph ins Telefon und zwinkerte Wolfgang zu. »Wie ist die Stimmung? Sind schon alle da?« Auffordernd streckte er Wolfgang das Handy entgegen. Im Reflex nahm Wolfgang es an sich und glotzte verdattert aufs Display.

Christoph tippte sich Ohr und nickte ermutigend.

»... fragen schon, wo du bleibst!«, beendete Simon einen Satz.

Wolfgangs Herz plumpste in die Hose. Er schluckte und kam kaum mit dem Atmen hinterher.

»Karacho? Noch dran?«, fragte Simon.

Rasch reichte Wolfgang Christoph wieder das Handy, doch der schüttelte den Kopf, packte Wolfgangs Hand samt Telefon und drückte es ihm wieder ans Ohr.

Wolfgang schloss die Augen. »Hallo.«

»Der Scherz ist soooo lahm!«, blökte Simon.

Es war so ... schön ... ihn zu hören und zugleich tat es so unglaublich weh.

»Sonja lässt fragen ob du ... was?« Simon sprach mit jemandem neben sich, »... das mitbringst, was ihr besprochen habt ... keine Ahnung, was sie meint.«

Wolfgang warf Christoph einen fragenden Blick zu. Christoph grinste wissend. Kein Zweifel, mit ›was ihr besprochen habt‹ meinten sie Wolfgang.

»Nein«, krächzte Wolfgang.

Christoph schnaubte genervt.

»Nein ...«, gab Simon weiter und fragte dann: »Wieso redest du so komisch?«

Christoph machte mit den Armen kurbelnde Bewegungen, rollte mit den Augen, schob einen unsichtbaren Wagen, hob die Augenbrauen, nickte motivierend.

»Ich bin nicht ...«, begann Wolfgang und Christoph tat so, als wollte er sich die Haare vom Kopf reißen. »*Ich* bins.«

»*Ich bin nicht* ich *bins?* Was soll das ...« Simon stockte. »Wolfi?«

»Ja.«

Stille. Musik dröhnte durchs Telefon, und das Rattern von Simons Gedanken.

»Wie kommst du an Karachos Handy?«

»Er will, dass ich komme ... zur Party.«

Christoph faltete die Hände und blickte dankbar zur Zimmerdecke.

Stille.

»Und?«, fragte Simon leise. »Kommst du?«

Wolfgangs Herz hämmerte. Am liebsten wäre er durchs Telefon geklettert, um Simons Ohr zu küssen, die Arme um ihn zu legen ... »Nein.«

»Wieso nicht?«, fragte Simon.

Deinetwegen! Weil ich keine Geißel sein will, kein Kollege und nicht irgendein Typ auf der Party, sondern dein Freund. »Hab schon was ... vor.«

Christoph setzte die Fingerpistole unter sein Kinn und drückte ab, verdrehte die Augen und kippte rückwärts.

»Oh ... schade«, sagte Simon leise.

Wolfgang horchte auf. »Würdest du denn ... wollen, dass ich ...?«

Christoph nickte eifrig.

»Ich fände es ... ganz nett«, meinte Simon.

Ganz nett? So wie: Putenspieße wären nett, aber ein Kotelett geht auch?

Wolfgang schwieg.

»Ich ... ahm ...«, begann Simon, dann wurde die Musik im Hintergrund leiser. Offenbar hatte er ein stilleres Plätzchen aufgesucht. »Bist du noch dran?«

»Ja«, flüsterte Wolfgang und warf Christoph einen unsicheren Blick zu.

»Was ich die ganze Zeit schon ... Ich wollte nicht ... Es tut mir leid«, nuschelte Simon dicht am Hörer.

Einen warmer Stich fuhr in Wolfgangs Herz. Er wandte Christoph den Rücken zu und fragte: »Warum hast du es gemacht? War das, weil du dich selbst hasst?«

Christoph stand auf, klopfte auf die die Schenkel. Chuck sprang hoch und folgte ihm aus dem Zimmer. Ehe er den Raum verließ, drehte er sich um und richtete mit strengem Blick die Fingerpistole auf Wolfgang.

»Irgendwie schon«, gestand Simon. Wolfgang wurde schlecht. »Ich hab mich so bloßgestellt gefühlt und ... ich wollte kein Mitleid, sondern, hm ... verstehst du, was ich meine?«

»Sehr gut«, sagte Wolfgang bitter. »Ich hätte auch lieber gehabt, dass es *echt* ist und nicht ... Mitleid oder Strafe.«

Stille.

»Dass *was* echt ist?«, fragte Simon.

»Unser ... Zusammensein.«

»Ich verstehe nicht ganz, was du meinst.«

War es so unbedeutend gewesen, dass es Simon schon wieder vergessen hatte?

»Du weißt schon«, sagte Wolfgang leise. Seine Ohren begannen zu glühen. »Nach dem Kino.«

Stille.

»Der Sex?«, fragte Simon geradeheraus.

Wolfgang nickte. Als ihm bewusst wurde, dass Simon ihn nicht sehen konnte, flüsterte er: »Ja.«

»Wolfi ... ich versteh nicht, was du mit *echt* meinst ... Das war doch irre schön ... oder hast du das anders empfunden?«

Plötzlich würgte aus Wolfgangs tiefstem Inneren ein Schluchzen empor.

»Oh Gott ... hab ich dir wehgetan?«, fragte Simon bestürzt.

»Nein«, krächzte Wolfgang. »Es war ... perfekt ... für mich. Aber ich hätte gern gehabt, wenn ...«

»Wenn was? Hab ich dich überrumpelt?«

»Wenn es dir *auch* Spaß gemacht hätte.«

»Wie kommst du auf die verrückte Idee, dass es mir keinen Spaß gemacht hat? Hab ich wirklich *so* belämmert dreingeschaut? Also wenn ja, dann weil ich echt geil war und nicht, weil mir langweilig war.«

Wolfgang musste kichern. Tränen platschten von seinem Kinn aufs Shirt. »Dann war es nicht, weil du dich bestrafen wolltest, oder ... aus Mitleid? Weil du mir einen Gefallen tun wolltest?«

Stille.

»Ich begreife das nicht, Wolfi«, sagte Simon schließlich. »Auf der einen Seite braucht es keine drei Sekunden, und du heulst mit mir mit ... du bist so sensibel und mitfühlend ... und dann wieder ... Ich hab den Eindruck, du bist einer Menge Gefühle gegenüber völlig blind.«

Wolfgangs Ohren begannen zu brennen. »Was meinst du?«

»Du darfst mich nicht auf ein Podest stellen. Ich fick nicht mit dir, weil ich ein großes Herz habe, sondern weil ich dich geil finde. Ganz simpel und primitiv. Und ich küss dich nicht, weil ich ein Samariter bin, sondern weil ich dich ... weil ich Lust darauf habe, weil ich hungrig nach dir bin. Ich bin nicht *gut,* Wolfi, ich bin egoistisch. Ich mache es, weil ich es gerne mache, nicht, weil es dir gefallen könnte ... obwohl es natürlich sehr geil ist, wenn es dir gefällt und ich es nicht tun würde, wenn ich ahnen würde, dass es dir nicht gefällt. Was wir miteinander haben, ist jetzt schon irre. Wie geil wird es erst, wenn du endlich begreifen kannst, wie es mir mit dir geht und du dich auf mich einlassen kannst.«

Wolfgang schluchzte und lachte zugleich, was ein eigenartiges schluckaufähnliches Grunzen erzeugte. »Heißt das ... du ... magst mich?«

»*Mögen*, Wolfi?« Simon zischte ungehalten. »Denkst du, du kannst die andere Party sausen lassen und herkommen?«

»Ja« Die andere Party war fürs Erste, wenn nicht sogar für immer, abgesagt.

»Gut ... ich bin zwar ein Sehnsuchtsjunkie, aber ich geh gleich an Wolfi-Entzug drauf. Du glaubst gar nicht, wie weh mir Arme, Brust und Bauch tun, weil sie dich umarmen wollen, aber nicht können.«

»Doch«, flüsterte Wolfgang. »Ich weiß genau, wie sich das anfühlt.«

»Wow ... machst du jetzt auf womani... äh ... manizer?«, rief Christoph anerkennend, als Wolfgang fertig angezogen in die Küche kam.

»Zu dick aufgetragen?«

»Der war gut!« Christoph lachte und richtete die Fingerpistole auf ihn.

Eigentlich trug Wolfgang nur eine schwarze Jeans und ein ebenso schwarzes Langarmshirt, das nicht – wie die anderen Shirts – einem Zelt gleichkam, sondern etwas knapper saß. Für Wolfgang geradezu verwegen, in das Ding hatte er seit zwei Jahren nicht mehr gepasst und mit mittlerweile fünfzehn Kilo weniger fühlte er sich regelrecht schlank. Zumindest war er total aufgekratzt, geil und verliebt und daher mutig genug, es anzuziehen.

»Ich sags gleich«, meinte Christoph, als sie mit seinem (frisierten Angeber-) Auto unterwegs waren. »Die oberen Räume sind tabu!«

Wolfgang grinste und nickte artig.

»Meine Eltern killen mich, wenn da irgendwas kontaminiert ist.«

Die Vorstellung, mit Simon etwas zu kontaminieren, ließ Wolfgangs Hose enger werden. »Okay«, krächzte er heiser.

Christoph grinste. »Ich hab dich doch jetzt nicht auf schmutzige Gedanken gebracht.«

»Nein, nein ...«, murmelte Wolfgang. »Die hab ich ohnehin die ganze Zeit.«

Christoph lachte auf. »Du gefällst mir!«

»Danke ... du mir eher nicht so«, gab Wolfgang zurück und kicherte. Woher hatte er auf einmal den Mut, so frech zu sein?

»Ich hab *keine* Chance? Nicht die geringste?«, fragte Christoph.

Wolfgang schüttelt den Kopf.

»Simon kriegt den *ganzen* Kuchen alleine?«

»Eher noch küss ich eine Frau, als dich«, schmetterte Wolfgang dahin und errötete prompt.

»Das lässt dir keine Ruhe, was?«

Wolfgang sank tiefer in den Sitz.

»Brauchst dir keinen Kopf machen, dass Strimi das Ufer wechselt ... Sonja ist ein Kerl.«

»WAS!«

Christoph brach in schallendes Gelächter aus.

»War nur ein Scherz! Es sei denn, ich bin schwul.«

»Du bist mit Sonja zusammen?«

»Vier Jahre ... oder zwei – ich weiß nicht so genau – musst du *sie* fragen.«

»Ist das jetzt auch ein Witz?«, fragte Wolfgang vorsichtig.

»Nein ... wir sind wirklich schon ... *ewig* zusammen«, gestand Christoph, um gleich darauf mit Kopfstimme zu flöten: »*Und es ist noch wie am ersten Tag.*« Er lachte über sich selbst.

»Stört dich denn nicht ...«, begann Wolfgang und unterbrach sich.

»... dass sie miteinander vögeln?«, fragte Christoph grinsend. »Nein, sie treibens eh nicht miteinander! Also nicht, dass ich es wüsste.« Er lachte. »Ernsthaft – wenn er sie anfassen würde, würd ich ihm den Schniedel abschneiden ...« Christoph musterte Wolfgang belustigt. »Du würdest es also sofort merken!« Warum auch immer prustete er wieder los.

»Ich hab mal gehört, dass man betrunken nicht mit dem Auto fahren soll«, murmelte Wolfgang.

»Was? Achso ... nein ... das ist meine Frohnatur ... nervts schon?«

»Gewaltig!«

Christoph lachte wieder auf. »Wenn du willst, ziehen wir auch einen Filmkuss durch ... will ich eh schon lange Mal machen, damit sie sehen, wie das ist.«

»Wir zwei?«, fragte Wolfgang pikiert.

»Danke auch!«, sagte Christoph gespielt schmollend und erklärte dann: »Ich meine ... ich verstehe ja, dass es ihr Gorilla-Tango ist, aber ...«

»Gorilla-Tango?«

»Na, dieses alberne Begrüßungsritual, das Strimi und ich vollführen ... dieser Filmkuss ist ihr Gorilla-Tango.«

»Aha«, machte Wolfgang. »Und dieses Liebe-meines-Lebens-Ding gehört dazu?«

»Ein Überbleibsel«, erklärte Christoph. »Sie haben in der Schule in irgendeinem faden Theaterstück mitgespielt und da kam das mit dem Gruß und dem Kuss vor – irgendwie ist das hängengeblieben. Ist doch meistens so. Mich nennen sie ja auch Karacho, weil ich mal ein Experiment ...« Christoph unterbrach sich.

»Was denn für ein Experiment?«

»Unwichtig ... Na ja ... ich hatte da mal so eine Idee ... hat nicht funktioniert.« Christoph machte eine wegwerfende Bewegung. »Hab mir damit nur die Augenbrauen weggesengt und seitdem diesen juckenden ... erzähl ich lieber nicht, sonst küsst du mich nicht mehr.«

»Ich küss dich sowieso nicht!«, stellte Wolfgang klar.

»Ach komm ... ist ja nichts dabei, ist ja kein *echter* Kuss. Hab sogar selbst schon mit Strimi ...«

»Für mich ist ein Kuss aber etwas Besonderes!«

»Mann, wir stecken uns ja nicht gleich die Zungen in den Hals!« Christoph parkte den Wagen vor einem hell erleuchteten Haus. »Pass auf ... man drückt nur den dem Publikum zugewandten Mundwinkel aufeinander – also, du musst nicht mal richtig die Lippen berühren ... und dann kreist du mit der Zunge im eigenen Mund herum! Das ist ganz wichtig – im eigenen Mund!«

»Vergiss es!«

»Was hast du zu verlieren?« Christoph überkreuzte nacheinander die Finger der einen mit dem Zeigefinger der anderen Hand, um die Punkte abzuzählen. »Erstens: Du weißt dann, dass es völlig harmlos ist! Zweitens: Strimi und Sonja merken vielleicht, dass es nicht so toll ist, wenn man das mit ansehen muss und drittens: Du kannst einen schnuckeligen Hetero küssen, auf das steht ihr Schwulen doch.«

Wolfgang prustete und schüttelte den Kopf. »Nein, ich machs nicht.« Er nahm, wie Christoph, die Finger zur Hilfe. »Erstens: Ich küsse nicht, um jemanden zu ärgern, sondern weil ich jemanden liebe. Zweitens: Ich bin schwul und du ein Kerl, damit ist die Sache etwas anders, als zwischen den beiden. Drittens: Ich steh nicht auf Heteros – tut mir leid.«

»Du bist voll zickig, weißt du das?«, beschwerte sich Christoph, als sie ausstiegen und auf das Haus zumarschierten.

»Ich mag keine Spielchen!«

»Okay«, gab sich Christoph geschlagen und öffnete die Haustür. »Wenn Strimi die Sache mit dir vergeigt, schneide ich ihm den Schwanz ab!«

»Nein!« Wolfgang folgte Christoph in den Partykeller.

»Doch!«

»Nein!«

»Der Schwanz kommt ab!«, sagte Christoph und lachte.

»Der Schwanz bleibt dra...!«, entgegnete Wolfgang und stand plötzlich vor Simon.

Wow. Offenbar war er einige Tage nicht dazugekommen, sich zu rasieren und wie es schien, hatte er ein Shirt aus seiner Kindheit an. Zu kurz, zu eng, zu fadenscheinig ... aber vielleicht hatte man es auch um teures Geld gekocht und dann quer durch Europa hinter einem Lastwagen hergeschleift. Und Simon ebenfalls. Er sah wirklich fertig aus – und so verwegen. Wolfgang wollte ihn gleichermaßen schützend in den Arm nehmen und mit ihm jeden nur erdenklichen Ort *kontaminieren.*

Sie starrten einander atemlos an, hin und her gerissen zwischen Freude und Unsicherheit, und fielen sich endlich in die Arme. Es war so heilsam, so schön, Simon zu spüren. Langsam ließ Wolfgang die Vorsicht fallen, die Angst, nicht angenommen zu werden. *Er will mich,* dachte er und nahm bewusst jede Stelle wahr, an denen sich ihre Körper berührten. Jetzt spürte er es: Simon drückte sich an ihn, weil er es wollte. Wolfgang schlang die Arme fester um Simon und seufzte tief. Es war so gut und es wurde immer besser.

Simons Atem strich über Wolfgangs Hals, dann stippten Lippen an die sensible Stelle unter dem Ohr. Gänsehaut lief über Wolfgangs Rücken und er keuchte erregt auf. Simon pustete ihm ein leises Kichern ins Ohr und fuhr mit entspannten Lippen über die Wange bis zu Wolfgangs Mundwinkel. Voller Zuneigung funkelte er ihn an und lächelte scheu. Simon schloss die Augen und stupste für einen weichen, sinnlichen Kuss die Lippen gegen Wolfgangs Mund. Tausend Schmetterlinge flatterten im Bauch und ein schmerzhaft süßes Ziehen durchzuckte Wolfgangs Schwanz. Mit leichtem Druck auf die Lippen forderte Simon ihn auf, den Mund zu öffnen. Wolfgang stöhne in den Kuss, kostete die vertraute Zunge, glitt an ihr entlang und erwiderte das gierige Spiel. Die Welt blieb stehen, die Party, die Leute, Silvester ... alles war unbedeutend, Lichtjahre entfernt. Hier, ganz nah, gab es nur diesen einen Mann, der alles war.

Als sie sich voneinander lösten, blinzelte Simon, als wäre er aus einem Schlaf erwacht. Seine Augen funkelten feurig und er lächelte verschmitzt. Genau so hatte er Wolfgang schon im Kino angesehen, ehe er sich hungrig über Wolfgang hergemacht hatte. Was das bedeutete, sprengte beinahe Wolfgangs Jeans.

»Komm!«, flüsterte Simon und packte seine Hand.

Ist das Obergeschoss nicht tabu?, dachte Wolfgang mit dem letzten Restfünkchen Verstand, den die Geilheit übrig gelassen hatte, und folgte Simon die Treppe hoch.

Vorsichtig öffnete Simon einen der Räume und lugte durch den Türspalt. Offenbar sagte ihm das Zimmer zu und er zog Wolfgang rasch hinein und schloss leise hinter ihm ab.

Sie standen in einem kühlen Schlafzimmer mit einem einladenden Doppelbett, das dem Design nach älteren Leuten gehörte.

Kurz schaute sich Simon um, dann lief er zum Bett und sprang hinein Hastig streifte er die Stiefel von den Fersen und ließ sie auf den Teppich plumpsen, dann rollte er sich herum, langte zum Nachtkasten, schaltete eine Lampe ein und funkelte Wolfgang geil an.

»Schnell!«, raunte er und öffnete hastig Gürtel und Jeans. Wolfgang stöhnte. Die Erregung zog die Kraft aus seinen Knien. Während er auf das Bett zuwankte, warf sich Simon auf den Rücken, hob den Hintern hoch und streifte rasch die Hosen an. Sein harter Schwanz wippte hoch und Simon setzte sich auf, um die Jeans über die Beine weiter abwärts zu zerren. Wow. Er hatte es wohl *sehr* eilig.

Ungeschickt schlüpfte Wolfgang aus den Boots, (sie mussten ausgerechnet jetzt rumzicken) und pfriemelte mit der linken Hand am Hosenstall herum. Durch die Erektion ploppten die Knöpfe mühelos aus den Löchern und die Hose rutschte über die Beine abwärts.

Währenddessen landete Simons Jeans mit einem sanften *Flup* auf dem Teppich – das Shirt behielt er an.

»Mach schon!«, stöhnte er und massierte sich träge den Schwanz.

Wolfgang bekam vor Erregung kaum Luft. Hin und her gerissen zwischen Simons geiler Eile und dem Wissen, dass sie eigentlich nicht hier sein durften, war er kurz davor, allein wegen der verwegenen Situation abzuspritzen. Hastig zerrte er den Slip runter und krabbelte zwischen Simons Schenkel aufs weiche Bett.

»Was ist das?«, fragte Simon und schielte auf Wolfgangs zur Hälfte schwarz bemalten Gips.

»Die lange oder die kurze Fassung?« Wolfgang stemmte die Ellenbogen neben Simons Schultern in die Matratze und küsste das stoppelige Kinn.

»Gar keine Fassung!«, hauchte Simon, hob die Beine und klammerte sie um Wolfgangs Hüften. Wow. Die Sache hier gewann echt an Tempo. Eine kühle Hand packte Wolfgangs Schwanz. »Entschuldigung«, nuschelte Simon, schnappte nach Wolfgangs Lippen, drängte die Zunge zwischen sie hindurch und forderte einen wilden Kuss. Die kühle Hand dirigierte den Schwanz über Simons Damm abwärts. Überwältigt stöhnte Wolfgang in den Kuss. Heißen Backen umklammerten seine Eichel.

»Fick mich!«, flüsterte Simon eilig und funkelte Wolfgang flehend an.

Was für eine Bitte! Aber es fehlten ein oder zwei Dinge. Auch wenn sein Penis an Simons heißem Eingang fast in Flammen aufging, küsste er ihm über den Kiefer bis zum Ohr und raunte: »Brauchst du keine … Vorbereitung?«

»Nein, verdammt!« Simon kippte das Becken und schubste sich so fest gegen Wolfgangs Eichel, dass sie um ein Haar durch den Muskel schlüpfte

Vor Lust keuchte Wolfgang auf. Zu gerne hätte er zugestoßen, aber er beherrschte sich und zog sich zurück. »Kondom!«, ächzte er und ließ das Gesicht in Simons Halsmulde sinken. Bald hatte er keine Kraft mehr, zu widerstehen.

»Fuck!« Simon warf den Kopf in den Nacken. Ein paar Sekunden rührten sie sich beide keinen Millimeter, schnauften bloß und rangen mit Frustration.

Plötzlich winselte Simon auf und schlug die Fäuste auf die Matratze. »Ich weiß, dass du sauber bist, aber ich kann nicht verlangen, dass du mir vertraust!«

Wolfgang fuhr hoch und blickte Simon mit großen Augen an. »Aber ich verpmmmm.«

Simon hielt ihm den Mund zu. »Niemals! Du warst geistesgegenwärtig in einer Situation, in der mein Hirn schon ungefähr acht Lichtjahre entfernt war. So. Jemandem. Darfst. Du. Nicht. Vertrauen! Nicht in *dieser* Sache!«

Wolfgang stöhnte verzweifelt auf. »Heißt das ...«

»Aaargh!« An Simons Stirn traten Adern hervor.

»Können wir nicht trotzdem ...?« Wolfgang verfluchte sich dafür, dass er an den Gummi gedacht hatte, auch wenn es Simon pädagogisch wertvoll fand.

Verzweifelt blickte Simon zu ihm hoch, die Geilheit sprang ihm aus den Augen heraus und das Ja-verdammt lag ihm auf seinen Lippen. »Nein«, presste er hervor. »Das wäre das falsche Signal!«

»Signal?«, ächzte Wolfgang. Schweiß kitzelte auf seiner Stirn. »Ich hab schon begriffen, dass ...«

»Hast du nicht, sonst würdest du nicht ...« Simon bäumte sich stöhnend auf. Wolfgang presste ihre Schwänze aneinander und begann zu stoßen. »Oh verflucht ... Scheiß drauf ...«

»Jaaa.« Wolfgang drängte die Eichel wieder gegen das heiße Loch. Er war so geil, dass er fürchtete, zu kommen, ehe er ganz in Simon drin war.

»Warte, warte, warte!«, wisperte Simon plötzlich.

»Worauf?« Wolfgang spürte bereits die ersten Vorboten eines Orgasmus von den Zehen hochkribbeln.

»Schublade!«, sagte Simon und funkelte Wolfgang verwegen an.

»Schub...*was?*« Die heranrollende Ekstase bremste widerwillig ab. Dann fiel der Groschen. »Ach ... du meinst ...!«

»Genau!«

»Wir können doch nicht in fremden Schränken wühlen.«

»Karachos Eltern sind nicht fremd ...«, murmelte Simon, kletterte unter Wolfgang hervor und riss die erste Schublade auf. »Außerdem ist das hier ein Notfall und da ist alles erlaubt. Los ... such im anderen Schrank!«

»Aber wenn alles erlaubt ist«, – *dann wohl auch ohne Gummi.* Zögernd öffnete Wolfgang die Schublade auf seiner Seite des Bettes und schaute vorsichtig rein.

»Volltreffer!«, rief Simon und schleuderte eine Kondomschachtel aufs Bett.

Wolfgang hatte ebenfalls eine Schachtel gefunden und drehte sie in den Händen herum. Dieselben Tabletten, die auch Simon nahm. Seine Brust zog sich zusammen.

»Was ist denn? Komm schon!« Simon krabbelte übers Bett und sah, was Wolfgang aufhielt. »Oh!« Seufzend ließ er sich fallen und presste das Gesicht in die Matratze. »Mumumumumum.«

»Was?«

Simon legte den Kopf zur Seite und wiederholte: »Daran wollte ich genau jetzt *nicht* erinnert werden.«

»Nimmst du die wegen mir?«, fragte Wolfgang.

Ruckartig hob Simon den Kopf und starrte ihn an. »Was?«

Wolfgangs Ohren begannen zu brennen. Er senkte den Blick. »Ich könnte das gut verstehen ...«

»Mooooment!« Simon schwang sich aus dem Bett und setzte sich neben Wolfgang auf den Teppich. »Was genau soll das heißen, dass du das verstehen könntest?«, fragte er und funkelte ihn neugierig an.

»Das ist doch offensichtlich«, nuschelte Wolfgang. »Ich würde auch keinen hochkriegen, wenn ich mit jemandem wie mir ...«

»Stopp!« Simon legte eine Hand auf Wolfgangs Mund. »Was heißt: *jemand wie du?*« Vorsichtig nahm er die Hand wieder weg.

»Jemand der etwas ... mehr ... dran hat.«

»Wolfi, das ist völlig okay. Ich bin schwul – ich bestehe sogar darauf, dass du etwas mehr dran hast!« Grinsend nickte Simon zu Wolfgangs Schwanz.

»Nein ... ich meine ...«, Wolfgang kniff sich in den Bauch und rief: »Ich bin fett!«

»Wenn mich das bisschen stören würde, säße ich jetzt nicht mit einer Erektion vor dir und würde dich anflehen, mich zu ficken!«

»Das ist kein *bisschen* ... und die Erektion hast du wegen der Tabletten.«

Simon verdrehte die Augen und schnaubte.

»Erstens ... die Tabletten brauche ich nicht mehr ... die sind nur zur ... Sicherheit. Wie soll ich das erklären ...« Simon wirbelte die Hände herum. »Du hast doch gehört, was meine Mutter behauptet. Kannst du dir vorstellen, dass das etwas mit einem macht? Im Kopf? Ich habe immer im falschen Moment daran gedacht – was dazu geführt hat, dass ich nicht mehr konnte. Und dann verselbständigte sich das irgendwie und ich kreiste nur noch darum: Kann ich oder kann ich nicht. Ist auch nicht gerade hilfreich. Nachdem abgeklärt wurde, dass ich körperlich gesund bin, hab ich die Tabletten bekommen – um – na ja – das Selbstvertrauen wieder herzustellen, wenn du verstehst.«

»Und ... jetzt ...?«

»Nehm ich sie schon länger nicht mehr – ich fühle mich aber sicherer, wenn ... sie da sind. Blöderweise hat sie meine Mutter gefunden. War toll, ihren Triumph mitzuerleben«, sagte Simon zynisch. »Andererseits war das der Moment, wo es bei mir noch einmal Mal klick gemacht hat, und dann war das Problem weg. Verschwunden. Keine Ahnung ... ich genieße es.«

»Und zweitens?«

»Zweitens *was?*«

»Du hast vorhin *erstens* gesagt ...«

»Achja. Die Sache mit dem Fett«, erinnerte sich Simon.

Ein Stich fuhr durch Wolfgangs Bauch.

»Wann hast du dich zuletzt nackt im Spiegel betrachtet?«, wollte Simon wissen.

»Noch nie«, gestand Wolfgang. »Na ja ... mit fünfzehn mal ... wegen der Narben.«

»Das denk ich mir«, sagte Simon. »Vielleicht, wenn dir mal langweilig ist, guck noch einmal nach und schau nicht nur auf die Narben.«

»Das ändert aber nichts daran. Ich bin dick, das kann ich nicht wegglotzen.«

Simon seufzte. »Okay ... dann andersrum. Schon mal in einem Musikladen gewesen?«

»Klar«, antwortete Wolfgang irritiert.

»Schon mitgekriegt, wie viele Abteilungen es da gibt?«

Wolfgang nickte.

»Schaust du sie immer alle durch?«

Wolfgang schüttelte den Kopf.

»Das heißt, du bevorzugst eine gewisse Musikrichtung und vielleicht noch etwas, das daran anschließt, richtig?«

»Metal, Industrial, Alternative ...«

»Genau, und alle anderen Kunden? Hängen die auch alle in deiner Abteilung herum?«

»Nein.«

»Warum nicht?«

Wolfgang zuckte mit den Schultern. »Weil Geschmäcker verschieden sind?«

»Potzblitz!«, rief Simon aus.

Wolfgang grinste schief. »Ja, aber die meisten ...«

»Papperlappapp, *die meisten!* Willst du *mir* gefallen, oder *den meisten?* Bei Musik findest du einen erlesenen Geschmack gut und bist stolz darauf, aber wenn es um deinen Körper geht, soll das Prinzip auf einmal Scheiße sein? Das Populärste ist Volksmusik ... du bist für mich eben mehr ... *Tool.*«

Prompt schossen Tränen aus Wolfgangs Augen. »Echt?«

»Du bist eben mehr der Typ, der in der Volksmusikabteilung herumschlurft, daher gefalle ich dir«, meinte Simon.

Wolfgang kicherte und wischte sich über die Wangen.

»Und noch etwas ... das kannst du vielleicht eher nachvollziehen«, begann Simon, krabbelte an Wolfgang vorbei aufs Bett und warf sich auf den Bauch.

Was für ein Anblick! Wolfgang wurde sofort wieder steif.

»Pack mal meinen Arsch an.«

Was für eine Aufforderung! Wolfgang kletterte zu Simon aufs Bett, legte die Hand auf den runden, schönen Hintern und begann ihn zu kneten.

Gänsehaut überzog Simons Körper. »Und? wie fühlt sich das an?«, fragte er.

Wolfgang beugte sich runter und biss sanft in eine Backe. »Geil«, keuchte er und küsste abwärts bis zur Falte zu den Schenkeln hin.

Simon stöhnte auf und wand sich wohlig hin und her. »So fühlt sich für mich dein ganzer Körper an«, keuchte er.

Irritiert hielt Wolfgang inne und blickte über Simons Rücken hoch, an den Schulterblättern vorbei, über den Nacken zum verwuschelten Kopf. »Ich bin so etwas wie ein Riesenarsch für dich?«

Simon gluckste. »Wolfi, du machst es einem echt schwer, dir ein Kompliment zu machen.«

»Entschuldigung«, nuschelte Wolfgang, senkte wieder den Kopf und schob die Zunge in die Spalte.

Simon bäumte sich auf. »Mach weiter«, keuchte er und spreizte die Beine.

Das ließ sich Wolfgang nicht zweimal sagen. Er neckte den Muskel und entlockte Simon ein immer verzweifelteres Wimmern.

Simon presste das Gesicht in die Laken und fuhr mit den Handflächen auf der Suche nach Halt über die Matratze. »Bitte fick mich!«

Mit einem kräftigen Ruck drehte Wolfgang ihn herum und positionierte ihn so, wie er ihn brauchte.

»Wow!« Begeistert funkelte Simon Wolfgang an.

Gierig küsste Wolfgang die muskulösen Schenkel hoch, leckte beherzt über Hoden und Schaft und nahm die Eichel in den Mund. Simon bäumte sich auf und krallte sich ins Laken. Beherzt lutschte Wolfgang die leckere Härte, sog sie ein oder zwei Mal tief in den Mund, dann schob er Simons Shirt hoch und küsste seinen Bauch, befreite die Nippel vom Stoff und machte sich auch über sie her.

»Bitte, Wolfi ...«, stöhnte Simon.

Während sich Wolfgang mit den Lippen den Hals hocharbeitete, tastete Simon nach der Kondomschachtel. Wolfgang schnappte nach Simons Lippen und küsste ihn innig, derweil Simon über Kopf einen Gummi aus der Verpackung pfriemelte. Er brauchte ewig, da ihm das Kondom vor lauter Eile immer wieder aus der Hand fiel, aber endlich hatte er es geschafft.

Wolfgang richtete sich auf und schaute zu, wie Simon mit einer professionell flinken Bewegung seinen Schwanz verpackte. Dann legte Simon die Fersen auf Wolfgangs Schulter, packte seinen Schwanz und dirigierte ihn zu seinem Muskel. »Los ... mach schon!«

Endlich, endlich konnte Wolfgang dem Drang nachgeben und presste sich in die heiße Enge. Simon schrie heiser auf, warf den Kopf in den Nacken und bebte. Wolfgang hielt inne. Hatte er ihm wehgetan?

»Weiter!«, ächzte Simon ungehalten und nur zu gern folgte Wolfgang der Aufforderung und trieb sich tiefer in den warmen Körper.

»Küss mich!«, bat Simon, als sich Wolfgang endlich ganz versenkt hatte, spreizte die Beine und ließ sie von den Schultern gleiten.

Behutsam neigte sich Wolfgang über ihn und stützte sich vorsichtig auf die Ellenbogen. Das eingegipste Handgelenk pochte schmerzhaft. Zärtlich fing Wolfgang Simons Lippen und lud die Zunge zu einem lustvollen Spiel. Er wagte einen zähen, tiefen Stoß. Ächzend bäumte sich Simon auf. Wieder hielt Wolfgang unsicher inne.

Simon blickte zu ihm hoch und lächelte auffordernd. »Was ist? Mach weiter!«

Wolfgangs Herz war kurz vor dem Platzen. Simon war so ... perfekt ... und er fand Wolfgang wirklich ... geil? Auch wenn Wolfgang noch nicht richtig nachvollziehen konnte, dass Simon ihn so attraktiv finden könnte, wie er ihn, war es ein verdammt fantastisches Gefühl, zu wissen, dass dieser schöne Mann scharf auf ihn war.

»Ich liebe dich!«, flüsterte Wolfgang und fing Simons Lippen für einen sinnlichen Kuss, zog sich ganz langsam heraus und drang ebenso langsam wieder ein. Simon stöhnte auf. Wolfgang fuhr fort, sich im zähen Rhythmus zu bewegen und Simon empfing jeden tiefen Stoß mit einem lüsternen Lachen und einem motivierenden »Jaaa!«.

»Schneller ... härter«, bat Simon schließlich ungehalten und Wolfgang ließ die Kontrolle fahren, stieß ihn so hart und schnell, wie er konnte. Simon schwitzte und auf der sich heftig bewegenden Brust bekam das Shirt dunkle Flecken. Im eifrigen Liebeskampf schubste Wolfgang ihn quer über die Matratze, musste immer wieder nachrücken und war selbst vor Anstrengung klatschnass. Er keuchte und allmählich spürte er es vom Hintern über die Lenden kribbeln.

Verzweifelt vor Lust krallte sich Simon in sein Fleisch, krampfte und zitterte am ganzen Leib und entließ einen überwältigten Schrei in Wolfgangs Halsmulde. Gleichzeitig trieben sie durch die Ekstase, hielten sich aneinander fest, bebten, stöhnten und schluchzten sogar.

Keuchend, nach Luft japsend und mit Schweiß überzogen als hätten sie eben einen Sprint hingelegt, lagen sie hinterher auf dem Bett.

»Gooooott!«, stieß Simon aus. »Es ist um soooo viel befriedigender, wenn man sich in einen Homo verknallt!«

15| 3 ... 2 ... 1

Als Simon und Wolfgang Hand in Hand und mit vor Erschöpfung weichen Knien den Partykeller erreichten, war niemand da. Halbvolle Gläser, Papierschlangen, Korken, Kronen, Flaschen und eine angefangene Partie Billard. Es wirkte ein bisschen unheimlich – als hätten sich die Gäste von jetzt auf gleich in Luft aufgelöst. Aus den Boxen dröhnte ein hysterischer Radiomoderator, der mit ein paar Gästen dem Countdown entgegenplapperte.

»Gleich ist Neujahr!«, rief Simon begeistert und strahlte Wolfgang an. »Lass uns raus zu den anderen. Einer von Karachos Freunden ist Pyrotechniker – da gibt es immer ein verdammt geiles Feuerwerk.«

Wolfgang verkrampfte sich und ließ Simons Hand los. »Geh du allein raus, ich bleib derweil hier.«

Simon machte große Augen. »Aber das geht nicht, Wolfi! Ich will mit dir zusammen das neue Jahr begrüßen!«

»Ich kann da nicht raus!«

»Hey!« Simon machte einen Schritt auf Wolfgang zu und legte eine Hand auf seine Wange. »Ist es wegen den anderen? Die sind echt okay, wirklich. Und wenn auch nur einer einen Mucks macht, dann ...«

»Die Knallerei«, fiel ihm Wolfgang ins Wort. »Ich mag die Knallerei nicht!«

»Oh!«

»Aber geh nur raus und schau dir das Feuerwerk an ... es macht mir nichts aus, hier zu warten.« Wolfgang grinste. »Wenn ich weiß, dass du dann wiederkommst.«

»Es geht nur um den Krach?«

»Nur ...«, murmelte Wolfgang bitter. »Ja ... *nur* ...«

»Zieh die Jacke an ... und: nicht weglaufen!«, rief Simon bereits davonlaufend und sprintete los.

Der Radiomoderator sagte die letzten drei Minuten des Jahres an und nahm das zum Anlass, noch lauter und schneller zu plappern.

Ich werde nicht rausgehen, dachte Wolfgang, zog aber dennoch die Jacke über.

Keuchend kam Simon wieder hereingestürmt, ebenfalls bereits in seiner Jacke, und knetete etwas zwischen den Fingern. »Offenbar fällt Karachos Vater nachts Bäume.« Simon drängte Wolfgang Richtung Ausgang.

»Was?«

»Als ich die Kondome gesucht hab, hab ich eine Großpackung Ohrstöpsel gefunden«, erklärte Simon und zeigte Wolfgang die kleinen Schaumgummidinger. »Ist das okay?«

Wolfgang nickte und Simon machte sich sofort daran, ihm die Stöpsel ins Ohr zu drücken.

Bomp.

Im nächsten Moment hörte Wolfgang nur noch sein eigenes Herz wummern. Simon sagte etwas, aber es wirkte, als hätte man den Ton abgedreht – er bewegte den Mund, aber nichts kam raus. Er lachte, gab Wolfgang einen Kuss und zerrte ihn ins Freie.

Die Partygäste drängten sich auf der Terrasse und ein paar Kerle werkten mit feierlicher Mine im weitläufigen Garten herum und bereiteten das Feuerwerk vor. Alles, was Wolfgang hörte, war Rauschen, daher merkte er auch erst, dass Christoph ihn ansprach, als Simon darauf reagierte. Die beiden plapperten ein wenig, lachten und Christoph drückte Wolfgang ein Sektglas in die Hand.

Plötzlich hoben alle die Gläser und grölten im Chor. Auch Simon machte mit und Wolfgang konnte an den Lippen ablesen, dass es der Countdown war. Rundherum gingen die ersten Raketen los und eine eigenartige Aufregung packte Wolfgang. Die Blicke der Leute wurden fiebriger und immer mehr Feuerwerksraketen rasten in den Himmel, um dort in wunderschönen Farben zu explodieren. Wolfgang schlotterten die Knie vor Nervosität. Er war auf der ersten Silvesterparty seines Lebens und es war das erste Mal, dass er zum Jahreswechsel im Freien stand.

Dann ging es richtig los. Gläser wurden aneinandergestoßen, Leute fielen sich in die Arme, der Himmel wurde hell von den vielen Funken. Simon fuhr herum, nahm Wolfgang das Glas ab, stellte es zusammen mit seinem auf einen nahen Tisch, legte die Hände auf Wolfgangs Wangen und küsste ihn. Mit weichen Lippen drängte er ihn, den Mund zu öffnen und mit seiner Zunge zu tanzen. Da er nichts hörte, konnte sich Wolfgang ganz aufs Fühlen konzentrieren. Ihm war, als wäre er mit Simon in einer Art Blase – abgeschieden vom Rest der Welt. Nur Simon und er. Wolfgang bebte am ganzen Körper und sein Herz schlug sein eigenes Feuerwerk. Alles, was er spürte, war die Massage der nassen Zunge des Mannes, den er liebte und dessen sanfte Hände an den Wangen. Ein schier endloser Kuss, losgelöst von Zeit und Raum, der erst beendet wurde, als sie jemand anrempelte.

Fast erstaunt, dass es zu diesem Fühlen und Schmecken noch eine Welt gab, glupschte sie einander an. Simons Augen funkelten, sein Blick tanzte über Wolfgangs Gesicht, als könnte er gar nicht recht fassen, dass er hier war. Er streichelte über Wolfgang Kopf und verschränkte die Finger in seinem Nacken. Sein Blick wurde eigenartig sanft und seine Mundwinkel wackelten nervös. Langsam und deutlich formte er mit den Lippen Laute und bekam dabei glasige Augen. Wolfgangs Herz setzte für einen Moment aus, polterte danach umso heftiger los, seine Knie wurden weich und prompt war sein Blick zu verschwommen, um den Worten weiter folgen zu können. Er wusste trotzdem, was sie sagen wollten, konnte sie hören, obwohl er im Moment taub und fast blind war.

Weiche Lippen legten sich auf seinen Mund, seine Nasenspitze, nacheinander die Brauen und Schläfen und Stirn und Wangen und Kinn. Viele zarte, kleine Küsse, die nach und nach jeden Zentimeter seines Gesichts eroberten.

Wolfgang schlang die Arme um Simon und drückte ihn fest. »Ich dich auch«, schluchzte er.

16| FICKEN FÜR DIE LIEBE

Wolfgang schreckte aus dem Schlaf. War eben die Wohnungstür ins Schloss gefallen? Benommen starrte er zum Kellerfenster direkt unter der Zimmerdecke. Die Ereignisse in seinem Kopf überschlugen sich. Gerade hatte er geträumt, dass er auf einer Silvesterparty gewesen war und Simon mit den Lippen ein Ich-liebe-dich geformt hatte.

Leises Schnarchen drang an sein Ohr. Wolfgang drehte sich um. Simon! Was für ein göttlicher Anblick! Er lag, nur in Shirt und Slip gekleidet, auf dem Bauch und hielt das Kopfkissen umklammert. Sein Haar war verstrubbelt, an der Wange klebte der Abdruck des Lakens und ein leichtes Lächeln umspielte seine sinnlichen Lippen. Wolfgang wollte jauchzen vor Glück. Dieser schöne Mann war nun ... sein Freund. Das war unglaublich.

»Dmchzmlt«, brummte Simon mit geschlossenen Lidern.

»Was?«

Simon schmunzelte, ohne die Augen zu öffnen und nuschelte: »Flüstere nochmal für mich.«

»Warum?«, flüsterte Wolfgang.

»Indabrmvlbt«, murmelte Simon, ließ das Kissen los und schlang die Arme um Wolfgang.

»Das hab ich nicht verstanden.«

»In das hab ich mich verliebt«, sagte Simon und blinzelte.

Wolfgangs Herz machte einen Hüpfer. Nicht nur wegen dem, was Simon gesagt hatte, sondern auch wegen der schönen Wimpern und diesem verliebten Glanz in den Augen. »Wann?«

»Als du bei mir im Lager gearbeitet hast.« Simon gähnte und schmatzte.

Ein Schauer lief über Wolfgangs Rücken. »Im ... November?«

»Wenn das da war, dann ja«, nuschelte Simon, streckte sich, spannte jeden Muskel an, ächzte, drehte sich herum und drückte seinen Rücken gegen Wolfgangs Bauch. »Sympathisch hab ich dich aber schon vom allerersten Augenblick an gefunden.« Simon tastete nach hinten, packte Wolfgangs Arm und schlang ihn sich unter die Achsel. »Du hast überhaupt nicht ins Büro und zu den Schlangen gepasst und bist auch kein Choleriker wie Gerhard. Ich hab mir gedacht, mit dem kann man Spaß haben.« Zärtlich biss er in Wolfgangs Zeigefinger. »Aber du warst total abweisend mir gegenüber. Ich hab geglaubt, du kannst mich nicht leiden und ich nerve dich nur.«

»Ich war nicht abweisend.«

»Doch«, behauptete Simon. »Jedes Mal, wenn ich gedacht habe, jetzt habe ich einen Draht zu dir gefunden, bist du ruppig geworden, hast dich plötzlich umgedreht oder das Thema auf Geschäftliches gelenkt ...«

»Wirklich?« Wolfgang musste zugeben, dass Simon nicht ganz Unrecht hatte.

»Mhmmmm. Heute weiß ich, warum, aber damals ...« Simon drehte sich auf den Rücken und strahlte Wolfgang an. »Du hast mich wegen dem Tool-Sticker auf meinem Auto angesprochen – und da hab ich gemerkt, dass du eigentlich nicht feindselig bist, sondern schüchtern.« Simon schüttelte den Kopf. »In den drei Jahren, die ich in der Firma arbeite, bin ich kein einziges Mal mit den Leuten aus dem Büro ins Pub mitgegangen, aber nachdem wir uns so gut unterhalten haben, wollte ich dabei sein. Ich hab gehofft, dass wir da weiterquatschen können.«

»Und ich war nicht da!«, flüsterte Wolfgang.

Simon nickte. »Als ich das gemerkt habe, hab ich Sonja angerufen. Eine kleine Showeinlage, und ich war weg.« Verliebt funkelte Simon Wolfgang an. »Nach dem Wochenende und der endgeilen Kündigung von Gerhard ist es dann passiert. Du bist ins Lager gekommen und ...« Simon nahm Wolfgangs Hand und legte sie sich auf die Brust. »Da steht ein Riese, wie du vor mir und ... *flüstert!*« Unter Wolfgangs Handfläche trommelte Simons Herz heftig gegen den Brustkorb. »Jedes Mal passierte das hier!« Er klopfte auf die Hand auf seiner Brust.

Wolfgang wurde rot.

Simon schmunzelte. Er hob den Kopf und drückte Wolfgang einen Schmatz auf die glühenden Wangen. Rasch suchte Wolfgang seinen Mund und eine Weile ertöne nichts weiter als das Schmatzen eines sinnlichen Kusses.

Dann ließ Simon den Kopf wieder ins Kissen fallen, legte sich eine Hand auf die Stirn und lachte. »Oh Mann, Sonja hat ganz schön herhalten müssen. Ich hab sie ununterbrochen gequält mit der Frage: Ist er schwul oder hetero? Jedes Wort, jede Bewegung, jeden Blick von dir – alles hab ich ihr als Evaluierungsmaterial geschildert. Und immer: Heißt das jetzt, er ist schwul oder hetero? Ich hab mir nicht über den Weg getraut, keine Sekunde. Warum hätte ich mich auch auf einmal in einen Schwulen verknallen sollen? Mittlerweile ist verlieben für mich so etwas wie mein Gaydar. Verknall ich mich, ist er todsicher Hetero.«

»Damals schon ...«, wisperte Wolfgang.

»Das kannst du dir nicht vorstellen, hmmm?« Simon schmunzelte. »Als ich dir vorgeschlagen habe, im Lager bei mir zu bleiben und du mich dann umarmt hast ... das war ... Puh! Ich weiß nicht, ob du das mitgekriegt hast, aber ich bin gegen den Türrahmen geknallt, als ich aus dem Lager raus bin.«

»Nein ... das hab ich nicht gemerkt«, gestand Wolfgang leise.

Simons Lächeln verschwand. »Ich war mir dann zu ... hmmm ... einundfünfzig Prozent sicher, dass du schwul bist. Aber als ich zurückgekommen bin, hast du diesen Kalender in der Hand gehabt und dir Brüste angesehen. Das war wie ein Schlag in die Magengrube. Als ich ihn dir schenken wollte und du so vehement abgelehnt hast, fast so, als würde ich dir stinkende Socken unter die Nase halten, hab ich noch ein bisschen Hoffnung gehabt. Bis zu dem Moment, als ich gesehen habe, dass du dieses Ding doch eingepackt hast.« Simon seufzte traurig.

»Er war ein Souvenir«, erklärte Wolfgang. »Ich wollte irgendwas von der schönen Zeit mit dir mitnehmen und ... ich kann doch nichts stehlen. Du hast den Kalender angefasst und mir schenken wollen ... so hab ich das gesehen – ein Geschenk, auch wenn ich es mit Verzögerung angenommen habe.«

»Mhm«, Simon musterte Wolfgang gedankenverloren. »Und ich hab geglaubt, es ist schon wieder passiert. Ich habe mich schon wieder in einen Hetero verknallt. Vor allem nach der Sache mit Gregor hab ich mir das nicht verzeihen können.«

»Mit deinem Bruder?«, fragte Wolfgang verwundert.

»Du weißt, warum sie mich Strimi nennen?«

»Du verknallst dich immer in Heteros ...«

»Richtig. Ich weiß auch nicht, warum ... aber ... es ist auffällig. Auch, weil ich einfach nicht kapieren will, dass da nichts laufen wird. Als das mit Gregor passiert ist, war ich in einen Freund verliebt ... hm, er war eher ein Bekannter. Alle haben mich gewarnt, mir gesagt, dass er stockhetero ist und ganz sicher nichts von mir will – dass er sogar eine Freundin hat. Aber ich war so ... verblödet vor Liebe, dass ich geglaubt habe, es würde nur diesen einen Moment brauchen, diesen ganz speziellen Augenblick und dann würde es funken und ...«

»Er hat eine Freundin gehabt und du hast geglaubt, dass da etwas laufen könnte?«, fragte Wolfgang ungläubig.

»Ja«, knurrte Simon. »Ich weiß. Ich war davon überzeugt, dass er bloß noch zu sich stehen konnte. Ich war ein Idiot ... Seit meinem siebenten Lebensjahr war es ein festes Ritual, dass mein Vater und ich am Weihnachtsmorgen den Christbaum besorgen. Das war hoch und heilig, quasi. Gregor hat derweil Platz im Wohnzimmer gemacht, den Weihnachtsschmuck aus dem Keller geholt und so weiter.« Simon grinste schief. »Wir waren eine tolle Familie. Ein bisschen plemplem, aber das sind doch alle Familien irgendwie. An dem besagten Morgen hat dann dieser Typ angerufen, dem ich seit Wochen hinterhergelaufen bin wie ein Hund.« Er schüttelte den Kopf. »Er hat nur mit den Fingern schnippen müssen und ich war zur Stelle. In meinem romantischen Gefühlsdusel habe ich gedacht – Weihnachten, Fest der Liebe und so – er will mir etwas ganz Besonderes gestehen.« Simon schnaubte. »Er hat aber nur jemanden gebraucht, der ihn durch die Gegend kutschiert, weil er noch Geschenke kaufen musste und von der Weihnachtsfeier des Sportvereins am Vortag zu viele Promille im Blut hatte.«

Simons Kinn begann zu beben. Wasser schoss in seine Augen. »Ich hab sogar noch im Verkehrsfunk von diesem Unfall gehört und mir vorgestellt, wie Scheiße das sein muss ... ausgerechnet zu Weihnachten ...« Tränen kullerten aus seinen Augenwinkeln und liefen über die Schläfen.

Wolfgangs Blick wurde ebenfalls verschwommen.

»Du musst aber auch wirklich *immer* mitheulen, oder?«, schluchzte Simon und lachte schniefend.

»Ich bin halt ... ohne Haut! Ich kann das mit der Mauer nicht – hab ich nie gekonnt.«

»Das liebe ich auch an dir«, krächzte Simon.

Wolfgang neigte sich zu ihm und küsste ihn. Unter seiner Handfläche spürte er Simons wild pochendes Herz. Wow.

»Erzähl weiter«, bat er, als sie sich lösten. »Wie du dich in mich verliebt hast und so ... wie ist das weitergegangen?«

»Okay.« Simon lächelte betreten. »Dann ist die Sache mit Martin passiert. Als ich geglaubt habe, ich hätte mich schon wieder in einen Hetero verknallt, hab ich mich vom erstbesten Arschloch, das mir über den Weg läuft, ficken lassen wollen. Damit ich mich *dafür* hassen kann, statt dafür ... zu lieben.«

»Du ... hast mit Martin gefickt, damit du die Liebe nicht hassen musst?«, fragte Wolfgang verwirrt.

»Du musst nichts sagen, ich weiß genau, wie das klingt. Du musst es mir auch nicht glauben – ich selbst würde das keinem glauben. Verbuche es unter: ›Simon fickt hirnlos rum‹ und ... wenn es geht ... leg es zu den Akten.«

»Ist schon passiert.«

»Was genau? ›Simon fickt rum‹ oder ›legs zu den Akten‹?«

»Beides!« Wolfgang grinste und zuckte mit den Schultern. »Wird auch dort bleiben.«

»Danke.« Wieder fing Simon Wolfgangs Mund für einen leidenschaftlichen Kuss. Nur widerwillig löste und räusperte er sich. »Nicht zu ... intensiv ... wenn ich weiterreden soll ...« Zerstreut wuschelte er sich durchs Haar und sortierte mit der anderen Hand die Erektion im Slip. »Okay ... wo war ich?« Simon hob die Augenbrauen. »Du weißt, dass es kein Märchen ist, was ich hier erzähle, sondern die Wahrheit, oder?«

Wolfgang nickte.

»Bei dir bin ich mir manchmal nicht so sicher, wie du das auffasst.«

»Doch ... ich glaub dir das alles, bis auf die Sache mit ›Ficken für die Liebe‹.«

Simon lachte. »Na dann ... Tja. Du hast mich bei ›Ficken für die Liebe‹ erwischt und ... den Rest kennst du ja. Ich hab wirklich geglaubt, dass du nur deswegen plötzlich so fies zu mir bist, weil du homophob bist, was mich fast zerrissen hat. Ich hab gedacht, Freundschaft kann ich mir jetzt auch abschminken. Nachdem ich dich so angefahren habe, hast du stundenlang nichts gesagt. Die Ärzte haben geglaubt, dass du Drogen genommen hast oder mit dem Kopf aufgeschlagen bist. Als sie dein Hemd aufgeknöpft haben ... die Narbe ... ich war drauf und dran loszuheulen. Die Ärzte haben gemeint, dass du durch den Sturz vermutlich retraumatisiert worden bist. Dass da irgendetwas ziemlich Schräges passiert sein muss, war allen sofort klar. Als wir auf den Psychiater gewartet haben, hast du mir dann gestanden, dass du mich liebst. Und dann, mein Schatz, stand *ich* unter Schock.«

Wolfgang wurde blass. »Sag jetzt nicht, dass du mir gestehen wolltest, wie du für mich fühlst, als du zu mir in die Wohnung gekommen bist.«

»Doch!« Simon legte eine Hand an Wolfgangs Wange. »Genau das wollte ich. Aber dann dachte ich, wenn es umgekehrt wäre und *ich* dich mit Martin in flagranti erwischt hätte, würde ich mich verarscht fühlen, wenn du das mit einem Liebesgeständnis begründest. Und so war es ja auch. Ich hab das voll verstanden, dass du ausgetickt bist.«

Wolfgang brach in Tränen aus.

Tröstend schlang Simon die Arme um ihn und küsste seinen Hals. »Aber es ist doch gut gegangen«, beruhigte er ihn.

Gierig suchte Wolfgang Simons Lippen, küsste ihn leidenschaftlich und streichelte ihm über Haar, Nacken, Wangen und Hals immer weiter abwärts. Simon knurrte ungeduldig auf, rollte sich auf Wolfgang und begann ihn am ganzen Körper zu küssen, knabbern und kneten.

»Dreh dich um«, raunte er.

Mit einem erregten Ächzen rollte sich Wolfgang auf den Bauch.

Simon kniete sich zwischen seine Schenkel und überfiel seine Rückseite mit Küssen und Bissen, knetete, packte und massierte ihn fest. Immer wieder glitten die Finger wie unabsichtlich in die Ritze.

Wolfgang schauderte. Eine Bitte prickelte auf seinen Lippen, aber er wagte noch nicht, sie auszusprechen. Es wäre das erste Mal, dass er darum bettelte, doch lang hielt er es nicht mehr aus. Simons Finger fanden immer öfter den Weg zwischen die Backen und drückten gegen den Muskel.

»Btfmch«, nuschelte Wolfgang und streckte Simon den Hintern entgegen. Er brauchte mehr, er wollte ihn spüren, so unbedingt.

»Was?«, fragte Simon, als wäre in dieser Situation unklar, worum Wolfgang bitten könnte.

»Fick mich«, presste Wolfgang hervor. Ihm wurde ganz schwindelig vor Aufregung. Allein schon, dass er es aussprach, erregte ihn, also wiederholte er es. »Fick mich.« Der Rausch der Lust erfasste ihn.

Simons heiße Eichel drückte gegen den Muskel und Wolfgang stöhnte auf. Langsam schob sich Simon in ihn. Wolfgang zitterte.

Mal packte Simon ihn an Hüften, mal am Hintern, mal dem Rücken. Er schien kaum zu wissen, wo er Wolfgang lieber halten wollte. Behutsam zog er sich heraus und drang wieder vollständig in ihn. Ein weiterer Schauer prickelte durch Wolfgangs Körper. Quälend langsam fuhr Simon ein weiteres Mal heraus, ließ Wolfgang die Enttäuschung der plötzlichen Leere spüren, und füllte ihn wieder mit seiner pulsierenden Härte.

Wolfgang presste das Gesicht in die Laken, ballte die Fäuste neben dem Kopf, stemmte die Knie in die Matratze und streckte Simon willig den Hintern entgegen. Er ersehnte jedes neue Eindringen, ächzte bei jedem Verlassen. Schließlich konnte sich Simon nicht mehr beherrschen, genug von der süßen Qual. Er bumste Wolfgang fest und schnell. Bald glänzten ihre Körper vom Schweiß und die ersten Vorläufer ihres Orgasmus griffen nach ihnen. In verzweifelter Lust klatschten Simons Leisten gegen Wolfgangs runden Hintern.

Die Ekstase explodierte in Wolfgangs Mitte, breitete sich von dort heiß aus, kletterte die Schenkel hoch, den Bauch, den Rücken, die Knie hinunter, packte sein Herz, umspülte sein Hirn. Er schrie in die Matratze, war nichts weiter als eine leichte Wolke fluffiger Blödheit. Hunderte Farben und Formen, ein Regen aus kitzelnden, glitzernden Flusen, segelte weich auf ihn herab. Zähflüssige Hitze füllte ihn, begleitet vom Schrei ...

... seiner Mutter ...

... gefolgt von seinem eigenen und Simons Schrei.

Schmerzhaft rasch rutschte Simon aus ihm heraus. Sie kippten zur Seite und starrten Wolfgangs Mutter mindestens so entsetzt an, wie sie selbst glotzte. Eine halbe Ewigkeit verharrten sie in der Position, Wolfgang und Simon mit roten Köpfen, keuchend, schwitzend, die Mutter bleich, trocken, atemlos. Dann kam Leben in die Frau und Sekunden später fiel die Tür ins Schloss.

Betroffen schauten ihr die beiden Männer nach, dann blickten sie einander an.

»Ups«, gluckste Simon.

»Ihre elende Schnüffelei«, knurrte Wolfgang und begann zu grinsen. »Ich glaub, jetzt braucht sie erst mal einen Likör.«

17| MELINDA

Es ist jetzt ungefähr ein halbes Jahr her, da saß Tante Liesi in der Küche meiner Mutter, hat ihr die halbe Flasche Eierlikör weggetrunken und immer nur gebrabbelt: »Die Frau ist ein Kerl! Die Frau ist ein Kerl!«

Offenbar hat sie endlich herausgefunden, dass ihr Bub einen Mann liebt – beziehungsweise umgekehrt, ihren Schilderungen zufolge, wie sie die beiden erwischte hat.

Zwei Wochen später saß sie wieder in der Küche meiner Mutter und soff die andere Hälfte der Flasche leer. Sie meinte, sie habe ja noch nicht einmal wirklich etwas dagegen, dass der Bub jetzt schwul ist, aber blöd wäre es halt, weil er jetzt nicht mehr arbeiten kann, deswegen.

Ich so: Hä?

Sie erklärte dann, dass die Buben, jetzt wo sie schwul geworden sind, nicht mehr arbeiten gehen können, weil sich das beißt, Schwulsein und arbeiten ... zeitlich gesehen. Es stellte sich dann heraus, dass Wolfgang und Simon gleich nach Neujahr gekündigt haben.

Einen Monat später kam sie wieder an – diesmal brachte sie eine Flasche Eierlikör mit und ich dachte schon: Was hat Wolfgang denn *jetzt* schon wieder angestellt. Tante Liesi hat ein bisschen ausgesehen, als hätte sie vor dem Vorbeikommen schon ein paar Gläschen geschlürft – wegen den glänzenden Augen und den geröteten Wangen und dem Lächeln. »Der Junge«, hat sie erzählt, »der ist jetzt Rettungsfahrer.«

Ich so: Hä?

Wolfgang hat doch gar keinen Führerschein. Und sie: nein, nicht *der Bub*, sondern *der Junge*. Offenbar ist für sie Simon also nun *der Junge*. »Der Junge hat einen so guten Einfluss auf den Buben. Der will im Herbst sogar zu studieren anfangen und bis dahin arbeitet er im Lager eines Baustoffhandels. Und abnehmen tut er auch, der Bub.«

Was Onkel Karl denn zu der ganzen Sache sagt, also zu Wolfgang, und dass er einen Mann liebt, wollte meine Mutter wissen. »Der sagt, was er immer sagt, wenns um den Buben geht.« Was das wäre, wollte meine Mutter wissen. »Der Bub macht schon seinen Weg, lass ihn in Ruhe.«

Ich bin ja immer noch ein bisschen neidisch, geb ich zu. Ich meine, ich nehme dreißig Kilo ab und wer kriegt den Prinzen? Mein dicker Cousin. Aber ich gönne es ihm. Er blüht neben Simon total auf. Letztes Wochenende hat er sogar eine Party gegeben, weil Simon dreiundzwanzig geworden ist. Simon ist ein bisschen später gekommen, weil sich irgendein Rettungseinsatz ergeben hat – und da ist er dann in Uniform aufgetaucht – alter Schwede! Aber nichts gegen das, was dann kam.

Tante Liesi hat ja schon im Januar den regionalen Likörproduzenten an die Börse gebracht und ich vermute, jetzt werden die Aktien auch wieder steigen. Als nämlich Wolfgang später auch in den Pool gesprungen ist, hat er sein Shirt ausgezogen und Tante Liesi ist fast vom Stuhl gefallen. Ich aber auch. Also, *das* hätte ich Wolfgang nie zugetraut – sich ein Tattoo stechen zu lassen. Irgend so ein Auge mit zwei Iriden. Angeblich ein Motiv von irgendeiner Band, die ihm so gefällt.

So, ich würde ja gern noch ewig weitererzählen, aber ich muss los. Ich habe auf der Party einen Kerl kennen gelernt und der holt mich gleich mit seinem Ferrari ab.

Wusste gar nicht, dass Simon und Wolfgang so reiche Typen kennen. Nach einer Woche kann man das ja noch nicht so sagen, aber ich glaub, ich hab mich in ihn verliebt. Sein Geld. Seinen Status und seinen Humor.

Weitere Bücher von Kooky Rooster

ER IST TABU, MANN!
Als Moritz die Wahrheit über Philipp erfährt, flüchtet er Hals über Kopf aus seinem Heimatkaff in die Großstadt. Glücklos oszilliert er zwischen Büro, Fitnesscenter, Gay-Clubs und Therapie hin und her und versucht verzweifelt, mit One-Night-Stands, Alkohol und Sportexzessen seiner Gefühle Herr zu werden. Vergeblich. Philipp ist sein Atem, sein Puls, sein Denken, sein Fühlen. Er ist alles für Moritz. Vor allem aber ist er Tabu. Doch dann erreicht ihn eine schlimme Nachricht von zu Hause und Moritz muss wieder in die Heimat zurück ...

TOTE POETEN UND PICKELSTIFT
Während sich die Mitschüler ins pralle Leben stürzen, verkriecht sich Erik in seinem Zimmer und schreibt erotische Liebesgedichte. Dass er im vergangenen Jahr vom kleinen Fettsack zum schönen Schwan gereift ist, hat er noch nicht verinnerlicht. Den Blick gesenkt eilt er durch die Schulflure und hofft, unsichtbar zu sein – außer für Jonas, den coolen Typen mit dem Motorrad und der schwarzen Lederkluft. Seinetwegen tritt er der Theatergruppe bei und brilliert in der Rolle des Cyrano. Seinetwegen weiß er auch, wie es ist, sich nach jemandem zu verzehren, den er nicht kriegen kann. Denn Jonas ist Lehrer, mit Haut und Haar. Niemals würde er seine Karriere für eine Affäre mit einem Schüler aufs Spiel setzen. Allerdings hat Jonas eine Schwäche für Poeten und Erik ist ein Poet ...

KEIN SCHWULER LAND
Zwischen Homophobie und Sehnsucht – schwule Liebe auf dem Land. Johan ist der ungekrönte König der Dorfjugend. Jedes Wochenende führt er seinen Hofstaat von einer Dorfdisco zur nächsten und spielt den homophoben Macho, der gerne Fäuste sprechen lässt. Doch sonntags sitzt er brav mit seinen Eltern beim Seilerwirt und schmachtet heimlich Stefan an, den Sohn des Hauses. Für ihn trägt Johan zum Essen das gute Shirt und absolviert einen vormittäglichen Körperpflegemarathon. Zu seinen Gefühlen stehen kann er jedoch nicht, denn in Johans Heimat ist man nicht schwul ...

ILTIS
RÄUDIGE HUNDE
Erik, aufstrebender Juniorchef einer großen, traditionsreichen Firma, hat über die Feiertage seinen ehemaligen Studienkollegen Iltis eingeladen, einen liebenswerten Chaoten im Widerstand gegen den Kapitalismus und gesellschaftliche Normen. Das lang ersehnte Treffen weckt allerdings nicht nur Erinnerungen an Diskussionen über Systemtheorie ...

SATELLIT
LIEBE IN DER UMLAUFBAHN
Der scheue Max kreist wie ein Satellit ständig um Sandra und Thomas herum und stellt damit deren Beziehung auf eine harte Probe. Um den lästigen Dauergast loszuwerden, beschließt Sandra, ihn mit ihrer besten Freundin Nicole zu verkuppeln. Max hat allerdings kein Interesse an der rassigen Schönheit, sondern ein Auge auf Thomas geworfen.

**BEN
LIEBE AM ABGRUND**

Ben ist einundzwanzig, Automechaniker, Sprayer, Bettnässer. Er ist generell zu nah am Wasser gebaut, errötet zu schnell, wiegt zu wenig, hat genug. Wenn das Tier schläft, streicht er am Bahndamm herum und besprüht verwitterte Wände. Er ist im Widerstand. Ihn treibt eine Mission. Alles, was er fürchtet, hasst, ihn vernichtet, trägt eine Uniform. Alles, was er braucht, liebt, ihn rettet, trägt eine Uniform. Das Grauen hat einen Namen: Jochen. Die Liebe hat auch einen Namen: Paul.

**IAN YERY UND
DER HARDCORE ABSOLUTE BEGINNER**

Mo, sportlich, selbstbewusst und Pazifist, entdeckt eines Tages, dass der Held eines Computer-Kriegsspiels ihm aufs Haar gleicht. Wenig amüsiert darüber sucht er Kontakt zu jenem 3D-Künstler, der sich dafür verantwortlich zeichnet, und trifft auf Nils, einen extrem menschenscheuen Hardcore Absolute Beginner. Zweiunddreißig, verliebt und ungeküsst – keine gute Ausgangsposition für Nils und eine Herausforderung für Mo.

**DER KUSS
DIE GANZE SERIE**

Ein schwüler Sommernachmittag vor der Konsole, mit seinem coolen Nachbarn Lukas, endet für den siebzehnjährigen Michael in einer kopflosen Jagd nach der Liebe. Was als einfacher Kuss beginnt, weckt in den beiden Jungs nicht nur eine ungeahnte Leidenschaft füreinander, sondern auch eine ganze Menge Ängste und Missverständnisse.

STIEFBRUDER
LIEBE MEINES LEBENS
Clemens hat sich in seinen zwei Jahre älteren Stiefbruder verliebt. Doch ehe daraus etwas entstehen kann, trennen sich ihre Eltern und Clemens muss mit seinem Vater weit weg ziehen. Das Band zwischen den Stiefbrüdern Clemens und Jakob war schon immer stark, aber kann es auch die große räumliche Trennung überstehen?

FUCK
EIN MECHATRONIKEROTISCHER ROMAN
Simon ist ebenso unsterblich wie heimlich in Leopold verknallt – den hübschen Kollegen mit dem Viagrablick. Leider ist er ist zu feig, ihn anzusprechen. Doch dann materialisiert sich in seinem Bad ein über drei Meter großer Roboter und gewährt ihm drei Wünsche.

DIE WIEDERKEHRER
MÄNNER WEINEN NICHT
Stell dir vor, am Ende deines heterosexuellen und etwas außer Kontrolle geratenen Lebens, triffst du auf deinen sexsüchtigen, alkoholabhängigen Schutzengel, der im Zuge des 12-Stufen Programms an dir eine Wiedergutmachung leisten will. Allerdings stellt er eine Bedingung: Du sollst einen Mann lieben!

REINGEKRACHT
FAMILIEN-BULLSHIT-BINGO
Familienfeiern sind für Singles ein Horror. Nino und seine Schwester Julia spielen deshalb „Single-Bullshit-Bingo", bei dem derjenige gewonnen hat, dem zuerst

die fünf nervigsten Fragen gestellt wurden, die man Singles auf Familienfeiern stellt. Diesmal allerdings, muss Nino alleine spielen, denn Julia bringt ihren neuen Freund Patrick mit. Blöd nur, dass sich Nino Hals über Kopf in ihn verliebt.

FAHR ZUR HÖLLE ... BESINNLICHE ZEIT

Jede Weihnachten legt Thomas alleine die Strecke von tausend Kilometer zurück, um mit seiner Familie Weihnachten zu feiern. Dieses Jahr allerdings hat er einen unvorhergesehenen Mitfahrer: Tobias, den einzigen Mann, der den sonst so besinnlichen Thomas auf die Palme bringen kann.

KUSSBILANZ
KURZGESCHICHTEN – BAND 1

Wissen Sie, wie es ist, wenn man liebt? Vermutlich. Vermutlich wissen Sie es. Aber wissen Sie, wie es ist, wenn man jemanden liebt, den man nicht lieben darf? Diese und ähnliche Fragen stellen sich die Protagonisten in den vorliegenden Kurzgeschichten. Gesellschaftliche Konventionen, Scham oder Angst – es gibt immer einen Grund, seine Sehnsüchte zu verbergen. Wie Basti, der Liebe für eine Verschwörungstheorie hält, Marius, der bereits mit siebenundzwanzig Jahren überzeugt ist, nie wieder zu küssen, ein Laborassistent, der sich zwanzig Jahre lang heimlich nach seinem Professor verzehrt, das Wiedersehen alter Freunde, die verschiedener nicht sein könnten, und ein Neurotiker, der Diagnosen und Nebenwirkungen ebenso leidenschaftlich sammelt, wie Kussvideos. Ungewöhnlich, bittersüß, herzzerreißend und ein bisschen abgedreht – wo Kooky draufsteht, ist Kooky drin.

KUSSBILANZ
KURZGESCHICHTEN – BAND 2

Was haben das Appell-Ohr, der Butterfly-Effekt, eine Straight-Parade, Türrahmen und Fiona gemeinsam? Liebeskranke Männer, die auf Männer stehen und dabei den einen oder anderen etwas neurotischen Umweg nehmen. So wie Lukas, der sich freiwillig für ein Schulprojekt meldet, in dessen Rahmen er einen Jungen küssen muss; oder Pauls Nachbar, der nach dem Schauspielunterricht eine mehr als verstörende Affaire mit Türrahmen eingeht; Theo, der auf sein Recht pocht, kein Privatleben haben zu müssen, um einen Partner zu finden; und ein experimentierfreudiger Student, der im Was-wäre-wenn-Spiel seines Kommilitonen verlorengeht. Und schließlich gibt es da auch noch diese etwas andere Welt, in der sich Heteros outen und um ihr Recht auf Ehe und Elternschaft kämpfen müssen. Kussbilanz Band 2 darf man als den fröhlicheren aber nicht weniger herznahen Bruder des ersten Bandes verstehen.